KB099771

집이 거울이 될 때

집이 거울이 될 때

안미선 에세이

민음사

들어가며 · 6

1.
다시 만난 빛들

오래된 집의 그림자 · 11
골목에서 마주친 새 · 18
물에 띄운 사진 · 26
나무가 끊긴 자리 · 34

2.
거울이 된 방들

집 안에 날아든 새 · 47
벽에서 나온 얼굴 · 56
내가 보고 싶은 날 · 65
지난 빨래의 끝에서 · 73

3.
남아 있는 그림자들

빗방울의 여행 · 85
거미와 잎사귀 · 93
장독대에 비친 둥근 · 102
내 머릿속의 시계 · 112

4.
빛이 머무는 집

우연한 손자국 · 123
튀어나온 주먹 · 132
자전거를 처음 본 날 · 141
담쟁이가 해낸 일 · 151

5.
돌아온 아이
해 질 녘, 운동장에 들어선 ·161
금이 간 오월 ·171
저녁의 맨발 ·183
마지막 방과 푸른 계단 ·191

6.
그림자가 부른 세상
둥근 하늘 아래 풀 하나 ·211
어떤 갠 날 ·219
억새를 만나다 ·228
하늘이 덮다 ·236

7.
부서진 집을 떠나는 그림자
눈짓으로 하는 인사 ·247
다락에 걸린 얼굴 ·257
그림자에 닿다 ·266
행진의 시작 ·277

내가 살던 집들의 이야기를 해 보려고 한다. 내가 기억하는 집들의 이야기여서 무엇보다 나에 대한 이야기가 될 것 같다. 갑작스레 들이닥친 팬데믹 상황 속에서 나도 문을 닫고 집 안에 틀어박혀 지냈다. 그러면서 집과 나에 대해 많은 생각을 했다. 다시 돌아갈 수 없는 시간을 떠올리니 여러 감정에 휩싸였다. 만날 수 있는 사람이 없어지자 벽이 눈에 들어왔다. 집의 벽은 나의 이야기를 들어주고 또 들려주었다. 그 벽을 확실한 내 편으로 삼고 기대었다.

살면서 뒤돌아보지 않은 자리들이 있다. 무엇이 나를 이 자리까지 데려왔는지 생각했다. 카메라를 들고 직접 그곳으로 돌아가기로 했다. 그곳에 가자 그 순간에만 마주칠 수 있는 것들이 보였다. 작고 사소하지만 빛나는 것들이었다. 그것들이 그동안 바위를 틀어쥔 나무뿌리처럼 나를 단단히 붙잡고 있었다. 집들이 거울처럼 나를 비추고 그림자를 하나하나 되돌려주었다. 떠나온 집들이 떠올려 준 것들을 보고 나는 지난 나와 작별을 할 수 있었다. 하루하루 만나는 짧은 빛이 성에 차지 않거나 보잘것없어도 나에게 주어진 진짜 삶이었다. 나는 가까스로 집을 만날 수 있어 다행스러웠다.

들어가며

이 책은 한 명의 여성으로서 살면서 내가 만난 집들의 이야기이다. 집은 사람들의 진심과 비밀들로 젖은 채 우리를 지켜보고 있다. 사람들은 누구나 다 말하지 못하는 자신만의 집 이야기가 있을 거라고 생각한다. 이 글들은 그 집들과 지붕을 맞대고 있는 한 집에서 먼저 새어 나온 작은 이야기다. 집이 보아 주는 셈 치고 이때까지 하지 못한 이야기를 풀어 내었다. 숨은 이야기 앞에서 집은 언제나 글썽이며 끄덕일 거라고 생각한다. 그 집에 자신을 비추지 않고는 자신을 볼 수 있는 곳이 없다.

이 책을 든 당신의 눈빛이 내가 기억으로 일으켜 세운 집이 기댈 유일한 자리다. 그 보답으로 이 책이 당신 앞에 또 다른 거울로 빛나기를 바란다.

1. 다시 만난 빛들

오래된 집의 그림자

내가 태어난 집이 있다. 경북 봉화의 외딴 골목 안에 있는 낡은 기와집 한 채. 마침내 그 집 앞에 섰다. 동서울 터미널에서 버스를 타고 영주에 내려 다시 시내버스 정류장에서 봉화로 가는 버스를 타야 했다. 아이를 키우고 서울에서 일을 하는 와중에 이곳에 내려올 짬을 내는 건 쉽지 않았다. 설렘과 긴장 속에 나는 조금 떨렸고 까치발을 하고 담 너머를 훔쳐본다는 데에 약간의 죄책감과 두려움도 느꼈다. 그러나 동시에 다시 오지 않을 이 기회를 완전히 누려야 한다고 마음먹고 있었다. 내 앞에 있는 것이 다음번에도 있으리라는 보장이 없었다.

날은 더웠고 여름 해가 이글거렸다. 얇은 블라우스 안 겨드랑이가 축축해졌다. 남의 집을 기웃거린다고 눈총을 살 것 같아 주변을 두리번거렸다. 대문 건너 왼편에는 슬레이트 지붕을 한 오래된 변소가 있었다. 혼자 어둑한 변소에 갈 때마다 좀 무서워서 뒷담 아래에서 요강에 걸터앉은 날이 더 많았다. 재래식 변소에 혼자 갈 때는 신비하고 은밀한 어둠에 잠긴 기분이 든 적도 있다.

마당 안도 들여다보았다. 붉은 꽃들이 무더기로 피어 있던 화단은 마른 잡초투성이였다. '화단이 그대로 있네.' 나는 그렇게 생각했다. 다시 꽃씨를 심거나 살뜰히 물을 주는 사람이 없는 것 같았지만, 화단은 그 생명력을 완전히 거두지 않고 모든 걸 잊지 않은 노인의 미소처럼 자신만의 기억에 잠겨 있는 것 같았다.

기와집의 오른편에는 주인집 식구들이 살았고 왼편 맨 끝 방 한 칸에는 우리 가족이 세 들어 살았다. 주인집 아주머니가 꽃무늬가 있는 파란 블라우스에 치마 차림을 하고, 입술을 비뚜름하게 다물고 있던 모습이 기억난다. 주인아주머니 몰래, '칠성사이다' 병 두 개를 가게에 갖다주고 '마산땅콩캐러멜' 세 개를 받아먹은 기억이 있다. 아주머니가 병이 없어졌다며 캐물을 때 속으로 쩔쩔맸다. 지금까지도 불현듯 그 사실을 들킬까 두려운 마음이 생겼다.

아주머니 집에는 우리 집에 없는 물건도 있었다. 발로 페달을 밟는 검은 재봉틀 앞에 앉아 보기도 하고 자개장롱의 알록달록한 무늬를 한참 쳐다본 적도 있다. 어머니가 외출을 하느라 잠깐 주인집에 맡겨졌을 때는 안방에 있는 큰 거울 앞에서 얼굴을 들여다보기도 했다. 거울 속에도 내가 있다는 걸 그때 처음 알았다.

주인집에는 나보다 몇 살 많은 아들이 있었는데, 자기 친구들과 어울리느라 바쁜 그 소년을 나는 마음으로 몹시 따랐다. 내가 "오빠한테 시집가겠다." 하자 아주머니는 이웃들이 있는 자리에서 "오빠가 멀리 도망가도 쫓아갈 거냐?"라며 농을 했다. "따라갈 거예요!" 난 당차게 대답했다. 빈 병 대신 바꿔치기한 사탕을 손에 꼭 움켜쥔 것처럼, 사람도 그럴 수 있을 줄 아는 철없는 꼬마를 두고 나이 든 여자들은 웃었다. 뜻대로 되지 않는 게 인생이라는 걸 아직은 비밀로 하고, 잠시 철부지를 희롱하며 자신들의 시름을 잊었다.

모든 것이 그 자리에 있었다. 좁은 툇마루도 문지방도 창호지가 발린 문살도 그렇게 있었다. 40여 년 전 그때와 완전히 같을 리는 없겠지만 나는 그 생생함을 더하기 위해 툇마루에 앉아 있는 어린 내 모습을 겹쳐 보고 있었다. 밤중에 혼자 방문으로 나와 마루에서 떨어졌는데 용하게 다치지 않고 아침에 꽃밭 한가운데에서 발견되었다는 젖먹이 여동생의 기억까지도 되살렸다. 이야기를 들으며 직접 본 것처럼 상상하던 장면들까지 동원되었다. 산파 노릇을 하느라고 바쁘게 움직이는 외할머니와 큰어머니의 모습도 보였다. 뜨거운 물이 담긴 대야를 들이느라 그들이 쉴 새 없이 붙잡던 둥근 문고리나 단풍잎이 곱게 물려 있는 방문 같은 것. 그 문고리와 방문이 그 자리에 있다는 것만으로 충분했다.

당시 산모들이 곧잘 그러했듯, 우리 어머니도 의사 없이 방 안에서 친척의 도움을 받으며 아이를 낳았다. '무서웠다'고 어머니는 말했다. 어머니는 자신의 몸을 지킬 줄 아는 사람이었다. 방문 판매원에게 의학 사전을 한 권 사서 한자가 섞여 있는 작은 글씨들을 꼼꼼히 읽고 동네 의원에서도 알아차리지 못한 자신의 병명을 알아내 치료를 받기도 했다. 그렇게 자기 몸을 책임질 만큼 똑똑했지만, 어머니도 첫아이의 출산 앞에서는 하염없이 두려울 뿐이었다. 스물네 살의 어머니는 떨면서 남들이 시키는 대로 몸을 맡겨 아이를 낳았다.

한편 아버지는 의기양양하게 이야기를 했다. "너는 태어나자마자 눈을 뜨고 나를 바라봤어. 재채기도 하고. 나는 태를 가슴에 안고 뒷산에 올라가 묻었지. 옛날에 태를 산에다 묻는 것은 귀한 왕족들만 했던 일이란다." 그런데 훗날 나이 든 아버지는 이렇게 이야기를 바꾸었다. "셋방에서 아이가 태어났는데 태를 어떻게 할 수가 있어야지. 묻을 땅도 없고 어디 태울 수도 없고. 그래서 안고 산에 가져가 둘러보는데 소나무 숲에 빛이 들어오는 거야. 그 햇빛이 떨어지는 자리에 태를 묻었어. 지금은 어디인지 확실히 못 찾겠어. 아마 산의 8부 능선쯤 될 거야. 셋방에서 아이를 낳는다고 주인집도 신기해하고 다들 그랬지." 셋방에서 태어나게 해 미안한 듯 말꼬리를 흐리는 아버지. 아버지는 미안했기에 더 호기롭게 나의 탄생이 공주 같았다고 추어준 것인지도 모른다.

그제야 나는 젊은 아버지가 단칸방에서 같이 잠을 자고 비명을 듣고 새벽에 아기를 처음 만났다는 것을, 태를 산에다 묻고 허겁지겁 뛰어온 그 날에도 피비린내 가시지 않은 방에서 밥을 먹고 서둘러 다시 회사로 출근했다는 것을 깨달았다. 그들이 있어 나는 방바닥에 등을 대고 지상에서의 첫 잠을 들 수 있었다.

나는 이 방을 생각했다. 학생이던 시절, 무조건 일등을 해야 한다고, 서울에 가서 출세하라고 닦달받을 때도 이 방을 생각했다.

이곳에서 나는 시작했다. 이 방이 남아 있다는 이유만으로
멀리 떨어진 곳에서 그토록 오랫동안 든든했다.
'그래, 너는 이곳에 있었지.'

운 좋게 서울에 있는 대학에 가서 자취방에서 잠을 설칠 때도 이 방을 생각했다. 직장에 다니며 임대 아파트에 당첨되고 신이 나 그 집을 쓸고 닦을 때에도 어렴풋이 이 방을 떠올렸다. 큰 이별을 겪은 다음엔 필사적으로 이 방을 찾아 길을 헤매는 꿈을 꾸었다. 꿈에서 알 수 없는 언덕을 지나 자꾸 모습을 바꾸는 미로 같은 길을 헤매며 이 방으로 돌아가기를 간절히 바랐다. "나에게는 태어난 방이 있다고요! 나한테는 태어난 집이 있다고요!" 카페에서 지인과 이야기를 나누다 불쑥 이렇게 외치고 어깨를 들썩이며 끝없이 운 날, 나는 이 집에 다시 찾아가야겠다고 결심했다.

그 방 안을 볼 수 있다면 하고 나는 생각했다. 그러면 쥐가 들끓어 늘 발 구르는 소리가 나던 천장과, 책상과 옷장이 세간의 전부이던 윗목과, 어머니가 무쪽이나 사과 조각을 박박 긁어 주던 아랫목과, 햇빛이 환하게 떠오르던 장지문을 다 알아볼 수 있을 것 같았다.

담장 벽돌의 좁은 틈은 시멘트로 막혀 있었고 오래된 거미줄이 무지갯빛으로 늘어져 있었다. 벽돌의 구멍을 발견하고 눈을 대었을 때 그 방의 측면 문이 열린 걸 보았다. 부엌으로 오갈 수 있게 옆으로 낸 문이었다. 잠깐 환기하려는지 방문을 열어 놓았나 보다. 눈을 뗄 수 없었다. 방 안을 들여다볼 수 있는 기회가 운 좋게 생겼다. 단 한 번의 허락을 받은 것처럼 떨렸다. 안에는 푸른 체크무늬 이불과 금박 문양이 새겨진 붉은 베개 두 개가 나란히 있었다. 아래쪽에 짐이 쌓여 있는 것 같았지만 내 눈높이에 있는 것은 누군가를 기억하며 기다리는 것 같은 이불과 베개였다.

이곳에서 나는 시작했다. 이 방이 남아 있다는 이유만으로 멀리 떨어진 곳에서 그토록 오랫동안 든든했다. '그래, 너는 이곳에 있었지.' 남아 있는 방이 나를 위해 장담해 주기를, 고개를 끄덕여 주기를, 그래서 나를 붙잡아 주기를 바랐다.

찢어진 창호지가 붙은 문 앞에는 푸른 틀의 유리문이 새로 나 있었고 그 문에 연둣빛의 덩굴 잎들이 비쳤다. 내가 직접 보지 못하는 담장 건너편 아래에는 저렇게 푸르고 둥근 잎을 한 덩굴들이 싱그럽게도 자라나 있었다. 유리문을 가로지른 빨랫줄에는 색깔이 바랜 빨래집게가 몇 개 걸려 있었다. 누군가가 살다 갔고, 지금도 살아가고 있는 흔적이 켜켜이 남아 여전히 온기가 가시지 않은 자리. 내가 있었던, 그러나 오로지 나만 있었던 것은 아닌 호젓한 자리. 그 방은 나를 낳고 난 뒤에도 누군가를, 그 무언가를 기르고 재우고 씻기고 살리고 있는 것 같았다.

방에서 눈을 떼고 물러섰을 때, 뜨거운 그리움이 잘 차려진 밥상 앞에서 눈물을 거두는 걸인처럼 물러나는 것 같았다. 길차게 자란 옥수수와 해바라기가 담장 밖으로 나를 쭉 내다보고 있었다는 걸 알게 된 건 그때였다.

골목에서 마주친 새

“저기 제비가 있다!” 나도 모르게 탄성을 질렀다. 허공을 가로지른 전깃줄에 나란히 앉아 있는 제비들이었다. 구름 하나 없이 파란 하늘을 배경으로 날갯죽지를 나란히 맞대고 꿈쩍 않고 내려앉아 있는 새들이었다. 얼핏 보면 살아 있는 것 같지 않고 작은 검은 돌들이 모여 있는 것 같았다. 제비를 흔히 보지 못하고 살아와서 반갑고 신기했다. 청량한 공기가 가슴에 가득 스며들어 왔다. 제주 우도에 갔을 때 만난, 전깃줄에 빼곡히 앉아 있던 낯선 까마귀 떼처럼, 한자리에 터를 잡고 사는 새들의 모습은 단박에 여행객의 마음을 낯선 시공간으로 이끈다. 내가 고향에 왔다는 것을 뚜렷이 알려주는 데에 이 제비 떼만 한 것이 없었다.

제비는 옛이야기에도 나온다. 제비는 자신의 몸에 손길을 준 사람을 못내 잊지 못하고 그리워했다. 제비는 흥부와 헤어지고도 그냥 날아가지 못하고 ‘섭섭해서 빨랫줄에 내려앉아 무엇이라고 대답을 하면서’ 고맙고 아쉬워 강남으로 가는 여정을 늦췄다. 날아가다가 뒤를 돌아보는 새, 사람처럼 석별의 정을 아쉬워하는 새. 자신에게 그다지 필요하지 않지만 사람에게는 필요하리라 여겨 먹을 쌀, 입을 비단, 쓸 돈 같은 것들을 알뜰하게 씨앗 안에 갈무리해, 입에 물고 허위허위 멀리서 기를 쓰고 날아오는 새. 그걸 땅에 떨어뜨려 주는 새.

어머니가 읽어 주는 동화책 내용을 들으면, 새들도 짐승들도 사람의 곁에 이웃처럼 머물며 동무하고 사는 것 같았다. 그중 새들이 조심스러웠던 것은, 은연중에 새들이 우리를 하늘에서 내려다보고 우리의 착한 행동과 나쁜 행동, 좋은 마음과 악한 마음까지 샅샅이 꿰뚫어 보는 것 같다는 생각에서였다. 새들의 눈을 어려워해야 한다는 건, 그들의 시선이 더 환하고 가차 없기 때문이었다. 그래서 모른 척할 뿐 다 알고 있는 새들이 처마에 집을 지을 때, 어른들은 귀한 손님이 머무르는 양 내버려 두면서 이따금 잘 지내는지 눈길을 던졌다.

죽은 새들을 볼 때가 있었다. 서울에서 무심코 길을 걷다가 도로에서 치여 죽은 비둘기를 볼 때도 있었다. 깃털과 살점이 엉킨 채 죽은 그 자리를 치워 주는 사람은 아무도 없었다. 하늘을 나는 새가 왜 땅에서 차에 짓이겨졌는지 궁금해하는 이도 딱히 없는 것 같았다. 죽은 새들은 비닐봉지가 바람에 쓸려 다니고 찌그러진 담배꽁초가 널브러져 있듯 그 자리에 방치되어 있었다. 다음날도 그 다음날도 마찬가지였다. 새들이 사람에게 공격적으로 굴 때도 있었다. 도시공원의 벤치에 앉아 있는데 하늘에서 까치가 갑자기 쏜살같이 직진해서 내 머리를 쪼아 댄 적이 있었다. 난데없이 돌멩이에 머리를 얻어맞은 듯 눈앞이 캄캄해지며 새가 왜 나에게 적대감을 드러내는지 모르겠어서 변명이라도 하고 싶었다. 학교의 화장실 칸에 비둘기 한 마리가 들어와 둥지를 짓고 알을 품으며 어깨를 잔뜩 웅크린 적도 있었다. 학생들의 입을 타고 소문이 나 그 새를 보러 들락거렸다. 다가오는 학생들 앞에서 새는 알을 두고 날아가지도 못하고 속수무책이었다. 빤히 뜬 눈으로 응시하며 새는 자포자기하듯 보였지만 무언가를 끝내 지키려는 듯 침묵 속에서 결연했다. 신화와 민담이 사라진 자리에서, 사람들의 애정과 공경이 사라진 자리에서, 새는 하루치의 생존을 위해 사람처럼 허덕였고, 사람처럼 분노했으며, 사람처럼 소리 없이 죽어들 나갔다.

나고 자란 골목길을 오랜만에 호젓이 걸어보는 시간. 열 채가 채 안 되는 집들이 마주한 골목이라 그 길이가 길지 않았다. 하지만 조무래기들에게 그곳은 종일 쏘다녀도 끝이 없는 길이었다. 대문은 선선히 열렸고, 친구들이 날마다 소리치며 뛰어나오고, 그 문들 안에 들어서면 언제나 새로운 마당이 펼쳐졌다. 가끔 부모에게 야단을 맞으면 이웃집에 무턱대고 찾아가 속상하다고 훌쩍이다가 잠이 들었고, 눈을 뜨면 다시 우리 집 방에 돌아와 있었다. 그 골목에 우두커니 서 있다. 나는 무엇을 보고 싶었던 것일까? 무얼 찍어야 할까?

이웃집에 살던 얼굴이 얽은 아주머니. 한 번은 아주머니가 사진을 찍어 주겠다고 해서 은색 핀을 꽂고 남색 치마에 붉은 윗옷을 입고 그 집에 갔다. 아주머니는 사진을 세 장 찍어 주었고 나는 잔디가 따가워 다리에 힘을 준 채 아주머니가 시키는 대로 깍지 낀 손에 턱을 괴고 사진을 찍었다. 아무 근심 없이 행복한 순간을 찍는 포즈는 정해져 있는 것 같았다. 할미꽃 사이에서, 잔디밭 위에서 나는 평소보다 더 티 없고 즐거운 모습으로 보이려고 했지만 속으로는 낯선 자세가 불편했다. 시키는 대로 잘 따르려고 긴장하고 있었다. 대문이 열리고 골목의 다른 친구들이 얼굴을 내밀었을 때 나는 그 친구들을 향해 아랫입술을 깨물고 무엇인가를 빼앗기지 않겠다는 양 앙다문 표정을 지었는데 사진에 그 얼굴이 고스란히 찍혀 버렸다.

바라는 것과 현실은 조금씩 달라서 아귀가 딱 맞는 것은 아니었다. 친구가 엄마 몰래 앵두를 따 가도 된다고 해서 서둘러 붉게 부푼 부드러운 앵두 알맹이들을 따서 자석 필통에 넣은 적이 있다. 집에 가서 기대에 차서 열어 보았을 때 앵두가 모두 터져 짓물러 버린 것을 보고 실망했다. 필통에 그려져 있던 노랑머리에 눈이 푸른 소녀의 이름은 소피아라고 적혀 있었다. 주변에는 그렇게 긴 머리에 쌍꺼풀 진 눈을 한 사람들이 없었는데 아이들은 하나같이 긴 머리채에 눈이 큰 여자들을 그렸다.

친구들이 물총 놀이를 하기에 집에 가서 물총을 사 달라고 졸랐더니 아버지는 '다음에 사 주겠다'고 했다. 그러나 그 다음은 끝내 오지 않았다. 한국 전쟁 때 동네 사람들이 총에 죽어 가는 것을 어린 나이에 겪은 아버지는 본능적으로 총에 대한 거부감이 있었다. 아무리 놀이라고 해도 총을 가지고 사람을 쏘는 놀이를 하면 안 된다고 어두운 얼굴로 야단치듯 한마디 하는 아버지 앞에서 약속이 지켜지지 않았다는 생각에 눈물이 핑 돌 뿐이었다.

이 골목에서 우리를 업어 준 사람들의 고통까지 헤아리기에는 우리는 아직 어렸다. 그래도 그들은 우리를 힘껏 끌어안았다. 왜냐하면 전쟁의 기억이 있었고, 폐허가 되었던 고향의 모습이 그들 눈에 선했고, 우리는 그들이 새로 시작하고자 하는 삶과 가족의 일부였으므로. 부모들은 맹렬히 일했고, 우리를 맹렬히 지켰으며, 생존과 보호, 그 이외의 것에는 기필코 무관심했다.

골목 맨 끝집은 폐가가 된 듯싶었다. 딸만 일곱 있는 집이었는데 마지막에 아들을 하나 낳았다는 그 집의 어머니는 말수가 적었고 늘 화가 나 있는 것처럼 보였다. 그 집 딸들 중 하나였던 친구는 엄마를 두려워해 쉬쉬하면서 나를 몰래 자기 집에 들였다. 뒤채에서 친구와 숨죽여 놀았다. 흙바닥에 작대기 하나만 있으면 그림을 그리고 놀 수도 있었다. 골목의 아이들은 서로 손을 잡고 목청 높여 '꽃 찾으러 왔단다!' 노래를 부르거나 '무궁화 꽃이 피었습니다!' 놀이를 했는데, 반대로 목소리를 낮추는 놀이도 했다. 바닥에 경쟁하듯 길게 타원을 그리고 자기 아빠 성기가 이만큼 크다고 자랑하며 우기기도 했다. '자지', '보지' 같은 말도 곧잘 쓰면서 놀았는데 '자지'는 때로 자랑스럽게 말했지만 '보지'는 심한 욕이었기에 자주 쓰면 안 되는 말이었다. 여자의 성기를 가리키는 말은 세상에서 제일 큰 욕으로 여겨져 절대 입에 담으면 안 될 것 같았다. 어쩌면 나는 그때부터 태어난 몸의 세계에서 오염된 말의 세계로 다가가며 조금씩 자신과 멀어지기 시작했는지 모른다.

어딘가에서 그때의 나를 만날 것 같다. '누구세요?' 나를 올려다보는, 한참 놀고 있던 아이와 마주칠 것 같다. 그 생각을 하자 가슴이 뭉클해진다. 무슨 말을 해 주어야 할지, 네가 이렇게 잘 자랐다고 말해야 할지, 이렇게밖에 되지 못했다고 사과를 해야 할지 알 수 없었다. 실제로 보이지 않는 그 아이와 마주하고 눈이 마주친 양 나는 어쩐지 부끄럽고 미안해서 눈을 들 수 없었다. 주변은 완전히 정적이다. 낯선 노인들만 남아 미심쩍은 눈으로 행인을 톺아볼 것 같은 곳. 더는 아이들이 흔하지 않고, 어른이 된 아이들은 낯선 곳에서 하루하루 그날의 먹을 것과 잠잘 곳을 위해 싸우며 고향의 골목 따위는 가슴에서 꺼내 놓지 않을 것 같았다. 좁은 골목에, 이렇게 커져 버린 몸을 하고 나는 서 있다.

해가 집들의 그림자를 드리웠다. 깨진 보도블록이 자리에서 튀어나와 있는 게 눈에 띄었다. 길바닥과 벽과 지붕과 마당을 휩쓸었던 웃음소리와 고함 소리가 사라지고 나니 이리저리 금이 가고 깨어지고 곧 허물어질 모습이 날것 그대로 눈에 들어왔다. 벽에 난 금들을 찍고 닫힌 철문을 찍고 고목이 된 나무를 찍었다. 이제 무엇을 더 찍어야 할까.

눈길을 허공에 던지다가 제비들이 아까와 같은 모습으로 여전히 전깃줄에 앉아 있는 것을 보았다. 저편의 모퉁이에서 보이던 모습이 이 골목에서도 똑똑히 눈에 들어왔다. 그때도 그랬다. 제비들이 그 자리에 있었다. 지금도 제비들이, 갈 곳 몰라 서성이는 나를 지켜보며, 그때와 지금을 이어 주는 바늘땀처럼 하늘에 검은 자국으로 남아 있었다.

제비가 앉아 있는 모습에 나도 모르게 카메라를 하늘로 향했다. 그 순간 제비들은 일제히 날아올랐다. 어떤 제비는 더 높은 곳으로 올라갔고, 어떤 제비는 아래로 유영하듯 미끄러졌으며, 일부는 직선의 방향으로, 또 둥근 원을 그리며 제비들은 제각기 사방에 흩뿌려졌다.

어릴 적, 처마에 있던 그 제비들이었다. 여태까지 그 자리에 남아 있다가 이제야 눈짓하고 떠나는 제비들이었다. '너도 우리처럼 날아오르렴.' 먼 곳이었다. 나의 기척이 그들을 흩어 놓기에는 너무 멀었다. 하지만 제비는 어른이 된 나의 눈길이 자신들의 몸에 닿자 이제 날아가 버리는 것 같았다. 어쩌면 오랫동안 참았던 인사를 해 준 것인지도 모른다. 멀리 떠나는 모습을, 갈 길을 가는 모습을 보여 주려고 이제야 발을 떼고 날개를 편 것인지 모른다. 그렇게 망설임 없이 자리를 박차고 떠나면서 단 한 번도 뒤돌아보지 않았다.

그때도 그랬다. 제비들이 그 자리에 있었다.
지금도 제비들이 그때와 지금을 이어 주는 바늘땀처럼
하늘에 검은 자국으로 남아 있었다.

물에 띄운 사진

어린 시절의 사진을 다시 볼 때가 있다. 어릴 때 사진을 보면 애틋하고 든든해진다. 몸이 조금씩 자라나고 표정이 제법 차분해지는 게 눈에 들어온다. 요즘 들어 다시 사진첩을 넘겨 보고 있는데, 전에 못 본 것들도 새로 눈에 띈다.

해 질 무렵 양손을 허리춤에 대고 잔뜩 뽐낸 사진 구석에 그림자 두 개가 나란히 있다. 부모님의 그림자다. 얼굴은 없지만 지금보다 더 젊었을 때의 모습이 그림자로 찍혀 있다. 어떤 표정이었을까. 웃고 있었을까? 손을 흔들고 있었을까? 그때 우리 집에는 카메라가 없었으니 카메라는 옆집에서 하루 빌린 것일 게다. 내 쪽으로 더 다가와 있는 그림자는 카메라를 든 아버지의 그림자다. 어머니는 한발 물러나 나를 보고 있다. 이름을 소리쳐 부르거나 박수를 치고 있었을지도 모른다. 젊은 부모는 모처럼 카메라 앞에서 딸의 사진을 잘 찍어 주기 위해 애쓰고 있었다. 어머니도 그 사진을 다시 보았다. "봐라, 예쁘지?" 어머니는 정말 귀여운 어린 딸을 눈앞에 둔 듯 사진을 쓰다듬었다. 내가 그림자를 가리켰을 때 어머니는 미처 몰랐다는 듯 놀랍고 신기한 눈으로 쳐다봤다. 자신과 남편이 젊었을 때를 생생하게 떠올리는 것 같았다.

낯선 사람이 찍어 준 사진도 사진첩에 있다. 얼굴은 잘 기억나지 않지만 젊은 남자였다. 골목을 쏘다니는 꼬마들을 눈여겨보고 있다가 한 번은 그 '아저씨'가 제안을 했다. "내일 이 자리에 다 같이 나와라. 사진을 찍어 줄 테니." 잘 차려입고 오라고 당부했던 것 같다. 사진을 찍는다는 건 새로운 일이었다. 한 남자애는 군청색 유치원복을 입고 왔고, 어떤 남자애는 청바지에 빨간 멜빵 차림이었다. 나는 평소처럼 쫄쫄이 바지에 잠바를 입고 노란 유치원 가방을 하나 메었다. 유치원에 빨리 가고 싶었고 주인집 오빠나 언니처럼 학교에 가서 공부도 하고 싶었다. 어디선가 얻은 가방이었을 것이다.

아저씨는 잠깐 망설였다. 자주 함께 놀던 아이 한 명이 빠져 있었기 때문이다. 그 아이를 기다리면서 길에 서 있었다. 우리가 찾아보려고 했지만 하필 아이가 집에 없다고 했다. 할 수 없이 꼬마 세 명만 나란히 담 아래에 서서 사진을 찍게 되었다. 평소 장난을 칠 때와 다르게 우리는 점잔을 빼고 카메라 앞에 섰다. 반듯하게 서서 굳은 얼굴로 찍었다. 유치원복을 입고 나보다 키가 컸던 남자애만 가운데에서 웃으며 손을 허리에 얹고 있었다. 다음에 만났을 때 아저씨는 우리에게 사진을 한 장씩 따로 나눠 주었다. 인사로 무슨 말을 해 주었겠지만 그 말은 기억이 나지 않는다. 그리고 그는 사라졌다. 아마 카메라를 하나 메고 떠돌아다니는 젊은 사진사였는지도 모른다.

그 사진을 자세히 보다가 우리가 모두 우뚝하니 서 있다는 걸 알게 되었다. 아이들을 사진에 잘 담으려고 몸을 한껏 웅크린 남자의 모습이 눈앞에 떠올랐다. 사진을 앨범에서 떼어내자 뒤에 글씨가 있었다. '1979년 11월.' 누가 썼을까. 사진을 받아 든 어머니일까, 사진을 건네준 그 사람일까.

내 얼굴을 찬찬히 뜯어보았다. 살집이 올라 둥근 얼굴에 골똘한 표정으로 앞을 응시하고 있다. 그때 나는 다섯 살이었다. 태어난 지 오래 되지 않은 아이. 세상과 앞날이 아름다울 거라고 순진하게 막연히 믿고 있는 얼굴이었다. 그 얼굴을 보고 있는데 가슴이 메어 오며 눈물이 갑자기 흘러내렸다. 잊고 있던 얼굴이다. 그 얼굴을 잊고 혼자 세상에 실망하고 마음의 문을 닫으며 살아온 시간들이 떠올랐다. 그러자 그 얼굴에 사과하고 싶었다. 때로 포기하고 싶었던 순간에, 그 믿음을 저버릴 뻔한 순간들에 대해, 세상은 살 만한 거라고 믿고 있는 얼굴 앞에서.

사진으로 마주하자 지금의 나는 어른이고 그 얼굴은 내가 지켜 주고 키워 내어야 할 여전히 그 자리에 있는 아이의 모습 같았다. 어떻게든 그 표정에 맞는 값어치로 살아 주어야 한다는 생각이 들었다. 쭈그리고 사진을 찍어 주는 어른을 쳐다보던 그 얼굴이 이번에는 어른이 된 나를 그렇게 쳐다보고 있었다. 내가 어떤 선물을 받았는지 그때는 몰랐다. 수십 년이 지나서 나는 그 이름 없는 이의 선물이 얼마나 큰 것이었는지 깨달았다. 그는 자신의 렌즈에 들어왔던 아름다운 아이들의 얼굴을 나도 볼 수 있게 해 주었다. 결코 혼자서는 찾아낼 수 없었던 얼굴을.

나는 유년의 사진들을 가슴에 품고 사진을 찍었던 장소에 찾아가서 그 자리에 사진을 세우고 다시 사진을 찍기로 했다. 그 사진도 제자리를 찾아갔다. 몇 번을 새로 쌓았을 담장 아래에 지금은 너무나도 작아진 사진 속 아이들이 다시 서 있다. 잘 보이지도 않는다. 햇볕이 느껴지자 그 아이들에게 이 볕을 쪼여 주고 싶다는 생각이 든다. 그런데 내 그림자가 자꾸 사진을 가린다. 아이들은 변함없는 표정을 한 채 그 자리에 나란히 서 있다. 누군가가 지금 뭐하는 거냐고 나에게 물었다면 "이 자리에 본래 있던 아이들이에요." 하고 대답했을 것이다. 차들이 이따금 지나가는 이 자리에 아이들이 발자국을 찍으며 종일 놀았다. 아이들의 즐거운 공터였다.

그때 우리는 길가에서 놀다가, 언덕을 올라가 물둑에서 바랭이로 우산을 만들다가, 애기똥풀로 손톱에 칠을 하다가, 메뚜기를 잡아다 강아지풀에 꿰어 집에 가져갔다. 내성천에서 물장구를 치기도 했다. 내성천에는 모래가 많이 쌓여 있어서 물이 깊지 않았다. 빨간 구두 한 짝이 물살에 쓸려 내려가 그 신발을 찾겠다고 한참 물길을 따라 내려간 적도 있다. 물살에 햇빛이 비쳐 온통 하얗게 반짝이고 송사리들은 태연하게 오가는데, 빨간 구두가 눈에 띄지 않아서 막막하던 마음이 기억난다. 주변에 아무도 없어서 훌쩍이면서 걸어갔는데, 그 구두는 같이 놀던 친구가 이미 건

져 놓았더랬다. 위험한데 물을 따라갔다고 어른들이 한마디씩 했는데 그때까지 나는 내성천이 위험할 수 있다는 생각은 한 번도 하지 않았다.

어린 시절에는 모든 하천이 모래가 두껍게 쌓이고 물은 깨끗하고 맑은 줄 알았다. 그렇지 않다는 걸 알게 된 것은 내성천이 위태로워졌을 때였다. 사대강 공사로 지천이 공사판이 되고 부드러웠던 모래는 깎여 나갔다. 내성천에도 자갈이 쌓이고 녹조가 번식하고 있다는 사실을 뉴스로 들었다. 나는 친구의 부고를 듣고도 모른 척하는 사람처럼 마음이 불편했다. 사람처럼 강도 죽는다는 것을 알았다. 그것도 사람 때문에 죽는다는 것을.

서울에서 도로가를 지나다 우리 아이가 옆에 있는 다리 밑 하천에 가자고 칭얼거렸다. 하지만 그 아래에 쌓인 쓰레기와 탁류 때문에 말을 들어주지 못했다. 물에서 놀고 싶었던 아이는 그 자리에서 목을 놓아 울었고 떼를 썼다. 나는 버럭 소리를 질렀다. 물이 더러워졌다고, 가까이 가면 몸에 해롭고 병이 날 수 있다고. 그 설명이 아이에게 전달이 되지 않았다. 아무리 설명해도 물이 왜 더러워졌는지 아이는 이해할 수 없었다. 칸칸이 돈으로 구획되어 있는 도시의 자리에서, 아이는 한 시간에 5000원짜리 자리에서 뜀을 뛰었고, 인공 눈이 가득한 자리에서 썰매를 탔고, 수영장에 들어가 헤엄을 쳤다. 조금 더 놀고 싶다고 하면 다시 긴 줄을 서야 했고, 모르는 이들 사이에서 아이를 지켜보아야 했으며, 더 놀 수 없다고 선을 그어야 했다.

그러면서 나는 내가 한 배반을 생각했다. 내가 돌아보지 않은 얼굴들에는 한때 몸을 담근 강도 있었다. 내성천 같은 물이 몸을 휘감으면 사람은 그 감촉을 평생 잊을 수 없게 된다. 강물이 사람을 한 마리 물고기나 구르는 자갈돌처럼 받아들여 어루만지는 것이 어떤 느낌인지 몸에 새기게 된다. 길에서 구르고 냇가에서 뛰놀며 아이들은 작은 상처와 좌절을 털어 버리고 뿌듯하게 자신을 채워 가는 힘을 얻게 된다. 적어도 나는 그랬다. 내 웃음의 뒤에는 그런 든든한 강의 웃음이 있었다.

내성천 앞에서 사진을 꺼냈다. 튜브를 끼고 그 천에서 헤엄을 치는 어린 시절의 사진이었다. 이제 물에 들어가지도 않는 내가 냇가에 앉았다. 발치의 모래는 축축하게 젖어 들었다. 햇빛이 비추어 흰 빛이 비스듬하게 내성천을 물들였다. 내 구두를 물고 갔던 모래톱에는 또 다른 여자아이들의 샌들이 나란하다. 여름이고 이곳은 여전히 피서할 수 있는 곳이기 때문이다. 빈 페트병이나 음료 컵에 송사리며 가재를 잡느라 바쁜 아이들의 뒷모습이 눈에 들어온다. 화기애애한 부모들은 물 안에 접이의자와 탁자를 놓고 발을 담그며 담소하고 있다. 아이들보다 더 신이 나 물총을 쏘아 대는 부모도 있다. 그들의 눈을 피해 한쪽에서 주섬거리며 사진을 꺼냈다. 밀폐된 자리에서 몇십 년 만에 꺼낸 사진은 왠지 바스라질 것 같아 손수건으로 감싸 쥐었다.

사진이 제자리로 돌아갔다. 한 번 더 그렇게 물장구를 치기를.

아무 거리낌 없이 그때처럼 행복하길.

어린 얼굴이 담겨 있는 사진을 젖어 드는 모래밭에 비스듬히 꽂아 놓았다. 탁 트인 전경에 사진에 생기가 도는 것 같다. 다시 그 자리에 돌아온 아이의 얼굴을 물끄러미 보았다. 그다음에는 내성천 위쪽으로 사진을 들고 내를 배경으로 강바람을 맞게도 한다. 그런데 어쩐지 사진이 겉도는 것 같다.

사진을 물 위에 띄운다. 사진이 제자리로 돌아갔다. 물에서 나온 사진이니 물로 돌아가고 싶었을 것이다. 아이는 물속에서 웃고 있었으니 다시 물속에서 더없이 웃을 것이다. 한 번 더 그렇게 물장구를 치기를. 내가 이렇게 지켜보고 있을 테니, 아무 거리낌 없이 그때처럼 행복하길. 잔돌과 모래가 비쳐 보이는 지금의 내성천과, 아이가 몸을 담갔던 그때의 금빛 모래가 동시에 눈에 들어온다. 사진은 바람에 핑그르르 돌면서 귀퉁이가 젖어 갔다. 사진 속의 물결이 물에 젖어 들었다. 색이 바래 파르스름해진 사진이다. 무릎에도 차지 않는 물에 온몸을 담그느라 쪼그려 앉은 아이가 짓는 웃음이 늘 가슴에 남아 있었다. 나는 언제고 한 번은 이렇게 돌아오고 싶었다. 사진 속 아이와 함께 변하지 않은 모습으로.

나무가 끊긴 자리

우리 동네에는 읍사무소가 있었다. 멀리 여행을 가는 게 쉽지 않았던 시절, 읍사무소의 나무 그늘도 우리 가족의 소풍 자리였다. 큰 바위가 있고 향나무와 소나무가 있는 뜰에서 놀면서 사진도 찍었다. 그런 곳은 몇 군데 더 있었는데, '범드리'라 불렸던 내성천 가의 넓은 모래밭과 물이 맑은 석천 계곡 같은 곳이었다.

신혼 때 아버지는 임신한 아내와 소풍을 간다고 먼 길을 타박타박 걸어가 석천정사가 있는 물가 바위에 앉았다고 했다. 차비를 아끼느라 둘이 손을 잡고 걸어간 길을 지금도 짠하게 떠올린다. 소풍이 거듭될수록 그 둘의 모습은 달라졌다. 처음에는 둘이서 손을 잡았지만, 다음에 올 때는 젖먹이가 품에 안겨 있었고, 아이들이 하나둘 늘어나면서, 둘의 얼굴은 좀 더 수굿해졌다. 다른 곳에 비해 읍사무소 자리가 좀 더 가깝게 기억나는 건 그곳이 내가 매일 지나치며 눈에 익은 곳이었기 때문이다.

산아 제한 운동이 휘몰아칠 때여서 읍사무소의 입구에는 기다란 현수막이 붙어 있었다. '잘 키운 딸 하나, 열 아들 안 부럽다.' 읽고 나서 나는 그게 무슨 뜻일까 한참 생각했다. 현수막 그림에는 딸아이를 목말 태운 아버지와 그 곁에 선 어머니가 활짝 웃고 있었다. 왜 한 아이가 열 아이보다 낫다는 것인지, 열 아들이란 도대체 무슨 뜻인지, 무엇이 부럽지 않다는 것인지 도통 수수께끼였다. 글자는 막 알게 되었지만, 글자 속에 담긴 편견까지는 다 알아채지 못했다.

아버지는 한겨울에 내가 글자를 익힐 때마다 귤을 사 주었다. 처음에는 내 이름과 친척들의 이름을 쓰고 외우는 것에서 시작했다. 그다음엔 벽에 붙은 평화를 구하는 기도문을 읽고 외웠다. 단지 글자를 아는 것만으로 뜻까지 이해할 수는 없었다. 예를 들어 '국군'과 '간첩' 같은 말이 그랬다. 둘 다 군인을 의미하는 것 같았는데 하나는 우리 편으로 굉장히 좋은 말이고, 하나는 적군으로 아주 나쁜 말이었다. 그 둘을 자꾸 헷갈려 애먹었다. 잘못 쓰면 안 되는 말이라 애써 구분하면서도 마음으로는 두 단어가 다르지 않은 것만 같았다.

『홍길동전』에서 '아버지 없는 자식'이라는 말을 읽을 때도 그랬다. 아이가 태어났다면 아버지가 꼭 있는 건데 왜 아버지가 없다고 하는지, 어째서 그 때문에 욕을 먹는다는 건지 이해할 수 없었다. 동화를 읽다가 '적선'이라는 말이 나와 물어보니, 아버지는 딱딱하게 굳은 얼굴로 어디서 그 말을 들었냐고 따지고는 그건 구걸할 때 쓰는 말이니 절대 쓰면 안 된다고 했다. 여관이라는 말도 그랬다. 책 속 그림에서 본 간판의 글자를 나는 자꾸 '여판'이라고 읽었다. 아버지는 여관이라는 말에 대해서도 어린애가 그런 말을 쓰면 안 된다며 또다시 무서운 표정을 지었다. 내가 잘못 읽어서 야단을 맞는 건지, 그 단어가 본래 나쁜 말인지 알 수 없었다.

어떤 말은 울타리가 쳐져 있었고 가까이 가면 지뢰처럼 터졌다. 어떤 말은 차별을 품고 있었고 그 편견을 이해하는 것이 글자를 익히기보다 어려웠다. '왜 그렇게 부르지? 그 사람이 잘못한 게 없는데, 둘의 차이가 없는 것 같은데.'라고 생각하는 아이의 첫 느낌이 사실은 더 맞는 거였다. 말을 배우고, 편견을 배우고, 쓸데없는 상처를 받고, 다시 애써 익힌 말과 편견을 벗어나는 게 '공부'였다. 내가 읍사무소에 걸린 표어를 이해하기 위해서는 아들이 딸보다 더 대접을 받는다는 것, 아들 하나가 딸 열보다 으뜸인 세상이었다는 것, 아이 수를 줄이는 게 애국이라고 여기는 시절이었다는 것, 그래서 과장스레 딸을 사랑하는 부모를 앞세워 그런 표어가 억지로 만들어졌다는 것을 이해해야 했다. 도무지 뜻을 알 수 없었던 말들이 읍사무소 앞에 한동안 붙어 있었다.

작은 동네였다. 집이 있는 골목에서 나와 조금만 걸어가면 읍사무소가 있고, 그 모퉁이를 돌아가면 성당이 있었다. 성당 뒤편에 놀이터가 하나 있었고 맞은편에 조붓한 시장이 있었다. 그것이 다였다. 읍사무소와 반대쪽으로 오르막길을 올라가 쭉 걸으면 논이 양쪽에 있고 그 길 끝에 내가 다닌 초등학교가 있었다. 아버지는 직장에 가느라, 빨간 책가방을 멘 나는 학교에 가느라 날마다 그 오르막길을 함께 걸었다. 오르막길 꼭대기에서 두 갈래로 길이 나누어졌는데 아버지는 오른편으로 갔고, 나는 왼편으로 갔다. 길이 나란히 있어서 학교에 가다가 고개를 돌리면 아버지가 맞은편 길을 걸으며 역시 이쪽을 보고 있다가 손을 흔들어 주는 게 보였다. 아버지의 얼굴을 보지 못하면 계속 고개를 돌린 채 걸었고, 어느 순간 아버지가 이쪽을 보고 웃으면서 손을 흔들어 주면 마음이 환해졌다.

아버지는 딸을 사랑했다. 아버지는 일찍 친어머니를 잃었지만 대가족 안에서 막내아들이라는 이유로 교육을 받을 수 있었다. 그래서 교육을 받지 못하고 일만 하거나 내키지 않는 곳에 시집가야 했던 고모들과 다른 삶을 살 수 있었다. 아버지는 처음으로 농촌의 대가족을 떠나 핵가족을 이룬 세대의 일원이었다. 그는 자신이 자라면서 보고 들은 것과 다르게 자식을 대했다. 딸이지만 교육을 시키리라 마음먹었고, 딸이 아들보다 못하다는 생각은 일절 하지 않았다.

그건 어머니도 마찬가지였는데, 가난한 살림 속에 아버지를 일찍 잃고 공장에 다니며 잠시 가장의 역할을 했던 어머니는 자신이 겪은 설움을 물려주지 않으려고 딸아이를 교육시키고 자기보다 잘 살게 만들겠다고 단단히 벼르고 있었다. 어머니는 친정에서 할머니까지 있는 대가족 속에 부대끼며 살아왔기에, 이렇게 단출하게 남편과 자식만 있는 가족의 삶은 처음이었다. 내가 딸로 태어났지만 교육을 받고 사랑을 받을 수 있었던 것은, 벽에 걸린 표어 때문이 아니라, 고통과 외로움을 다음 세대에 물려주지 않겠다고 결심하고 다른 낯선 삶으로 용감하게 비상한 두 사람의 노력 때문이었다.

그리고 부모님은 침묵하셨다. 어머니는 10대의 나이에 공장을 다니며 야간 근무를 하는 게 얼마나 힘들었는지, 아버지는 살벌한 군사 정권 시대에 한 몸을 지키고 가족을 지키기 위해 집에서 직장에서 얼마나 긴장하고 단속을 해야 했는지 입을 꾹 다물었다. 나는 그 품에서 그들이 겪은 적 없는 유년 시절을 보낼 수 있었다. 가족의 성원이 아니면 국가의 구성원도 될 수 없었던 시대였다. 길에 떠도는 아이들이 제대로 보호받지 못하고 청산되던 시절*, 나에게는 때마침 그런 부모님이 있어 웃음을 잃지 않고 자라날 수 있었다.

어머니는 내가 돌이 되기 전에 우량아 선발 대회에 데리고 나갔다. 모유를 먹이고 이유식을 하고 날마다 씻기고 입힌 자식을 안고 면사무소에 가니 마찬가지로 자신만만한 엄마들이 자식들을 하나씩 끌어안고 차례를 기다리고 있었다. 그들은 모두 처음으로 이 나라의 엄마가 된 세대였다. 이제부터 시작할 수 있다는 기대와 희망에 부푼 이들이었다. 전쟁 후의 가난과 질곡 같은 건 모두 잊고 싶었다. 흰 가운을 입은 사람들이 발육과 건강 상태를 측정하느라 아기들의 벌거벗은 몸을 꼼꼼히 만지고 살펴보았다.

---

* 하금철 외, 『아무도 내게 꿈을 묻지 않았다』(오월의봄, 2019) 참고.

내가 우량아 선발 대회에서 일등을 한 날, 어머니는 상품으로 받은 세발자전거 한 대를 끌고, 그동안의 노력이 헛되지 않았다는 자부심과 기쁨에 차서 셋방으로 돌아왔다. 우량아 상장은 큼지막했고 초록색 테두리 위에 태극기 깃발 두 개가 엇갈려 찍혀 있었다. 그 상장이 펼쳐질 때마다 웃음소리와 공공연한 자랑이 들렸다. 부모들은 잘 하고 있다고 공공의 인증을 받았고, 나는 합격 도장이 찍힌 '정상' 아이였다.

가끔 아프거나 맥없이 있으면 우량아 출신 아이가 왜 이런지 어머니는 고개를 갸우뚱했다. "넌 본래 우량아였어. 이런 아이가 아니었어." 하면서 내 건강의 처음인 '정상적인 자리'로 돌려놓으려고 애썼다. "내가 잘 낳아 줬는데 아프면 어떡해. 젖을 먹여 다시 키울 수도 없고." 때론 볼멘소리를 하셨다. 감기라도 앓게 되면 어머니에게서 나오는 그 소리에 나는 아프다는 것에 괜한 죄책감을 가졌다. 난 원래 아프지 않은 건강한 아이였다는 생각을 주문처럼 반복했다.

내 친구 중에는 재혼한 가정의 아이가 있었다. 아이들은 그 아이와 어울리지 않고 수군거렸다. "걔네 본래 아빠가 죽었대.", "그래서 엄마가 다른 사람이랑 결혼했대.", "걔네 아빠가 친아빠가 아니래." 예닐곱 살 유치원생 아이들은 은밀한 비밀을 나누듯, 뭔가 불길한 이야기를 전하듯 그 말들을 했다. 그 아이와 가족에게 마치 안 좋은 재앙이 붙어 있어서 우리와 다르다는 식으로 말이다.

그 아이는 태연했다. 작지만 다부졌던 아이는 남들이 수군대는 말을 다 알고 있었지만 모르는 척했다. 남들의 쓸데없는 참견을 막았지만 남의 시선을 의식하느라 늘 굳은 모습이었다. '나는 엄마, 아빠가 그대로 다 있어서 다행이다.' 하고 속으로 생각했다. 만약에 그 아이처럼 아빠가 죽거나 엄마가 다시 결혼한다면 그 불행한 자리에 내가 가 있을 테니까. 한 번은 그 아이가 사는 기와집에 놀러 갔는데 아이는 나에게 간식을 내오고 그림책을 보여 주며 잘해 주었다. 가 보니 맥이 풀릴 정도로 나와 다를 바 없이 살고 있었다. '엄마', '아빠'를 스스럼없이 부르며 사는 것도 나와 같았다. 미안했는데 미안하다는 말은 하지 못했다.

몇 년 전, 읍사무소 벤치에 어머니와 같이 앉아 있었는데, 성당 미사를 마치고 걸어오는 사람들 속에 그 부부가 있었다. 어머니는 주일날 자기 차림이 허술하다며 막상 그들에게 다가가 인사는 하지 못하고 내게 가만히 알려 주기만 했다. 그 부부가 지금도 그 자리에서 함께 잘 살아가는 것에 어쩐지 마음이 놓였다. '역시 틀린 건 수군대던 우리였어. 그들은 아무렇지 않게 잘 살고 있어. 괜찮았던 거야.' 그들이 조금 고개를 숙이고 조용하지만 빠른 걸음으로 앞을 지나쳐 갔다.

읍사무소의 뜰에 어린 유치원생들은 소풍을 갔고, 젊은 부모들은 카메라를 챙겨 나들이를 갔고, 펄럭거리는 현수막에 아랑곳없이 새로운 삶을 꿈꾸며 웃었고, 어떤 이들은 소리 없이 그 풍경을 지나쳐 갔다.

나는 이곳에서 부모님이 찍어 준 사진을 꺼냈다. 큰 돌 앞에서 살짝 웃고 있는 모습, 그 얼굴 뒤에 향나무가 보인다. 그 향나무가 이 자리에 남아 있을 것 같다. 내가 그 나무를 알아볼 수 있을까? 그 나무가 있기는 할까? 혹시 덜컥 베어진 건 아닐까? 있을 것도 같고 없을 것도 같은데 꼭 찾아내고 싶다는 생각이 들었다.

눈앞에 몇 그루 있는 향나무들 앞에 하나하나 사진을 대어 본다. 시간이 많이 지났는데 나무들은 더 크게 자라나지 않았다. 마치 시간이 되돌아간 듯하다. 그때의 모습과 비슷한 나무들 속에 머리가 희끗해진 내가 오래된 사진 한 장을 들고 서성인다. '이 나무일까?' 맨 앞에 있는 나무는 닮은 듯했지만 굽은 모양이 사진 속의 나무와 달랐다. 나무들은 모두 기억하고 있는 것 같다. 자기 그늘에 깃들어 왁자지껄했던 한때의 사람들을 기억하며 나무들은 나를 지그시 바라보고 있다.

내가 찾는 나무는 뒤편의 오른쪽 구석에 있었다. 사진을 그 나무의 밑둥에 대자 그때처럼 뻗어 나간 줄기가 눈에 들어왔다. 좀 더 가까이 대어 보았다. 사각의 사진에서 끊어진 나무줄기가 실제의 나무줄기와 이어져 다시 하늘 쪽으로 올라갔다. 나는 나무줄기를 손으로 쓰다듬어 보았다. 거칠고도 부드러웠다. 메말랐으면서 촉촉했다. 굳어 있었지만 오르내리고 있었다. 나무는 나를 알아보는 것 같았다. 사진을 찍을 때에도 그 후에도 한 번도 돌아보지 않은 뒤편의 나무가 나를 진짜로 이곳에 붙들어 매 주었다. 그때처럼 지금도, 앞으로도 있어 줄 나무가 끊긴 허리를 천천히 일으켜 세우며 내 앞에 처음으로 섰다.

나는 나무줄기를 손으로 쓰다듬어 보았다. 거칠고도 부드러웠다.
메말랐으면서 촉촉했다. 나무는 나를 알아보는 것 같았다.

2. 거울이 된 방들

집 안에 날아든 새

'집에서 볼 수 없는 것은 새다.' 그런 생각이 들었다. 손에는 사진이 한 장 들려 있었다. 지난번에 고향에서 찍은 새 사진이었다. 새가 날아가던 푸른 하늘이 까마득하다.

'아무것도 남은 게 없다.' 어머니는 그렇게 생각하는 것 같았다. 자식들을 기르고 손과 발이 닳도록 일했지만 손에 떨어진 것이 아무것도 없다고 했다. 자식들을 대학에 보내고, 그동안 부모로서의 노동을 묵묵히 하고, 자기 욕망도 포기했는데 자식들은 변변한 직장을 갖지 못하고, 돈도 잘 벌지 못했고, 앞가림조차 잘 못해 허덕거렸다.

철마다 자식들 전세금을 같이 걱정하고 김칫거리를 신경 쓰고 고민을 들어 주다 보니 어머니는 "엄마 자격증이 있다면 포기하고 싶다."라고 말하는 지경에 이르렀다. 자기 때와 달리 아이들이 무르다고 했다. 왜 자식들이 독립을 못 하는지, 왜 일자리가 없다고 하는지, 10대 때 일을 하고 20대 때 결혼해 단박에 자리를 잡은 어머니는 이해할 수 없다. 아버지의 말을 따라 아이들 공부만 시키면 되는 줄 알고 죽은 듯 뒤치다꺼리만 했는데, 그 결과가 신통치 않자 어머니는 분노했다. "그래서 손에 남은 게 뭐 있어! 아무것도 없잖아!" 빈 손바닥을 흔들며 어머니는 소리쳤다. 그때야 어머니는 가 버린 자신의 청춘을, 이루지 못한 꿈을 떠올리고 배신감을 느꼈는지 모른다.

어머니의 꿈은 교사였다. 어머니는 여자가 가질 수 있는 최고의 직업이 교사라고 여겼다. 내가 교사가 되지 않자 어머니는 실망했다. 나는 절대 학교로 돌아가고 싶지 않았다. 학교에서 입시 공부만 하던 시간이 결코 행복하지 않았다. 교사로서든 뭐로서든 학교에 다시 돌아가고 싶지 않았다. 딱히 내세울 직업이 없는 나이 든 딸을 두고 어머니는 울먹였다. "그 성적이면 넌 뭐든지 될 수 있었어. 교사가 될 수도 있었다고. 그럼 아무 문제없었잖아."

그 눈물을 보고 나는 창피했다. 내가 교사가 못 되어서가 아니라 어머니가 나를 실패한 딸이라고 여기는 게 주눅이 들어 창피했다. 어머니는 종종 "난 깻잎 반찬 하나 할 때에도, 새벽에 깻잎 한 장 한 장마다 간장 양념을 발랐어. 꾀부리지 않고 정말 열심히 살았다고." 같은 말을 했다. 그러면 어머니가 온전한 노동을 바쳐 키운 자식이 이 모양이라는 생각에 또 낯을 들 수 없었다. 나는 어머니를 만족시키고 싶었는데 그렇게 되지 않았다. 내 잘못은 아니지만 어머니에게 그걸 설명하기 어려웠다. 어머니에게 실망을 주었다는 죄책감은 마음에 깊이 남았다.

벽을 쳐다본다. 버지니아 울프는 "여성은 수백 년 동안 방 안에 앉아 있었기 때문에, 지금은 벽 자체에도 여성의 창조력이 스며들어 있습니다."*라고 했다. 정말 그럴까? 어머니도 자기 이야기를 다 하지 못해 그렇게 성을 내고 마는 것일까? 새벽에 깻잎에 간장을 바르던 어머니가 기대어 있던 벽, 자다 깨어 우는 아기에게 젖을 먹일 때 쳐다보던 벽, 내가 가스레인지에 불을 켜다가 마주 보게 되는 벽, 새벽에 머리를 기대고 앉아 있는 벽. 그 벽 안에는 무슨 말이 켜켜이 있을까? 벽이 모두 거울이라면 여자들은 자기 얼굴을, 자기가 하고 싶은 말을 더 빨리 알아챌 수 있을까?

중학생 때 학기초에 교사가 각자 앞에 나와 인생 그래프를 그려 보라고 했다. 아이들은 굴곡진 인생 곡선을 그렸다. 몇 살 때 힘들었고 그 이유는 무엇이었고, 또 몇 살 때는 좋았는데 그건 왜 그랬는지 모처럼 활기차게 이야기를 늘어놓았다. 나는 별로 깊게 생각하지 않았다. 직진해 올라가는 선을 쭉 그려 놓았다. "전 이전에도 좋았고, 지금도 좋아요. 앞으로도 더 좋아질 거예요." 그런 그래프를 그린 아이는 나밖에 없었다. 열다섯 살 때였다. 진짜로 그렇게 믿었다. 열심히 하면 다 잘 될 것이었고, 내 상황이 모두 좋아 보였다.

살면서 그 선이 문득문득 생각난다. 어떻게 그런 선을 그릴 수 있었을까, 낯 뜨거워지다가 그렇게 그릴 수 있었던 씩씩함을 잃어버린 것 같아 아쉽기도 하다. 열심히 산다고 해결되지 않는 세상의 일을 맞닥뜨리면, 그 그래프가 출렁이며 굴곡이 지는 게 보이

---

* 버지니아 울프, 『자기만의 방』(민음사, 2006), 이미애 옮김, 133~134쪽.

는 듯했다. '작은 것을 하나 알려 주면서도 인생은 참 비싼 값을 치르게 한다'는 생각이 든다.

"넌 이제 돈이 없잖아." 하고 어머니가 말할 때 항변하고 싶다. 자식을 길렀지만 이문이 남지 않았다고 냉정하게 대놓고 말하는 어머니에게, 더 이상 내 고민을 묻지 않고 자기 이야기만 늘어놓고 전화를 끊어 버리는 어머니에게 속으로 대꾸할 때가 있다. '아니에요. 난 잘 살고 있어요. 남한테 손 벌리지 않았고, 나 먹을 돈이 없는 것도 아니에요. 그러니까 무시하지 말아요. 난 정말 열심히 살고 있거든요. 엄마와 전혀 다른 삶을.'

난 교사가 되지 않는 대신 작가가 되었다. 남에게 보이지 않겠지만 어떤 문장을 쓸지 날마다 고민한다. 일 년에 기껏해야 6개월, 10개월씩 비정규직으로 일한 지 오래되었지만 나는 이때까지 작가와 엄마라는 이름 사이에서 줄타기를 하면서 잘 버텨 왔다. 여자가 왜 작가가 되어야 하는지, 엄마라는 이름으로 왜 족하지 않은지 엄마는 의아해한다.

평생 전업주부였던 엄마는 그렇게 살 수 있었던 게 모두 남편을 잘 만난 덕이라고 여긴다. 그것이 개발 시대에 가능했던 성별 분업 때문이고 그 시대가 끝났다는 걸 모른다. 이제는 생계 부양자인 남편, 전업주부인 아내라는 공식이 발붙일 자리가 없다는 걸 모른다. 각자 살아남기 급급한 시대에, 연애와 결혼과 출산도 사치스러운 일이 되어 버렸고, 그중 하나를 선택하더라도 자신의 모든 걸 걸고 휘청거리며 살아 내야 한다는 걸 모른다. '엄마의 시대가 그랬던 거라고요. 나는 전업주부가 될 수 없고, 되고 싶지도 않았어요.' 그 말은 삼켜 버렸다. 그러자 엄마는 급기야 어릴 때의 부러움과 딸에 대한 심술을 겹쳐 이런 애꿎은 소리를 했다. "여자가 공부한다고 가방 메고 다니는 거 쓸데없어. 시집가서 잘 살려면 집안일을 먼저 가르쳐야 돼."

엄마가 들은 말, 엄마가 들어서 나에게 전해 주는 말. 집에 있으면 집에 갇혀 있었던 여자들을 향한 이런저런 소리가 떠오른다. 미신, 통념, 학대, 편견. 그런 악의로 찬 속담이나 저주들이 떠다니며 나를 괴롭히는 것 같다. 그 말들에 맞서 한 걸음씩 내딛기가 얼마나 어려운지 모른다. 집 안에 있어도 나는 집 안에 있어야 한다는 말과 싸운다. 언제나 밖에 나갈 것을 꿈꾸고, 이 자리의 삶도 놓치지 않으려 한다. 자아실현을 해야 한다는 교육을 받았지만, 생활을 하면서 사람을 돌보아야 한다는 책임도 배웠다.

돈도 벌고, 꿈도 이루어야 하고, 엄마도 되어야 하는 나의 생활은 이런 식이다. 아침에 일어나자마자 글을 쓸지 밥을 할지 고민한다. 아침에 두어 시간 글을 쓸 때는, 식사 준비가 늦어지면 안 된다는 생각에 시계를 보고 초조해한다. 냄비를 들고 서둘러 수도꼭지를 틀면서는, 쓰다 만 글귀에 신경이 쓰인다. 밥과 글, 생활과 노동, 어느 것도 포기할 수 없다. 요즘처럼 아이가 온라인 수업을 듣고 집에 내내 있는 때에는 세 끼 식사를 척척 차려 내며, 설거지에 빨래까지 하면서, 아이에게 집안일을 하라고 잔소리를 하면서, 장을 보면서, 책상에 앉아 있을 자투리 몇 시간을 얻기 위해 고군분투한다. 집에서도 엄마가 되었다가, 작가가 되었다가, 온라인 강의라도 들어오면 제법 그럴싸하게 보이려 애쓰는 시간 강사가 되었다가, 지쳐서 아무것도 아닌 내가 되었다가 그렇게 지낸다. 그런데 아무것도 안 하고 집에서 속 편히 있다고 치부하면 그건 좀 억울한 일이다.

한 번은 친척 장례식 때 오랜만에 막내 고모를 만났다. 고모는 중년이 된 내 모습이 낯설었는지 "이제 같이 늙어가네." 말하며 웃었다. 초등학생 때 우리 집에 놀러와 갓난아기였던 나를 봤다고 했다. 엄마가 젖을 먹이는 걸 봤다는데 "정말 소중하게 안고 먹였어." 하면서 아기를 두 손으로 세워 받쳐 안고 가슴에 대는 모습을 해 보였다. 어머니가 나를 안아 주었다는 것이다. 내가 아무것도 하지 못하고 울고 있는 어린아이일 때 어머니가 젖을 먹여 주며 끌어안았다는 것이다.

그런 내용의 노랫말*을 들은 적이 있다. 바닥이 빛나는 것들을 업어 주는…… 나뭇가지, 숲, 어머니. 그때 나는 어머니에게 대꾸하며 맞서지 않았던 이유를 생각했다. 어머니가 말없이 업어 주던 시간을 생각했다. 나는 아이를 업을 때 영 서툴렀지만, 아이를

* 임의진, 「바닥이 빛나는 것들을 업고」(2006), 인디언 수니 노래.

업을 때 마찬가지로 업히던 나와, 나를 업던 어머니를 생각했다. 어머니는, 나는, 잠들지 않는 아이를 업고 밤새 서성이고, 자지러지게 우는 아이를 토닥이며 비어 있는 것 같은 집을 끝없이 걸어갔다. '그러니까 어머니, 나의 바닥이 아직 빛나고 있다는 걸 보아 주었으면 좋겠어요. 내가 바닥에 떨어진 것 같아 보여도, 그 아래에 반짝이는 것이 남아 있다는 걸 보아 주었으면 좋겠어요. 포대기 속 어린아이의 맨발바닥처럼 어머니만이 알고 있는 부드럽고 따뜻한 것이 아직 내게 남아 있다는 걸 봐 주었으면 좋겠어요.'

이제 나를 지켜 주어야 한다는 생각을 하지 않아도 좋으니, 어머니가 나를 긍정해 주기를. 내가 아이를 지켜야 한다는 생각에 밤에 뒤척일 때마다 나를 긍정하려고 애쓰는 것처럼, 어머니도 나를 그때처럼 한 번만 더 긍정해 주었으면 좋겠다. 아니, 어머니는 이미 나를 그렇게 보고 있는지 모른다. 그렇지 않다면 자신과 다른 미지의 삶을 향해 가는 나를 위해 그렇게 오래오래 연줄의 실타래를 풀어 주었을 리 없다. 바람에 떠나보냈을 리 없다.

가위를 들었다. 사진 속의 새를 닮은 새 한 마리를 종이에 그리고 오렸다. 그 새를 들고 보다가 벽 옆에 선다. 새가 집에서 날기 시작한다. 캄캄한 벽을 두루 지나 날아간다. 둥근 시계의 초조한 바늘 소리도 스쳐 지나간다. 닫힌 아이의 방문도, 열린 나의 방문도 지나쳐 간다. 부엌의 식탁 위에 내려앉을 듯 아래로 향하다가 선반 위쪽으로 날아올라, 다시 싱크대를 빠져나와 집을 맴돌았다. 모든 것을 아는 새, 모든 것을 본 새. 말 없는 여자들의 벽에서 웅성대는 말에 귀를 기울이고, 날 서고 아픈 뜨거운 기억의 모서리를 날갯짓으로 식혀 주는 새. 하지만 기어코 날아가기를 멈추지 않는 아름다운 새. 그 새의 그림자가 한밤중에 우리들의 집에 날아 들어왔다.

새가 집에서 날기 시작한다. 캄캄한 벽을 두루 지나 날아간다.

둥근 시계의 초조한 바늘 소리도 스쳐 지나간다.

벽에서 나온 얼굴

카메라를 들었는데 무얼 찍어야 할지 모르겠다. 집에 있는 풍경이 모두 평범해 보이고 굳이 내가 카메라를 들이댈 것은 없다는 생각이 들 때가 있다. 그런데도 우두커니 카메라를 들고 그 앞에 서 있는 건 집에서 내가 하나의 사물처럼 가구처럼 소리 없이 붙박여 있다는 느낌에서 벗어나기 위해서다. 나는 볼 수 있는 존재고, 이 집을 보는 나는 이 집과 다르다. 그런 느낌이 나에게 필요했던 게 아닐까.

저녁 시간에 전등을 모두 꺼 놓기만 해도 안이 캄캄해졌다. 여름이었지만 장마철이라 햇빛이 거의 들지 않았다. 컴컴한 하늘에서 번개가 쏟아지고 천둥이 울렸고, 보일러 연통에 부딪친 빗방울이 집 안에 딱딱딱 소리를 울려 댔다. 흐린 하늘에 사물의 경계도 흐릿하게 풀려 가는 것 같았다. 이럴 때는 나와 집의 거리도 바짝 가까워져서 소리 없이 바닥에 누워 있는 나와 묵묵히 있는 집은 숨소리도 닮아 간다는 느낌이 든다. 나는 집의 숨소리를 듣는다. 조용하다 못해 벌레들이 윙윙대는 소리처럼 징징 울리는, 전자음 같은 소리가 귀에 쉴 새 없이 들어온다. 정적도 소리를 가지고 있다는 걸 집에 있으면서 알았다. 지루하지만 끝없이 같은 노래를 부를 요량인 정적이다.

집에 있는 사물 중에 가장 눈길을 끄는 건 시계이다. 거실의 시계를 올려다보다 창에서 들어온 빛이 벽을 길게 갈라 시계 밑에 어렴풋한 두 줄기 직선을 그려 놓은 것을 보았다. 카메라를 든 건 그 빛 때문이었다. 빛이 스며들어 시계를 무언가 다른 존재로 만들어 주는 것 같았다. 그렇지만 너무 어두워서 사진에는 잘 담기지 않았다. 형광등을 켰더니 빛줄기가 사라져 버렸다. 어떻게 하면 저 빛을 지우지 않고 좀 더 밝게 볼 수 있을까?

보고 싶은 것을 본다는 건 흔하지 않은 기회다. 결혼을 하고 아이를 낳고 키우면서 나는 그걸 절감했다. 시선이 닿는 곳에 주의를 기울이고, 시간을 들여 찬찬히 살펴보고, 그 잔영을 곱씹으며 의미를 느끼려면 모두 물리적인 시간이 필요했다. 누군가에게, 또 무엇인가에 시선을 뺏기지 않고, 방해받지 않고, 간섭받지 않고 볼 시간. 나의 눈이, 내 마음이 이끄는 대로 움직일 수 있는 자유.

일상을 살면서 보아야 할 것, 해야 할 것의 목록은 정해져 있었다. 의무적인 일의 쳇바퀴 속에서 시선을 딴 데 둘 틈이 없었다. 그뿐 아니라 시선을 다른 데에 두는 것은 어린아이를 위험에 빠뜨리는 일이었다. 아기를 안고 책꽂이에 꽂힌 책을 올려다보다 아기가 눈앞에 있는 상패를 잡아당겨 떨어뜨리는 바람에 엄지발가락을 다치게 한 적이 있다. 그때 나는 황급히 병원에 달려가면서 잠시 책에 시선을 뺏긴 부주의를 자책했다. 한 번은 바위가 많은 석천 계곡에 갔을 때 아이를 안고 있는데 눈앞에 홀연 노란 나비가 나풀거리며 날아왔다. 한눈판 사이에, 품에서 버둥대던 아이가 순식간에 이끼 낀 바위 사이로 세찬 물살에 미끄러졌다. 소스라쳐서 아이를 끌어안으며, 다시는 나비를, 허공의 빛나는 것들을 보지 않겠다고 다짐했다. 한눈을 판다는 건 아이를 위험하게 하는 일이었다. 육아가 힘들었던 이유 중 하나는 아이의 행동거지, 표정들이 하루를 차지하는 모든 풍경이 된다는 데에 있었다.

뭔가 다른 걸 보고 싶다. 이때까지 보아온 것과 다른 것. 하지만 뚜렷이 그 자리에 있는 것. 나는 사진을 차곡차곡 정리하는 습관이 없었다. 여행지에 가거나 친구를 만나면 사진을 곧잘 찍고 휴대폰 메모리가 다 차도록 저장해 두지만 갈무리를 흐지부지하게 해서 사진들이 온데간데없이 사라지는 일이 흔했다. 아이의 어릴 적 사진이나 친척들 사진도 그랬다. 그게 아깝지도 않았다. 한순간을 찍었을 뿐, 어차피 지나가 버린 일이니 다시 보아도 사실로 존재하는 게 아니라고 생각했다. 바쁘게 살아가는 중에 과거를 회상하고 감상에 젖을 여유 따윈 없다고 여겼다.

암으로 투병 중인 친척 어른을 명절에 만나서 찍은 사진을 이듬해 그분이 돌아가시고 나서 본 적이 있다. 사진 속의 그분은 웃고 있었는데 그 사진이 도통 '무엇'인지 알 수 없었다. 사진의 원래 얼굴이 사라지자, 사진은 길을 잃은 것처럼 사진이 누구를 가리키는 건지 알 수 없게 되었다. 사진은 있지만 그 사람은 없다.

어른이 되어 다시 본 그림자는,

유년 시절의 나와 지금의 나를 이어 주고

세월에 이리저리 지친 나를

원래 모습으로 돌려놓는 것 같았다.

그럼 그 사진은 도대체 무엇일까? 뜻 없는 말처럼, 사진에만 남아 있는 사람의 모습이 아득하고 망연해 다시는 이런 사진을 찍지 않겠다고까지 생각했다. 실제로 있는 것이 아니라면 사진을 이해할 수도 없다.

소백산 숲길을 아버지와 걸을 때 아버지는 신나게 해외여행 이야기를 했다. 그러다가 문득 "텔레비전 보면 다 돼. 나가서 보면 화면에서 본 거랑 똑같아. 텔레비전이 더 좋게 보여 줘." 하고, 해외여행을 거의 해 보지 못한 딸의 마음을 짐짓 위로했다. 나는 정말 궁금해서 물었다. "아버지, 직접 나가서 본 것을 텔레비전에서 볼 때랑, 보지 않은 것을 텔레비전에서 볼 때는 다르지 않을까요?" 아버지는 곧 수긍했다. "그래, 텔레비전에서만 본 것을 상상하려면 잘 안 되지. 그게 실제로 있다는 생각이 안 들어서."

내가 그동안 사진을 잘 안 찍은 이유를 굳이 변명하자면, 사진 속에 찍힌 사람들이, 풍경이, 나조차도 실제로 있는 것이라는 생각이 잘 들지 않았기 때문이다. 곧 사라질 사람들과 풍경을 굳이 찍어 놓고 싶지 않았다. 나중에 사진을 보고 길 잃은 마음에 빠지고 싶지 않았다. 이젠 고백해야겠다. 나는 실은 세상의 그 무엇도 실제로 존재하지 않는 것만 같았다. 이것이 가벼운 우울의 시작이라는 걸 알고 있었지만 그 기분에 잠겨 드는 건 어쩔 수 없었다.

그런 기분은 중학생 때부터 생겨났다. 그 기분을 처음 느꼈던 날을 정확히 기억한다. 중학교 2학년 때였고, 초여름의 과학 시간이었고, 나는 뒤쪽 자리에 있었고, 오후 때였다. 초록 칠을 한 똑같은 책상 앞에서 딱딱한 나무 걸상에 앉아 수업을 듣는데 갑자기 주위가 어둑해지는 느낌이 들었다. 교사의 목소리가 먼 데서 들려오는 것 같았다. 자리를 둘러싼 모든 것이 흐릿해지며 나에게서 물러나는 것 같았다. 나는 세상이 멀리 동떨어지는 걸 느꼈지만 그것들에서 싹둑 분리되어 이젠 가닿을 수 없을 것 같았다. 내가 이쪽에서 말해도 저쪽에 있는 사람들은 내 목소리를 들을 수 없고 나를 만질 수도 없을 것 같았다. 스멀스멀 엄습해 와 가라앉히는 기분이었다. 나는 알 수 없는 심연에 빠졌지만, 그건 날씨처럼 저절로 생겨나 덮친 것이기에 내가 어떻게 할 수 있는 일이 아니었다. 절망스러워서 필사적으로 칠판을 보았다.

그때 중년의 과학 교사는 화학식에 대해 설명하고 있었다. 이참에 학생들에게 공식을 각인시켜야겠다고 작정했는지 물(H_20)과 산소(0_2)의 화학식 숫자를 번갈아 가며 칠판이 뚫어지도록 크게 두드려 대고 있었다. 그 두드리는 소리가 유일하게 또렷이 들리는 현실의 소리였다. 나는 그 소리를 현실로 돌아갈 수 있는 동아줄처럼 붙잡았다. 꼼짝 않고 칠판을 보면서 그 소리에 집중했다. 아무렇지 않은 표정으로 나를 보는 교사의 얼굴을 쳐다보았다. 다른 사람이 내 기분을 모르고 태연하게 앞에 서 있는 게 낯설었다. 한편으로 그가 내 기분에 아랑곳 않고 너무도 멀쩡하게 현실 세계에 버티고 서 있어서 안도감을 느꼈다.

다행히 이상한 기분은 칠판을 두드리는 소리와 함께 물러났다. 주변의 소음이 들리기 시작하고 몸이 다시 수면 위로 떠오른 양 세상이 빛깔을 되찾았다. '공부를 열심히 하면 되는구나.' 그렇게 나는 생각했다. 수업 시간에 집중해 공부를 하면 그 기분에 사로잡히지 않을 것 같았다.

그런데 그 느낌은 다음날 같은 시간이 되자 다시 몰려오기 시작했고 나는 이따금 들이닥치는 이상한 기분과 싸워야 했다. 반장 패거리에게 밉보여 따돌림을 당하던 때이기도 했다. 어쨌든 나는 각진 얼굴에 유달리 흰 낯빛으로 싱글거리던 그 과학 교사에게 고마운 마음이 있다. 한번은 먼 산을 보고 있는 나를 운동장에서 마주쳤을 때 그가 지나치면서 말했다. "너 우울하니? 우울이 얼마나 쓴 건데……." 그가 칠판의 숫자를 두드리면서 얼굴을 보아 줬다고 나는 생각해 버렸다. 숫자가 아닌 사람의 얼굴로 자기가 가르치는 학생의 얼굴을 염려했다고 생각했다. 그러자 마음이 좀 더 밝아졌다.

다시 벽에 비친 빛의 선을 바라본다. 형광등을 켤 수 없다면 무슨 조명을 켜야 할까? 여린 빛을 해치지 않고 빛을 쬐어 주려면. 핸드폰에 있는 손전등 기능이 생각났다. 식탁 위에 핸드폰을 올려 두고 손전등을 켰다. 그런데 생각보다 빛이 환해서 직선의 그림자가 그 빛에 묻혀 버렸다. 대신 눈앞에는 내 그림자가 뚜렷이 벽에 그려졌다. 손전등 앞에 서 있으니 커다란 그림자가 내 앞에 우뚝 선 것이다. 문을 두드리지 않고 불쑥 들어온 낯선 사람처럼, 나보다 더 뚜렷하고 당당한 모습을 하고 꿈쩍 않고 눈앞에 버티고 서 있었다. 나는 그림자 앞에 다가갔다. 그러자 그림자가 작아졌다.

어린 시절 생각이 났다. 전깃불이 꺼지면 촛불이 켜졌고 아직 어렸던 우리는 벽에 비친 그림자를 보고 손으로 나비나 개 모양을 만들며 놀았다. 나비는 천장을 온통 덮고 어른거리며 날갯짓했고 개는 벽 사이를 흘러 다니며 들리지 않게 짖어 댔다. 그걸 보는 아이들은 움직이는 나비의 날개를, 벌어졌다 다물어지는 개의 입을 숨죽여 쳐다보았다. 그림자가 거침없이 벽 사이를 뛰어다니고 날아다닐 땐, 어디선가 그 모습을 한 나비나 개가 벽을 뚫고 뛰쳐나올 것 같았다. 호기심과 알 수 없는 기다림에 가슴이 두근거렸다.

어른이 되어 다시 본 그림자는, 끊어진 유년 시절의 나와 지금의 나를 이어 주는 것 같았다. 세월에 이리저리 지친 나를 원래 모습으로 돌려놓는 것 같았다. 나는 고개를 들고 위쪽을 쳐다보았다. 그리고 한쪽 손으로 카메라를 들고 그림자를 보지 않고 셔터를 눌렀다. 나는 조심스레 셔터를 누르지만, 그림자로 찍힌 나는 그에 아랑곳하지 않고 생각에 잠긴 듯 먼 곳을 쳐다보고 있다. 이곳을 떠나는 시선이, 화면을 가득 채운 검은 살빛이, 빛이 그려준 부드러운 윤곽선이, 불면 꺼지는 초처럼 곧 사라질 것만 같은 흔들거림이 가슴에 와닿았다. 그림자는 내 속에 감춰진, 여전히 꼿꼿하고 자유로운 나였다. 마치 끊어진 다리를 잇는 것처럼, 물러난 세상을 불러 모아 내 몸에 꿰매는 것처럼, 그날 저녁 내내 나는 구석에 쭈그려 앉아 내 그림자를 찍었다.

내가 보고 싶은 날

내가 보고 싶은 날이 있다. 집을 서성이며 다녔다.

아이가 처음 바람을 보았던 날이 생각 난다. 걸음마를 하던 아이는 친정집의 마당 한가운데에서 멈춰 섰다. 아이는 놀라서 눈을 크게 뜨고 입을 반쯤 벌린 채 앞을 보았다. 나는 곁에 쭈그리고 앉아 아이가 무엇을 보는지 함께 보려고 했다. 그건 바람이었다. 아이는 나뭇잎들이 사각대는 소리를 내면서 한쪽으로 휩쓸리는 것을 꼼짝 않고 신기하게 바라보았다. 아이가 처음 본 바람이었다. '아, 바람도 보이는구나!' 나는 아이가 본 신기한 세상을 같이 보면서 감탄했다.

새롭고 아름다운 것들이 날마다 펼쳐지는 아이의 세상에 잠깐 동참했다. 태어나 신발을 신고 우뚝 서 보았더니 푸르고 빛나는 다른 존재가 있었다. 가만히 있는 줄 알았던 그것이 어느 순간 무슨 이유에서인가 쉬지 않고 흔들리는 것을 아이는 보았다. 제각각의 움직임에 시선을 빼앗긴 아이는, 자기가 있는 자리에서 그 풍경에 어느새 녹아든다. 이름이 없어서 그대로인 것들 속에 묻혀 자신의 이름도 잊는다.

내가 보고 싶은 날에, 나는 이름을 잊어버리고 싶다. 윤기 있고 반들거리는 곳, 빛을 반사할 수 있는 곳을 찾으면 나를 볼 수 있다는 생각에 갑자기 흥이 나서, 집 안은 숨바꼭질 자리가 되어 버렸다. 빨래를 개다가 냉장고 문에서 나를 발견한 적이 있다. 얼굴은 흐릿해 거의 보이지 않고 뭉개진 형상이었지만 어쨌든 앉아 있는 사람은 나였다. 낡은 양말을 개고 까끌까끌한 수건을 개키던 손을 놓았다. 냉장고가 나를 보아 주기라도 한 양 기운이 나서 사진을 찍었다. 이게 뭐냐고 나중에 사진을 본 지인이 의아하게 물었을 때 나는 서슴없이 대답했다. "난 냉장고가 거울이라고 생각했어요!"

안방의 검은 책상 의자 팔걸이 아래쪽의 금속 테두리에는 둥근 쇠붙이가 네 개 박혀 있다. 둥근 자리마다 모습이 비쳐 네 명의 내가 동시에 보였다. 붉은 추리닝 바지에 면티를 걸치고 있는 내가 각도에 따라 조금씩 다른 자세로 그 안에 들어가 박혀 있다. 그걸 발견했을 때 조금 흥분했다. 앉는 용도로만 쓰던 의자가 장난스레 비춰 주는 내 모습을 열심히 찍었다.

문의 손잡이도 빼놓을 수 없다. 긴 손잡이에 얼굴이 불퉁스럽게 늘어난 모습으로 비쳤다. 하루에도 수없이 잡고 당기지만 정작 자세히 보지 않았던 손잡이다. 얼굴을 가까이 대고 어떻게 하면 잘 보일까 궁리하며 셔터를 누른다. 닫힌 문은 언제나 완강해 보였다. 과연 이 너머에 다른 공간이 있을까 싶지만, 문을 열면 어김없이 널찍하고 트인 자리가 눈에 들어오는 게 매번 놀라웠다. 나는 오늘 손잡이에 들어갔다. 경계에서 문턱을 넘어 새로운 세상으로 들어가는, 그 반복적인 기적을 일으키는 손잡이에 새겨진 작은 무늬가 되었다.

나를 비추어 주는 건 또 뭐가 있을까? 샤워기다. 목이 긴 샤워기에 쑥 늘어난 모습으로 내가 나타난다. 물방울이 맺힌 샤워기의 겉면에 나도 젖은 채 있다. 늘 손으로 잡기 바빴던 자리에 이번엔 내가 기분 좋게 갇힌다. 집의 구석구석을 살피는 걸음은 이제 신나고 빠르다. 얼굴에는 절로 웃음이 피어난다. 그러고 보니 열어 놓은 세탁기의 뚜껑에도 내가 보인다. 나란한 선이 그려져 있어 눈과 코와 입이 균등하게 나누어진 채 싱긋 웃는다.

투명하거나 반짝이는 것들의 용도는 비춰 보이는 데에 있었던 것 같다. 그러고 나니 신발장 위에 붙박인 사각 거울은 너무 용도가 뻔해서 심심해 보일 지경이다. 그래도 나는 그 앞에 다가갔다. 거울에 비친 현관문의 사각 무늬를 이용해 내가 액자 틀 안에 들어가 있는 것처럼 거울을 마주하고 찍었다. 내가 보인다면 그것으로 안심이 된다. 적어도 없는 것은 아닐 테니까. 풍선처럼 둥둥 떠올라 사라지려고 하는 존재감에 사진은 추를 매달아 지상에 발붙일 수 있게 해 주었다.

신발을 처음 발에 신겼을 때 아이는 울었다. 돌이 되기 전 무렵이었다. 이때까지 기거나 업히거나 서너 걸음을 떼었던 아기는 발에 덧씌워지는 낯설고 딱딱한 것이 무엇인지 몰랐다. 몸에 얼씬도 못 하게 했을뿐더러 두려워하는 것처럼 보이기까지 했다. 양

말을 신고 신발을 신고 밖을 걸어 다니는 당연한 일이 아이에게는 이해하기 어려운 새로운 일이었다. 한동안 신기지 못한 새 신발이 구석에 놓여 있었다. 손바닥보다 작은, 파란 끈이 달린 흰 운동화였다. 아이에게는 당연한 게 없는 시간이었다. 아이는 일어나서 내가 보이지 않으면 울었고, 부엌에 있던 내가 한달음에 달려오면 그제야 새로 생겨난 엄마를 보고 울음을 그쳤다. 끙끙거리며 몸을 뒤집기 시작한 다음, 방 한쪽 끝에서 한쪽 끝까지 구르다가, 배로 밀다가, 스스로 앉을 수 있게 되었다. 걷지 못하는 아이는 낮잠에서 깨어나 내가 없으면 벽을 보고 앉아서 울었다. 내가 문을 드르륵 열고 나타나면 고개를 돌리고 뜻밖이라는 듯이, 아래로 처진 서러운 눈을 끔벅였다.

처음 자두를 보았을 때도 한 손에 움켜잡지 못하자 울음을 터뜨렸다. 기껏 잡은 미끌미끌한 자두를 어떻게 해야 할지 몰라 핥아 댄 적도 있었다. '자두가 뭔지 모르는구나. 자두를 잡을 수 없는데 잡고 싶어 하는구나. 먹을 수 없는데 먹고 싶어 하는구나. 엄마를 찾을 수 없는데 찾고 싶어 하는구나.' 아이는 뒤죽박죽된 알 수 없는 세상에서 용케 몸을 세웠고 걸음을 떼었으며 바람을 보았고 다시 안심해 잠들었다.

그때 아이가 된 기분을 느꼈다. 혼자 힘으로 살 수 없었던 시절, 나는 내가 어떤 모습이었는지 잊었다. 어린 시절의 모습은 몇 장 남은 사진의 도움으로 나중에서야 눈에 익혔을 뿐이다. 내 얼굴을 보는 이는 늘 타인들이었다. 그들의 기억에 있는 내 모습이 어떨지 모르겠다. 내가 아는 것은 나 이외의 풍경들과 주머니에 갇힌 듯 내 몸 안에서 맴도는 상념들, 상상들, 기억들, 다른 이에게 보이지 않는 비현실적인 이미지들이었다. 그래서 뚜렷한 몸으로 보이는 타인들과 나 사이에는 간극이 있었다. 나는 고정되어 있지 않고 흘러넘치고 뒤섞이는 것 같은데, 주변의 것들은 견고하고 딱딱해 보였다.

사람들의 손을 잡으면 나와 마찬가지로 속에 있는 서러움을, 불안한 서성임을, 팔딱이는 보이지 않는 힘을 예상했다. 나와 다른 몸을 한 사람들의 속에서 무한히 넘실대는 감정과 생각들이 다가올 때 그들과 나 사이에 보이지 않는 다리가 놓였다. 파도가 바위를 만나 부딪칠 때에 자신의 존재를 깨우치듯 나도 그랬다. 두 개의 눈동자를 통해 세상을 보고, 피와 가죽뿐인 몸 안에 갇혔으면서, 생각과 감정의 미로 속을 배회하며 무언가 단단한 것을 찾아내고 싶었다. 내가 다른 이처럼 굳건하게 보이는 자리, 생각이 아니라 모습이 옹글게 보여 존재를 믿게 하는 자리, 그렇게 확인하는 자리가 필요했다.

냄비 앞에서 마지막으로 내가 보였다. 그 냄비였다. 젖병을 소독하고, 케이크를 굽고, 돼지 등뼈를 삶아 댄 냄비. 젖병을 꺼내면서 얼룩을 살펴보고 혹시 해로운 것이 묻어 있지 않을까 전전긍긍했다. 믹서기에 간 쌀가루를 붓고 가늘게 썬 대추로 장식을 해

얼굴들은 감정을 품고 있다.

내가 알지 못하는 가라앉은 얼굴들을 찾아

부엌으로 왔다.

찌다가 도무지 익지 않아 반죽을 그대로 버리면서 시무룩해졌던 적도 있었다. 돼지 등뼈를 오래 끓여 잡내를 없애고 시래기와 들깻가루를 넣고 푹푹 끓여 낸 다음 의기양양하게 뚜껑을 열던 그 냄비였다. 냄비에 비친 나는 길게 늘어져 있고, 흐릿하고, 표정이 뚜렷하지 않다. 하지만 그건 아무도 보지 않는 나이고, 나만이 볼 수 있는 나이면서, 그 어느 때보다 선명한 나다.

냄비에 어른거리는 얼굴이 어떤지 신경 쓸 겨를이 없었다. 막상 요리를 하게 되면 칼을 들고 두부를 썰고, 양파를 씻고, 감자 껍질을 벗기느라 냄비에 비친 얼굴에는 눈길을 주지 않는다. 그런 곳에 얼굴이 비친다는 걸 알 턱도 없다. 지금 설거지를 마치고 물기를 빼느라 싱크대에 엎어 놓은 커다란 냄비에 내가 보이는데, 그곳에 비친 나는 오랜 잠을 자다가 서서히 몸을 일으켜 우뚝 선 거인 같다.

카메라를 들고 부엌에 걸린 내 얼굴을 지켜본다. 물기가 마른 컵이며, 긁힌 자국이 난 밥그릇과 국그릇이며, 줄지어 선 양념 통들에 비친 얼굴들은 감정을 품고 있다. 입술을 꾹 다물고 일상을 지키려 전진하는 단호함, 더러워진 물을 개수대에 한꺼번에 쏟아 버릴 때 드는 씁쓸함, 무거운 한숨을 쉬며 고개를 숙이는 체념 같은 것들이 표정에 어려 있다.

이곳에서 젖었다 마르는 물건들은 마음의 상태와도 같아 박박 문질러지고, 회오리치는 물살에 얼얼해지고, 수중에 곤두박질쳤다가, 아무 일 없다는 듯 말라 가는 것이다. 설거지통에 담긴 그릇들이 모두 가라앉지 않고 이따금 몇 개씩 물에 떠오를 때도 있다. 반항하듯 작은 배처럼 떠서 통 안을 성가시게 맴돌지만 금세 나의 손에 가라앉아 익사를 당하고, 여느 그릇과 다름없이 평범하게 전락하고 만다. 사라진 시도들, 가지런한 정렬 속에 튀어나왔던 모서리들, 내가 알지 못하는 가라앉은 얼굴들을 찾아 부엌으로 왔다.

숨은 얼굴을 찾아내 찍기에 냄비는 적절했다. 그건 내가 밤낮으로 손을 댄 살림살이였고, 그 앞에서 은밀한 눈물과 웃음을 지었던 거울이었다. 그리고 밑바닥이 그을리고 뚜껑도 온전치 않아 더 이상 무엇이 될 수 없는, 그 자리에 머무를 수밖에 없는 동병상련의 물건이었다. 나는 오늘 맑은 렌즈를 가진 카메라를 가슴에 들고 있었고, 렌즈는 내 눈이 보고 있는 얼굴을 자신도 같이 보기 위해 외눈을 감았다가 떴다.

지난 빨래의 끝에서

여느 때와 다름없는 날이었다. 장마철이라 빨래를 하기 난처했다. 꿉꿉한 날씨에 집 안에 걸어 두면 며칠이 가도록 축축하게 있다가 쉰내를 풍겼다. 비가 자주 온종일 쏟아져 실내는 어두컴컴했다. 종일 틀어박혀 마르지 않는 빨래를 만지작거리며 뽀송뽀송해지기를 기다려도 소용이 없었다. 그렇다고 세탁기에 연신 그득하게 차오르는 빨래를 안 할 수도 없는 노릇이다. 집에 있다 보니 살림에 대한 눈은 더 매서워져 오가면서 빨래가 얼마나 쌓였나 부러 들여다보는 게 버릇이 됐다. 지저분한 빨래가 조금만 쌓여도 눈엣가시처럼 여겨져 세탁기를 얼른 돌리고 싶어 마음이 성화였다.

접힌 빨랫대를 펼 때는 양쪽 날개 부분을 바짝 높이 올려 고정시킨다. 그래야 물을 먹어 무거운 빨래가 산뜻하니 걸리는 느낌이 들었다. 날개를 어느 정도 높이로 올려 고정시킬까 하는 건 대수로울 것 없지만 번번이 재미있는 놀이였다. 평범한 빨랫대지만 내가 어떤 모양으로 세울지에 따라 다른 모습의 빨랫대가 되었다. 꾸깃꾸깃해진 빨래를 세탁기에서 꺼내 카펫 위에 던져 놓고 하나하나 탁탁 털어 넌다.

어쨌든 장마철이라, 빨래를 거실에 계속 너는 건 아무래도 괜찮지 않았다. 프라이팬이나 냄비에서 피어오르는 연기와 냄새가 빨래에 배는 것도 신경 쓰였다. 설상가상으로 아래층 집에서 피우는 담배 냄새가 문틈으로 새어 들어와 거실까지 들어찼다. 담배 냄새 때문에 거실에 잘 나오지 않고 안방에 죽치고 있을 때도 많았다. 아래층 집에 사는 나이 든 이들은 현관문을 아예 활짝 열어 놓고 담배를 피웠다. 긴 장마의 무료함을 술과 담배로 보내는 것 같았다. 문 앞에 나온 쓰레기를 보면 과자나 컵라면 같은 걸로 주로 끼니를 때우는 것 같았다.

"이 빌라에서 학생은 나밖에 없네!" 이사를 온 후에 아이는 말했다. 혼자 사는 남자, 혼자 사는 여자, 젊은 부부, 나이 든 모자…… 아이 있는 집은 없었다. 나는 이 빌라에 와서 티 나지 않도록 아이에게 말할 때도 너무 큰 소리가 나지 않게 신경 쓰고, 이웃끼리 낯을 붉히지 않으려 싫은 소리도 참았다. 계단에서 마주친 사람들은 서로 인사도 잘 않고 무심히 스쳐 갔다. 먹고사는 일이 충분히 힘들다는 걸 알고 있으니 서로 건드리지 않고 지내자고 합의가 된 모양새였다. 눈인사도 없이 지친 얼굴로 스쳐 가는 사람들 사이에서, 어느덧 그게 편하다고 느낄 만큼 나도 익숙해져 버렸다.

사춘기인 아이는 고기가 없다고 여느 때처럼 반찬 타박을 했고, 나는 여기가 식당인 줄 아냐고 대거리를 했다. 텔레비전에서는 여전히 확진자가 급증하고 있다는 소식이 어제처럼 흘러나왔다. 집 밖에 나가지 않고 우리는 세 끼를 꼬박꼬박 챙겨 먹고 해야 할 일은 미루지 않고 한다. 갈 데도 만날 사람도 없는데 이따금 고향 집에 있는 어머니가 전화를 한다. 지방은 서울보다 상황이 좀 나은가 보다. 그곳에서는 일상이 좀 더 이전처럼 가고 있는 것 같았다. 어머니는 아버지와의 사소한 다툼을 이른다. 동갑내기 친구들과 만나 7000원짜리 돌솥 밥으로 점심 먹은 이야기를 한다. 성당에서 신부님이 헌금이 줄어 걱정했다는 말도 하고, 누구네에는 잔치가 있는데 장례식도 있다고 미주알고주알 늘어놓는다.

일흔 된 어머니의 세계. 많은 친척들 경조사를 챙겨야 하고, 친척 사이의 알력을 간파해 아내로서 잘 대처해야 하고, 성당에 꼬박꼬박 나가 신자로서 의무를 다해야 하고, 신앙생활에서 교우들 사이에 생기는 자잘한 다툼을 노련하게 조정해야 한다. 가족의 건강을 두루 염려하고, 여든이 된 아버지의 잔기침과 노쇠함에 신경을 써야 한다. 어떤 물건이 싸고, 친구에게 얼마짜리 선물을 했는데 답례로 무엇을 주더라는 이야기, 손해 본 건 없이 정만 오갔다는 푼돈 이야기, 그런 이야기들이 전화기 너머로 한없이 되풀이되었다.

요사이에는 부쩍 죽음에 대한 화제가 늘었다. "집안 할머니가 요양원에서 돌아가셨단다. 코로나 때문에 거의 일 년 동안 자식들이 면회를 못 했다는데 혼자 새벽에 돌아가셨다네. 옆 침대에 있던 다른 할머니가 말은 못 하고 하염없이 울고만 있더래.", "돈 벌겠다고 베트남으로 갔던 친척 남자애가 빚만 잔뜩 져서 돌아와서는 공사장에서 일하다가 높은 데서 추락해서 죽었단다. 장례식장에 가니 그 애 누나가 그러는 거야. '불쌍한 우리 동생, 다음 세상에서는 부잣집에서 태어나 좋은 부모한테서 자라라.'라고……."

이야기를 듣는데 나도 눈물이 핑 돈다. 사람들이 소리 없이 죽어 나가고들 있다. 뉴스에는 나오지 않는 이야기들이 사람들 사이에서 떠돈다. 어머니는 잘 지내라는 당부를 하고 전화를 끊는다. 그래서 나는 오늘도 다부지게 집 청소를 하고 먹을거리를 챙기고 김이 나는 요리를 하고 식탁을 차린다. 살려고 애쓴다. 빨랫감을 골라내 다시 세탁기를 돌린다.

한편으로 수화기 너머의 그 모든 이야기가 멀리 있는 이야기 같다. 은연중에 이런 생각을 했다. 나는 나이가 들어서 어머니처럼 연금을 받는 남편과 함께 안정되게 살기는 틀린 것 같다. 하루에도 몇 번씩 안부를 물어 오는 많은 친척들은 없을 것 같다. 점심을 같이 먹고, 서로의 집으로 초대하며, 선물을 주고받는 오래된 친구들을 두기 어려울 것 같다. 그래서 어머니가 평생을 두고 만나 온 사람들이 고스란히 남아 있는 고향의 이야기가 등을 돌려 떠나온 곳의 전설처럼 아득하게 들리기도 한다. 더 이상 그곳에 속해 있지 않은 나는 조금 냉정하다. 어머니가 내 안부는 묻지 않고 자기 이야기만 쏟아 내는 것도 거슬린다. 자격지심을 가지고 말하자면 어머니가 딸의 생활이 궁상맞고 부족한 것투성이일 것이라고 지레 짐작해 내 이야기를 꺼내지 않는 것 같다. 어머니가 "그렇게 오동나무에 걸린 연처럼 살아서 어떡하니."라고 겸연쩍게 말할 때 그런 의심은 더 굳어졌다.

처음엔 미안한 듯 말했지만, 반복하면서 그 비유를 스스로 재미있게 느꼈는지 말에 웃음기가 배었다. 그럴 때엔 나도 이제 반발심이 든다. 나는 사람이다. 연도 아니고, 오동나무에 걸리지도 않았다. 나를 정체된 것, 변화 없는 것, 부족한 것, 결핍된 것, 가망 없는 것으로 어머니는 지레 단정하고 있는 것이 아닐까? 내가 살아가는 자리가 어떤지 관심이 없는 게 아닐까? 나는 최선을 다해, 일상이 젖은 채 침잠해 버리지 않게 애쓰고 있다. 그 이야기를 나의 안부를 더 묻지 않는 사람들에게 하고 싶지만 어느새 전화는 끊어져 버렸다.

나는 할 일을 다하면 된다. 빨래를 기필코 제대로 말리는 것이 오늘 내게 주어진 과업이다. 바깥에 오랜만에 해가 난 걸 보고, 오늘은 옥상에 빨래를 널어야겠다고 마음먹었다. 아무도 올라가지 않는 옥상이었다. 방치된 옥상에는 그 흔한 빨랫줄 하나 매달려 있지 않았다. 옥상 문 앞은 주인을 잃은 잡동사니가 쌓여 있어 을씨년스러웠다. 아무도 관리하지 않는 자리에는 거미줄과 먼지만 쌓여 있었다. 무거운 빨랫대야를 들고 계단을 오르내리면서 이웃들에게 유난스럽게 군다는 인상을 주고 싶지 않았지만 이젠 이 방법밖에 없었다. 며칠씩 마르지 않는 빨래가 풍기는, 오갈 데 없는 궁지 같은 느낌을 더 받고 싶지 않았다.

옥상 문은 항상 잠겨 있었다. 모르는 사람이 드나들지 말라고 그런 것도 있겠지만 바람이 너무 강해 저절로 쿵쿵 소리를 내며 들까부는 통에 꼭 잠가 둔다고 들었다. 먼저 살던 사람에게서 받아 둔 누런 열쇠로 가만히 문을 따고 옥상에 발을 내디뎠다. 쨍한 햇빛에 바닥이 달궈진 게 보인다. 훅 끼쳐 오는 열기가 뜨겁다. 장마철, 집 안은 늘 어둑하고 서늘할 지경이었는데, 해가 든 자리는 이렇게 딴판인 세상이었다. 같은 집이지만 낯선 자리를 찬찬히 둘러본다. 가재도구를 쌓아 둔 천막이 있고, 버려진 장독과 깨어진 플라스틱 화분들이 있다. 장독 뚜껑을 열어 보니 까맣게 변색한 딱딱한 된장이 구릿한 냄새를 훅 풍긴다. 한숨이 나왔다.

그 아수라장에 빨래를 널어 보겠다고 빨랫대를 펼쳐 든다. 맞은편 상가 건물 계단참에서 담배 피우는 남자들이 신기한 구경거리라도 난 듯 건너다 볼까 봐 손이 바삐 움직였다. 정수리에 쏟아지는 햇살은 뜨거운 화살 같았다. 단지 천장이 없을 뿐인데, 이렇게 강렬한 해를 만났다. 빨래의 수분들도 금세 미지근하게 데워졌다. 햇살에 덴 물방울들은 공기 중으로 빨려 들어가면서 미련 없이 세상을 뜰 것이다. 손에 닿는 물의 감촉은 곧 사라지고, 메마르고 건조한 옷들이 몸에 걸쳐질 것이다. 지금 널려서 조금씩 나부끼는 빨래들은 아직 '옷'이 아니다. 운동복, 교복, 양말, 추리닝, 면티, 속옷, 수건 따위가 아직 사람의 물건으로 돌아오지 않고 아무것도 아닌 무엇으로 존재하며 바람에 몸을 맡겼다. 그 빨래들을 보니 조금 가슴이 아파 왔다. 남들의 눈에 띄지 않는 자리에서 하나하나 자신의 시간으로 말라 가야 하는 외로움 때문인 것 같았다. 나는 나만의 비밀을 쟁여 두고 온 것처럼 환한 옥상을 뒤로 하고 다시 계단을 내려왔다. 옥상에 가둔 건 빨래였지만, 어둑한 계단참에 갇힌 건 나인 것 같았다.

욕실에서 손을 씻다가 불현듯 이런 생각이 들었다. '그림자가 내 얼굴이라면, 내 얼굴이 그림자가 되지 말라는 법도 없잖아?' 나는 어느 날 저녁 거실의 벽에 찍혀 있었던 옆얼굴의 그림자를 떠올렸다. 그 얼굴은 그 후로 가슴에서 떠나지 않고 종종 떠올랐다. 내 그림자 사진을 컴퓨터 파일에서 찾아 종이로 출력했다. 그 얼굴을 들여다보다 가위로 오리기 시작했다. 내 얼굴을 내가 오리는 기분은 어쩐지 신성한 느낌이었다.

어릴 적 종이 인형을 오렸던 기억이 떠올랐다. 주름진 레이스며, 작은 구두며, 손수건이며, 나는 종이 인형을 오리는 걸 좋아했다. 이제 작게 줄어든 내 얼굴을, 한 손에 들어오는 오뚝한 코와 볼록한 입술과 둥근 턱을 내가 사각사각 오린다. 한 장을 오리는 것으로 성이 안 차 또 한 장, 또 한 장을 오린다. 손에 잡힌 얼굴들은 나이면서 내가 아닌 여린 것들이 되었다. 열 장도 넘게 오린 얼

옷들이 다 말라 떠난 자리에 젖은 그림자들이 나란히 걸렸다.
늘 혼자 접고 펼치던 빨랫대에 내 얼굴들이 걸려
바람에 나부끼는 걸 보니, 누가 어깨를 토닥여 주는 듯
위로가 되었다.

굴들이 바닥에 흩어져 있었다. 부적을 집어 드는 듯 마음이 조심스럽고 기대에 찼다. 혹시 구겨지지 않을까 신경 쓰며 얼굴들을 바지 주머니에 넣고 손전등을 비추며 불이 꺼져서 어두운 계단을 올라갔다.

해가 져서 옥상은 깜깜하다. 마른 빨래가 걷힌 빈 빨랫대에 '종이 얼굴'들을 하나씩 걸었다. 낮 동안 빨래를 물고 있던 빨래집게로 얼굴의 정수리를 집어 걸었다. 옷들이 다 말라 떠난 자리에 이번엔 젖은 그림자들이 나란히 걸렸다. 늘 혼자 접고 펼치던 빨랫대에 내 얼굴들이 걸려 바람에 나부끼는 걸 보니, 누가 어깨를 토닥여 주는 듯 위로가 되었다. 갇혀 있던 방의 문이 열린 것 같았다.

그 옆에 쭈그려 앉았다. 얼굴들이 향하는 쪽으로 함께 고개를 쳐들었다. 하늘을 올려다본다. 누군가를 부르고 싶고, 절대 오지 않는 누군가에게 그저 혼잣말을 하고 싶기도 하다. 살아온 지난 얼굴들을 모두 빨아 빨랫대에 넌 날, 말을 듣고 있는 누군가가 있다면, 이렇게 말했을 것 같다. 빨랫대를 제단 삼아 내 얼굴들을 걸고 누군가에게 말했을 것 같다. 내 머리를 내놓고 차린 제단 앞에서, 살아 있는 나 또한 마지막 그림자로 서서 제단에 함께 바치면서, 내가 여기 있다고 조용히 외칠 것 같다.

내가 보고 있는 곳에 있는 당신도 나를 보고 있을까요? 나의 고통과 최선을 남부끄러울 것 없이 허공에 걸어 매어 놓았을 때,

그 줄을 타고 당신도 내 말을 들을까요? 그렇게 달려왔지만, 지금의 나일 수밖에 없는 막막한 외침에 당신도 어쩌면 귀 기울이지 않을까요? 육신이 모두 공기 중에 흩어져 사라질 때까지 이렇게 충실히 젖어 든 검은 물방울들의 행렬에 혹시 당신도 고개를 한 번쯤 끄덕이지 않을까요? 이게 다예요. 이렇게 멀리까지 한껏 달려왔는데 여기가 끝이에요. 당신은 나에게 더 가야 한다고 말할 건가요? 이 얼굴들을 보이고도 나는 당신에게 용서를 구해야 할까요?

나는 오늘 어쩐지 하나도 부끄럽지 않은 얼굴을, 하지만 아무에게도 보여 주지 않고 내어 주지 않은 얼굴을 줄줄이 꿰어 당신에게 보여 드립니다. 오로지 제 눈에 그것이 아름답다는 이유만으로요. 그러니까 당신의 눈에도 제 삶의 전부인 이 작고 검은 얼굴들이 그렇게 아름다워 보였으면 좋겠습니다.

3. 남아 있는 그림자들

빗방울의 여행

빗방울이 없었다면 그 길을 떠나지 않았을 것이다.

아이의 방을 청소하려고 청소기를 들었다가 책상에 먼지가 앉아 있는 걸 보고 물걸레를 들었다. 그때 창밖이 눈에 들어왔다. 안쪽 유리창이 뿌옇게 되어 바깥의 담쟁이가 흐릿하게 보였다. 창을 열었더니 방충망이 보였고 서늘한 기운이 훅 끼쳐 왔다. 방충망은 붙박이라 열 수 없어서, 안에서 바깥 풍경을 온전히 볼 수는 없었다. 방충망의 자디잔 망 사이에 빗방울이 맺혀 있는 게 보였다. 물방울은 여기저기 맺혔다가 제풀에 흘러내렸다. 빗방울은 세상으로 부풀어 나가려는, 빨대 구멍에 맺힌 비눗방울 막처럼 저마다의 기대에 차서 알알이 맺혀 있었다.

물방울과 눈이 마주치자 그 자리를 떠날 수 없었다. 나는 눈앞에 손닿을 듯 맺힌 물방울에, 그러나 만질 수 없는 안타까운 거리에 사로잡혔다. 그래서였다. 평소와 달리 나는 오늘 문을 박차고 뛰어나갈 준비를 했다. 딱딱한 것이 허물어지고 흘러내리는 것 같은 비에 마음의 한쪽도 허물어졌다.

카메라를 넣은 가방을 메고 버스를 탔다. 마스크를 고쳐 쓰고 가방을 안고 앉았다. 물방울을 보았을 때 가장 먼저 떠오른 것은 영주에 있는 고향 집이었다. 나는 왠지 그곳에 가서 더 보아야 할 것이, 더 해야 할 일이 있는 것만 같았다. 아이에게 하루 정도는 밥을 알아서 챙겨 먹으라 하고 집을 나왔다. 오늘은 하고 싶은 대로 할 작정이었다. 그러자 날 선 긴장에 두통이 몰려오면서 궤도에서 벗어난 몸과 마음이 불편해하는 느낌이 들었다. 다행히 버스는 내 상태와 관계없이 정해진 도로로 직진하고 있었다. 언제라도 내려도 되는 상황이었다면 중간에 마음을 돌이켰을지 모른다. 한편으로 방향을 분명히 알고 있는 버스에 몸을 맡기고 있으니 이상한 안도감이 들었다.

승객들은 조용했다. 코로나19 사태로 승객이 부쩍 줄어든 데다 어딜 가도 침방울이 튀기도록 큰 소리로 말하는 것이 금기시된 분위기 탓이다. 대신 어둑하고 나른한 침묵이 버스 안을 채우고 있었다. 한쪽으로 비딱하게 기댄 머리의 윗부분이 의자마다 솟아나 있고 그 머리들 위로 전자시계의 빨간 불빛이 번쩍인다. 건너편 자리에는 한 젊은 여자가 혼자 앉아 있었는데, 앞머리에 분홍색 헤어 롤러를 하나 끼우고 몸을 의자에 깊숙이 기댄 채 입을 벌리고 곤히 자고 있었다. 창밖에는 고가 도로와 줄지은 자동차 행렬이 보였다. 높은 차벽도 지나갔고, 산책하며 뒤로 빠르게 물러나는 사람들도 보였다.

빗방울들이 창을 사선으로 그으며 지나갔다. 안으로 들어가고 싶은데 그러지 못해 밖에서 창을 할퀴어 대며 스러져 가듯이 말이다. 창에 막 앉은 또렷한 물방울이 어떻게 굵어지고 흔들리고 재바르게 미끄러지며 선을 그리고 사라지는지 지켜보았다. 물방울은 날벌레처럼 지치지 않고 창 쪽으로 다가와, 무언가를 바라는 듯 안착하고, 거침없이 쭉 한 방향으로 내달려 가고, 모서리에서 흩뿌려져 정처 없이 사라져 갔다. 그런 운명을 뻔히 알면서도 아랑곳없이 바로 다음에 창에 도착한 새로운 물방울들은 그 과정을 되풀이한다. 다른 물방울과 다른 모습으로, 보아 주는 이 없는 자신만의 궤적을 그려 낸다. 집의 방충망에서 턱을 괴고 우두커니 있던 빗방울들은 이곳에서는 무작정 뛰어가고들 있다. 쏜살같이 달려가는 버스 안에서 빗방울들도 알 수 없는 자신의 목적지를 향해 달려가고 있는 것 같았다.

비 오는 날 서울과 영주를 오갈 때에 창을 내다보고 있으면, 밖에서 웅성웅성 외치며 창을 두드려 대는 듯한 빗방울에 시선을 빼앗겼다. 손가락으로 갓 떨어진 빗방울을 짚고 내가 짚은 자리에서 쏜살같이 미끄러져 내려오는 그 모습을 지켜보았다. 차갑게 손끝에 닿은 감촉은 딱딱한 유리창의 감촉이었다. 말랑하고 촉촉한 빗방울은 내 손가락을 적시지 않고, 자신만의 서늘하고 비장한 직선을 그리며 사라져 갔다.

공기 중에 있던 물이 비로소 모습을 나타내 보이는 이 시간이 나는 좋았다. 그러면 공기 중에 내가 볼 수 없는 것들, 이를테면 일찍 떠난 사람들의 영혼이나, 내가 떠나보낸 나의 다른 모습들 같은 것도 둥둥 떠다니고 있다가 이렇게 다시 제 모습을 입고 돌아올 것만 같았다. 나를 둘러싼 공기 속에 웅성대던 것들이 몸을 입어 흩뿌려지는 빗방울의 시간을 만나면 그들이 존재한다는 사실을 다시금 믿을 수 있었다. 비 오는 날이면, 견고한 창들이 흠칫하면서 풍경이 조용히 녹아내리고 흘러내리는 것이 좋았다.

고향 집에 갔을 때 부모님은 "자고 갈 거냐?" 하고 물었다. "아니요." 집에 두고 온 아이를 생각하며 나는 고개를 저었다. 그러자 부모님은 실망한 표정을 지으며 "그렇게 급하게 오갈 거면 무슨 일로 왔냐?" 하고 물었다. "사진을 찍으려고요." 무슨 사진을 찍을 건지 부모님은 더 묻지 않았다. 다 큰 자식이 고향 집이 떠올라 사진을 찍으러 왔다는데 딱히 나무랄 것도 없어 보였던지 "그래, 찍을 게 많을 거다."라고 한마디 하고 말았다.

비가 그쳤다. 카메라를 들고 마당에 섰다. '난 무얼 찍고 싶은 거지?' 서울에 올라갈 시간은 정해져 있었다. 시간에 쫓겨 일단 눈에 들어오는 대로 사진을 찍기 시작했다. 사진 조각을 이어 놓으면 전체 집 사진이 될 수 있게 구석구석 열심히 찍어 대었다. 지붕도, 문도, 난간도, 대추나무도, 호두나무도, 장독대도, 빨랫줄도, 마당에 버려진 의자까지 열심히 찍었다. 일부러 시간을 내어 들렀으니, 모두 사진으로 찍고 말겠다는 알 수 없는 성급함과 초조함에 입술을 깨물었다. 내가 있을 자리가 아니라는 생각, 이 집에서 솎아진 것처럼 성인이 되어 설 자리가 없다는 생각, 블록의 빠진 한 조각처럼 서울에 있어야 하는 내가 여기에 있다는 불편함에 더 그랬다. 빨리 사진을 찍고 서울에 올라가는 것이 목적인 것처럼 나는 방향을 잃고 말았다.

마당에 우두커니 섰다. 아무 일도 없는 조용한 집. 평온하게 늙어 간 부모님. 찍을 것은 모두 다 찍은 것 같았다. 집 주변을 다시 돌아보고 옥상까지 올라갔다 왔지만 샅샅이 훑어본 다음이라 엇비슷해 보일 뿐 더 찍을 것은 없어 보였다. 그런데도 나는 한 장의 사진도 찍지 않은 것 같은 기분이 들었다. 어쩐지 울고 싶은 생각이 들었다. 겉으로 예의 바르고 친절하게 웃어 주지만 마음을 열지 않고 냉담하게 대하는 사람과 마주친 것 같았다. 집의 풍경 안쪽으로 발을 디디지 못한 것 같았다.

마당에 커다란 고무 대야가 있었다. 이전부터 항상 대야는 그 자리에 있었다. 옥상에서부터 연결된 알루미늄 관을 통해 빗물이 흘러내리면 그 대야에 물이 고였다. 그 빗물은 화초에 물을 주거나 마당을 씻어 내는 허드렛일에 쓰였다. 안을 들여다보았다. 바닥에 검은 찌꺼기가 가라앉아 있었다. 가득 차서 찰랑이는 물에 나무 그림자가 비쳤고, 반듯한 물받이 지붕이 비쳤고, 나의 그림자가 비쳤다. 고무 대야에 비친 집의 그림자를 들여다보는데 내 그림자가 눈에 들어왔다. 붉은 그림자. 불쑥 들어온 그림자를 보자 찍고 싶다는 생각이 강하게 솟구쳤다. 아무것도 아닌 오로지 그림자의 세계를. 그림자로만 이루어진 집과 하늘과 그리고 나를.

집의 반듯한 선은 대야의 둥근 원 안에 일직선을 그려 놓았다.

푸른 하늘이 어렴풋이 비쳐 떠가는 흰 구름도 보였다. 관에서 물방울이 소리 없이 뚝 떨어지자 수면이 일렁거리며 그 반듯한 선들이 모두 일그러졌다. 나의 모습도, 나무와 하늘도 요동쳤다. 다음에 다시 물방울이 떨어지자 잠잠해지던 풍경들이 일순 더 크게 휘청여 둥근 물결의 파장을 연신 그렸다.

목마른 사람처럼 그 자리에 서서 물방울이 떨어질 때마다 찍고 또 찍었다. 그림자들이 고함을 치는 것 같았고 그 고함 소리가 귀에 생생하게 들리는 것 같았다. 나무가 땅에 머리를 곤두박질치고, 집이 송두리째 흔들거리고, 나는 고함을 치며 얼굴이 아래위로 길게 늘어져 일렁였다. 어쩐지 가슴 밑바닥이 시원해지는 것 같았다.

평온한 세상의 고요함과 일그러진 세상의 절규. 얇은 수면의 막에 빗방울 하나가 일깨우며 흔들어 보여 주는 세상은 격렬했다. 카메라를 통해 그 세상 속으로 첨벙대며 뛰어 들어갈 수 있었다. 나는 이 집에서 살면서 말 잘 듣고 착한 딸이 되고자 했을 뿐, 묵묵히 공부만 했을 뿐 "아파요. 괜찮지 않아요."라고 말해 본 적이 한 번도 없었다. 지금도 나의 집을 지키고자 할 뿐 집들을 맘속으로라도 우그러뜨려 본 적이 없었다.

그런데 휘청이고 무너지는 집의 그림자를 이고 양손으로 귀를 막고 소리를 질러대는 나의 그림자를 마주한 것이다. 모두가 태연하게 걸어가는 다리 위에서 혼자 멈춰 절규하는 뭉크의 그림 같

내가 보고 싶었던 건 참았던 외마디 소리를 지르고야 마는,

이제는 아파도 괜찮은 나였다.

은 나를 만난 것이다. 견고한 집의 그림자에 눌려 내가 얼마나 주눅이 들었는지, 얼마나 외치고 싶었는지 이제 알 수 있었다. 나는 집이 보고 싶은 게 아니었다. 내가 보고 싶었던 건, 빗방울의 충격으로 흐려지는 집의 풍경, 빗방울 하나가 끝내 헤집어 놓고 마는 그 모든 직선들의 좌절이었다. 화살표처럼 달려가다 빗방울의 돌부리에 걸려 넘어져 참았던 외마디 소리를 지르고야 마는, 이제는 아파도 괜찮은 나였다. 나는 이 자리에 오래오래 있고 싶었다. 방향을 잃은 내가 물의 무덤 속으로 곤두박질쳐 들어갔다가 다시 단단한 그림자로 수없이 되살아나 떠오르는 것을 나는 보았다.

거미와 잎사귀

내가 열 살 때였다. 아버지가 집을 샀다고 했다. 자랑스럽고 들뜬 목소리였다. 정말 우리 집이 생기다니! 믿기지 않았다. 집은 아버지의 오랜 꿈이었다. 아버지는 담배를 피우다가 천장을 보며 하염없이 생각을 할 때가 있었는데, 우리 곁에서 사라진 듯한 아버지를 부르면 그때야 눈을 마주쳤다. 무슨 생각을 했냐고 물어보면 늘 '우리 집 생각을 했다'고 했다.

그때 우리는 셋방살이를 하고 있었다. 내가 태어난 집에서 6년을 살았고, 내가 열 살이 되기 전까지 세 번 더 이사를 했다. 어떤 집은 재래식 변소 앞에 있어서 벼룩이 많아 우리가 피부병에 걸리기도 했고, 어떤 집은 추운 북향집이라 우리가 감기를 달고 살기도 했다. 마지막 셋방은 세 가구가 마당을 마주 보고 수도와 화장실을 같이 쓰는 집에 있었는데, 변소의 변기 안이 늘 차 있어, 겨울에 앉으면 쌓인 오물이 내 알궁둥이에 차갑게 닿았다. 일을 보려면 아버지가 삽으로 언 오물을 떠내 땅에 묻어야 했다. 그래도 나는 아직 어렸기에 불편하다는 생각도 없이 날마다 친구들과 고무줄놀이나 술래잡기를 했다.

아버지는 '우리 집'을 줄기차게 꿈꾸었다. 종이 한 장을 놓고 집을 그리기 시작한다. 나와 동생은 양쪽에 붙어 한마디씩 보탰다.

아버지는 연필로 거침없이 그렸다. 이층집이었다. 방도 여러 개 있었다. 여동생이 2층에 방을 가지겠다고 해서 2층 창문에 커튼도 그려 주었다. 나도 2층에서 살겠다 하면 지우개로 지운 자리에 창문을 하나 더 그려 주었다. 아버지는 장미도 심자고 했고, 그 장미 덩굴은 1층에서부터 올라와 난간에 덮여 있었다. 집의 모습은 자세해졌고 이야기는 점점 열기를 더했다. 우리 집은 벽이 하얐고 아른아른한 커튼이 나부꼈다. 붉은 장미 덩굴이 감싼 집. 그림 속 집은 머릿속에서 나와 진짜 그 자리에 있을 법한 우아한 집이 되었고, 우린 꿈속으로 빠져드는 기분을 느꼈다. 어머니가 핀잔을 줄 때까지 집 이야기는 안방에서 꼬리를 물었다. 아버지는 미래에 있을 집의 환상에 먼저 빠져들었고 그때마다 우리를 불러 모았다.

아버지가 '우리 집이 생겼다'고 하자, 함께 뒹굴며 그리던 집이 정말 현실로 나타났다는 생각에 먼저 당황스러웠다. 우리 집은 멀리 있고 요술 지팡이처럼 우리를 즐겁게 해 주는 이야기 속에 있는 것이었지 실제로 만지고 볼 수 있는 것이 아니었다. 기대에 찬 아버지의 모습은 함께 그림을 그릴 때보다 멀리 있는 것처럼 느껴졌다.

새로 산 집은 영주시에 있었다. 우린 봉화군에 살고 있었는데, 영주는 그로부터 버스를 30분 정도 타고 가야 하는 곳이었다. 영주는 큰 병원이 있어서 아프면 간혹 가게 되는 곳이었다. 아버지는 영주에 볼일이 있는 날, 집을 보여 주겠다고 나와 같이 길을 나섰다. 중간에 다방에서 지인을 만나셨는데 머리가 길고 긴 손톱에 매니큐어를 한 젊은 여자 여러 명이 나를 둘러싸고 웃으며 말을 걸었다. 다방에서 나와 다시 한참을 걸었다. 시내에서 벗어나 외딴 길로 접어들었다. 판잣집이 층층이 자리 잡은 비탈 아래 양옥집 한 채가 동그마니 있었다. 시멘트 계단을 몇 개 올라 대문 앞에 섰다. 검은 대문이 앞을 가로막았다. "우리 집이란다." 아버지가 말했다. 물끄러미 집을 쳐다보고만 있었다. 초인종을 누르지도 못했다. 아마 주인이 아직 안에 사는 것 같았다. 창살 같은 대문 틈, 들어가지 못하는 마당, 닫혀 있는 현관문. 아버지와 같이 남의 집을 엿보는 듯한 기분이 들었다. 왠지 우리는 이 집에 영영 들어갈 수 없을 것 같았다.

"집 좋지? 앞으로 우리가 살 집이야." 나는 끄덕였다. 하지만 이 집은 이층집도 아니고 장미 덩굴도 없었다. 물론 이때까지 살아본 적 없는 좋은 집인 건 맞았다. 하지만 우린 이런 집에 걸맞지 않은 것 같았다. 계속 묵묵히 그 자리에 서 있을수록 아버지가 작아지는 것 같았다. 천장을 올려다보며 우리 집을 꿈꾸던 아버지와 단호하고 딱딱해진 얼굴로 앞을 보고 있는 아버지는 다른 사람 같았다. 우리가 꿈꾼 모든 것들이 그 자리에서 사라지는 것 같아 얼른 떠나고 싶었다. 다행히 아버지는 내 마음을 눈치채지 못했다.

돌아오는 길에 아버지는 문방구에서 지우개 두 개를 사 주었다. 하나는 주름진 분홍 지우개였고, 하나는 네모반듯하고 큰 흰 지우개였다. 내가 분홍 지우개를 들자 눈살을 찌푸리며 좀 더 쓸모 있는 것으로 골라야 한다며 아버지가 집어 준 것이 네모난 지우개였다. 그런데도 내가 분홍 지우개에 눈길을 떼지 못하자 그냥 같이 사 준 것이었다. 집 바로 앞에는 큰 초등학교가 있었다. "앞으로 다닐 학교란다. 공부 열심히 해." 나는 학교 앞 문방구에 시선을 빼앗겼다.

이삿날엔 갑자기 몸에 열이 나고 배탈이 났다. 이사 첫날을 집에서 자지 못하고 병원에 입원해서 보냈다. 집터를 옮기면 원래 애들이 아픈 거라고 했다. 부모님은 바빠 보였다. 전 주인이 소홀히 해 놓고 가 버려서 하수구는 천 조각으로 막혀 있고, 지하실 바닥에는 물이 발목까지 차 있었다. 마당은 연탄재만 덩그렇게 쌓여 있었다. 어머니는 아기인 막냇동생을 업고 지하실에 들어가 일을 해야 했고, 아버지는 새벽부터 마당에 나가 쓸고 치웠다. 아버지의 등을 보며 물었다.

"여긴 왜 이층집이 아니에요?"

"2층은 지으면 된다."

"왜 장미가 없어요?"

"꽃은 심으면 돼."

아버지는 비가 오는 날에도 어둑한 새벽에도 쭈그려 앉아 무언가를 손으로 꾹꾹 눌러 심었다. 어머니는 상추나 호박같이 먹을 수 있는 걸 심자고 했지만 아버지는 꽃씨를 심었다.

나는 코끼리 모양의 작은 사기 병에 물을 담고 마늘을 하나 올려놓았다. 며칠이 지나니 마늘 끝에 파란 싹이 돋고 하얀 실뿌리가 생겨났다. 물만 갈아 주면 싹은 쑥쑥 자라났다. 날마다 맨 처음 눈뜨면 그걸 보는 재미에 달려갔다. 화분도 생겼다. 이전엔 물을 자주 주지 않아도 되는 선인장 화분이 안방에 여러 개 있었는데, 이제는 파초같이 잎이 제법 크고 널찍한 식물도 안에서 키울 수 있게 됐다. 처음으로 장미꽃이 핀 날, 아버지는 우리를 마당에 불렀다. 한 떨기 빨간 장미꽃이었다. "아빠가 약속했지? 장미꽃이 있다고." 나는 속으로 기대했던 모습은 이런 모습이 아니라고 생각했지만, 이제는 아버지가 아이들과 한 약속이 마음에 걸려 이 장미를 애써 길렀다는 것도 알게 되었다.

집에 있을 때 아버지는 늘 삽과 호미 같은 걸 들고 마당에서 살다시피 했다. 키 작은 앵두나무도 심어서 봄이면 붉고 말랑한 앵두를 아이들이 따 먹을 수 있게 했다. 자두나무도 있어서 여름에는 물기가 많고 싱겁지만 향긋한 자두를 먹을 수 있었다. 복숭아나무는 쭈그리고 앉아 쳐다볼 정도로 작았는데 주황색 열매가 몇 개 열리곤 했다. 바닥에는 잔디 대신 빼곡히 돌나물을 심어 보기에도 푸릇하고 뜯어서 먹기도 좋게 만들어 놓았다. 봄철이면 새콤하고 쌉쌀한 돌나물을 늘 먹을 수 있었던 것은 그 덕이었다.

어머니는 구석 자리에 기어코 호박을 심어 여름이면 잎을 따 삶아 먹고 둥근 열매는 거침없이 도마질해 된장국에 썰어 넣었다. 수세미도 심어 누르면 살이 말랑말랑하게 들어가는 길쭉한 열매를 따 두었다가 말려 구멍이 숭숭 난 질긴 수세미를 썼다. 은행나무도 두 그루가 마주 보고 있었는데 어찌 된 일인지 열매가 열리지는 않았다. 어머니는 많은 은행알을 잃어버린 듯 아쉬워했지만 아버지는 마당이 깨끗해서 좋다고 했다. 대추나무를 본 친척들은 "나이 들면 대추를 보고 그냥 지나칠 수 없지."라면서 갈색 열매를 따서 꼭 입에 넣었다.

나무 때문에 옥신각신할 때도 있었다. 마당에 심은 등나무가 시원한 그늘을 드리우고 있었는데, 보는 사람마다 한마디씩 했다. "등나무는 배배 틀어져 올라가니까 집에 있으면 집안일이 꼬이게 되어 있어." 그래서 결국 고민 끝에 등나무는 잘라 내야 했다. 큰집에서 가져온 라일락 나무와 직장 동료들이 선물로 준 단풍나무도 심겨 있었다. 주목(朱木)과 목련 나무도 있었다. 눈이 펑펑 내리는 날, 현관문을 열었을 때 눈을 가지마다 두껍게 이고 있는 앙상한 나무들이 눈에 들어왔고, 그 모습이 너무 아름다워 내가 다른 세상에 와 있는 것 같았다.

우리는 쑥쑥 자라났고 아버지의 뒷모습은 조금씩 바래 갔다. 흰머리가 늘었고 등이 굽었고 주름이 늘었다. 아버지는 직장에서 속상한 일이 있을 때, 아이들을 키우다 뜻대로 안 될 때, 밤이든 낮이든 나가서 곡괭이로 땅을 팠다. 그래서 현관을 등지고 마당에 돌아앉은 아버지의 등을 보면 아버지는 집에 있으면서도 꼭 집에 없는 사람 같았다. 집을 떠나지 않았지만 떠난 사람 같았다. 정원은 아버지만의 영토였다. 손님이 환호성을 지르며 잘 가꾸어진 마당을 칭찬할 때, 직장에서 겪은 스트레스와 상처 같은 것은 말끔히 잊고 아버지는 뿌듯해했다. 다섯 식구의 가장이라는 무게에 역정을 내며 출근한 날에도 돌아올 때는 묘목이나 화분, 돌 같은 걸 꼭 들고 있었다. 새잎이 나거나 꽃이 필 때, 아버지는 좋은 성적표를 받아 든 학생처럼 즐거워했다.

정원을 가꾸면서 아버지는 울타리에 속한 것과 아닌 것을 확실하게 갈랐다. 그래서 마당은 아름다웠지만 섬뜩하게 보일 때도 있었다. 새가 울고 나뭇잎이 바람에 쓸려 부대끼는 마당은 정적에 사로잡혀 있었다. 아버지가 심고 싶었던 건 나무가 아니라 자신이었는지 모른다. 발을 디뎌도 되는 자신의 땅에 발목을 넣어 꾹꾹 묻고 물을 주면서 새로운 뿌리를 내리기를 바랐는지 모른다. 이 위험하고도 허허로운 세상에 새로 잘 안착할 수 있기를 꿈꾸었는지 모른다.

카메라를 들고 고향 집 마당에 섰을 때 싱싱하고 탐스러운 잎사귀들이 아침의 빛을 받고 있었다. 아무것도 없던 텅 빈 마당이었다. 몇십 년을 한자리에서 피고 지고 떨어진 자기 잎으로 거름

아버지가 평생토록 완성한 집이었다.

거미의 집처럼 흔들리고 미약하고 보이지 않는 것이었다.

그러나 아버지는 용감하게 집을 향해 평생 나아갔다.

을 삼고 뿌리에서 다시 잎을 밀어 올려 이룩한 자리였다. 거미 한 마리가 눈앞에 다가왔다. 어쩐지 눈에 익은 거미였다. 자기 그림자를 가는 선처럼 뚜렷이 가지고 있는 거미. 나는 이곳이 아무래도 '아버지의 집'인 것 같아서 마당에서 찍을 수 있는 것은 없을 것 같았다. 그런데 벽에 나의 그림자가 비쳤고 그런 나를 잎사귀가 에워싸고, 거미가 내 머리 위에 대롱거리며 와 닿은 것이다. 나를 만나 준 것들이 반갑고 고맙고 아름다울 뿐이었다.

아버지가 평생토록 완성한 집이었다. 아버지의 집은 거미의 집처럼 흔들리고 미약하고 보이지 않는 것이었다. 그러나 아버지는 용감하게, 한때 꿈꾼 '우리 집'을 향해 평생 나아갔고 기어코 자신을 이 땅에 세웠다. 그리고 아버지의 손을 잡고 있던 어린아이였던 나는, 이 집이 나의 집이 아니라는 것을 안 순간부터 나만의 마음의 집을 짓는 걸 배우기 시작했다.

우리가 자란 집을 한번 사진으로 담고 싶었다. 집이 그 자리에 있는 건 부모님이 그 자리에 있는 것과 마찬가지로 당연한 일이라고 여겼다. 열 살, 스무 살 때의 내가 이 집에 들락거렸다. 이제 까만 대문은 우둘투둘한 갈색 녹에 잠겼다.

대문을 보고 있으면 흰 셔츠에 회색 치마 교복을 입은 내가 문을 열고 들어오던 게 떠오른다. 그동안의 시간은 한순간에 사라지고, "다녀왔습니다!" 하고 문을 열고 집에 들어서는 내가 보이는 것이다. 나는 원래 이 집에 속해 있었던 사람처럼 그동안 도시에서 겪었던 일들은 꿈처럼 사라지면서, 언제든 인생을 다시 출발할 수 있는 씩씩한 모습으로 문을 열어젖히는 내가 보인다. 그럴 때 나는 잠깐 위로를 받는다. 환영 속에서나마 내가 온전히 그때 모습으로 있다는 데에 안도감을 느낀다.

왜 어른들은 한사코 고향을 떠나라고 했을까? 공부를 잘하면 서울에 갈 수 있다고 했다. 서울에 있는 좋은 대학에 가면 출세할 거라고 했다. 그것이 어떤 행복인지는 애당초 들어 본 적이 없었다. 눈을 가린 경주마처럼 채찍질당하며 먹이를 주는 이들의 재촉에 성급히 뛰기만 했던 시간이었다. 수업 시간에 엎드려 자고 있거나 창밖을 멍하니 보는 아이들에게 교사들은 분필 조각을 던지며 핏대를 세워 외쳤다. "촌구석에서 썩을래?" 우리도, 부모도, 교사 자신들도 '촌'에서 사는 사람들이건만 그들에게는 '고작 이런 곳'에 남아 산다는 열패감이 있는 것 같았다. "지금 때려서 공부시키면 나중에 고마워하며 찾아오더라." 교사는 손바닥을 내밀라 하고 막대기로 손등을 툭툭 치며 말했다. 엉덩이에 보라색 멍이 들 정도로 후려쳐서 의자에 앉기 어려웠던 적도 있었다. 그들은 기필코 고향을 떠나라고, 무조건 부모처럼 살지 말라고 했다.

친구들도 마찬가지로 이야기했다. "난 서울에 갈 거야." 학비가 없어 고등학교 졸업 후에 한동안 대구에 있는 공장에 다녔던 친구가 말했다. 그 친구는 공장에서 번 돈으로 공립 대학의 입학금을 낼 수 있었다. "여긴 너무 조용하잖아. 가만히 있으면 아무 소리도 들리지 않아. 아주 고요한 거 있잖아. 난 그게 싫어." 우리 지방 도시 특유의 정적은 나도 알았다. 때로 편안했지만 아무것도 요구하지 않고 아무 의욕도 없는 것 같아 맥이 빠지는 정적이었다. 견딜 수 없이 지루해지고, 막막해지고, 부끄러워지고 마는 정적이었다. "서울, 좋잖아!" 지방 대학에 간 한 친구는 서울에 갔으면 좋았을 거라며 동경하는 목소리로 한마디 했다. 이루어지지 않는 꿈인 양 말하고 순간 활기를 띠었던 눈이 다시 어두워졌다. 고향에서는 아빠가 바람을 피워 엄마가 새 여자와 드잡이하며 싸우다가 이젠 어쩔 수 없이 한동네에서 같이 산다고 했다. 자신도 그 모양으로 살까 봐 싫다고 했다. 공부를 해서 꼭 고향을 떠나겠다고 결심한 다른 친구도 있었다. "옆집 아저씨가 농약을 치다 중독으로 죽어 버렸단 말이야. 난 정말 농촌에서 안 살 거야."

우린 고향을 싫어했다기보다 가난을, 폭력을, 변화 없음을 싫어했다. 공부를 하면, 이곳을 벗어나기만 하면, 다른 세상이 펼쳐질 줄 알았다. 어른들이 모두 그렇게 얘기했으니까. 모든 상처와 좌절에 반대되는 자리에 '서울'이 있었다. "지금은 힘들어도 서울에 있는 대학에 가면 좋아질 거다." 서울은 아직도 부와 명예를 독차지하라고 유혹하며 멀리서 손짓하는 트로피의 이름 같았다.

내가 서울에 있는 대학에 가는 것은 아버지의 오랜 꿈이었다. 가족의 시간과 관심과 자원은 좋은 학벌을 딸 수 있는 자식에게 집중되었다. 앞을 바라보며 질주하는 사이에 집은 조금씩 낡아 가며 그 자리를 지켰다. 이 집은 가족들이 먹고 자고 기운을 차리는 전진 기지였다. 아버지는 누런색 양은 도시락을 챙겨 출근을 하고, 나는 점심과 저녁 도시락까지 챙겨 등교를 했다. 동생들도 그랬다. 아침이면 부엌 바닥에 발 디딜 틈 없이 사각 도시락 열 개가 쫙 펼쳐져 있었다. 뚜껑을 덮기 전에 식히는 밥과 반찬들이 그 안에 수북수북 담겨 있었다. 아버지는 회사의 다른 동료들과 같이 점심을 먹기 때문에 어머니는 도시락 반찬을 특별히 신경 썼다. 달걀말이나 간장을 곁들인 파전 같은 음식이 김치나 콩자반, 멸치볶음 사이에 꼭 끼어 있었다. 내 반찬은 주로 고추장으로 볶은 채 썬 감자와 김치 같은 것들이었다. 어머니는 감자볶음 바닥에 깔린 깻잎 한 장까지 다 먹어 치우고 와야 한다고 신신당부했다. 붉은 기름기가 번들거리는 깻잎을 아무렇지 않게 먹는 나를 반 친구들은 신기해했다.

서울에 가야 한다며 등을 떠미는 것은 부모님도 다른 사람들과 마찬가지였다. 나와 여동생은 '집을 떠나기 위해' 공부하고 준비를 했다. 집이 있는 고향은 뒤를 돌아봐서는 안 되는 곳이었다. 하긴 집에 있을 시간도 없었다. 고등학생 때는 아침에 일찌감치 밥을 먹고 나서서 야간 자율 학습까지 마치느라 자정이 다 되어야 들어왔기에 집에서 추억을 쌓을 겨를이 없었다.

공부를 하다 지치면 학교 뒷산에 올랐다. 영주시를 빙 둘러싼 산들이 보초처럼 보였고, 저 산 너머로 탈출하려면 선생님들 말처럼 '죽었다 생각하고 문제집만 파고들 수밖에 없다'고 생각했다. 바깥세상이 궁금했지만 집에서 나오려면 대학에 가는 방법밖에 없는 것 같았다. 공부를 하지 않고 있다가 남들이 이곳을 떠날 때 고향에 우두커니 남아 있으면 그땐 진짜로 이곳에 영영 갇힐 것 같았다.

주로 아버지와 이야기했다. 진로 지도도 학습 점검도 아버지가 했다. 아버지는 서울에 있는 대학을 나왔다. 1960년대의 농촌에서 누군가가 대학에 가는 일은 정말 드물어서, 이웃 사람들이 "저 집에 대학생이 있단다." 하고 수군거리며 집 앞을 지나갔다고 자랑스럽게 말씀하셨다. 아버지는 안 풀리는 수학 문제를 풀어줄 수 있고, 제2외국어 선택 과목으로 독일어와 일어 중에 무엇을 고를지 조언을 줄 수 있는 사람이었다. 집에 있는 삼성출판사 문학 전집과 두꺼운 여행책은 아버지가 젊을 때 사둔 책들이었다. 가끔 아버지는 우리 앞에서 책을 펼쳐 들고 세로쓰기로 되어 있는 『설국』(가와바타 야스나리, 1948)이나 『인간의 조건』(고미카와 준페이, 1955)의 한 부분을 읽어 주었다. 『인간의 조건』에서 주인공이 굶주려 죽게 되는 결말이 너무 슬퍼 나와 여동생은 한참을 울었다. 아버지는 내가 작가가 되어 노벨 문학상을 탔으면 좋겠다고 했다. 언제부터인가 나는 장래 희망을 작가라고 적어 내기 시작했다.

집에서 오가는 이야기는 공부하라는 소리밖에 없었고 시험 성적이 주된 화제였으니 어머니는 끼어들 자리가 없었다. 대학을 나오지 못한 어머니는 발언권이 없었다. 아버지는 "내 말대로 하면 다 돼! 하면 다 돼!" 하고 입버릇처럼 말했다. 그쯤에서 그치는 게 아니라 딸들이 커 갈수록 아버지는 어머니를 대놓고 무시하는 경우가 종종 있었다. "딸들도 말이 통하는데 엄마가 말이 안 통하네." 어머니는 이에 맞서 대꾸를 하지 않았다. 묵묵히 반찬을 만들고 빨래를 하고 집을 쓸고 닦았다. 아버지는 출근하기 전에 다려진 와이셔츠를 던져 버리기도 했다. "이걸 입고 가라는 거야!" 그러면 어머니는 출근 시간에 늦을까 연신 벽시계를 올려다

두꺼운 뚜껑을 열고 닫을 때 어머니는 무슨 생각을 했을까.
어떤 기대를 했고, 어떤 근심에 잠겼고, 무슨 한숨을 쉬었을까.

보며 재빠른 손으로 셔츠를 다시 다려 내놓는 것이다. 마치 그 자리에 없는 사람처럼 아무 말도 안 했다. 그리고 가끔 자식들을 보며 말했다. "너흰 아빠를 닮았구나."

어머니는 알았다. 자신의 세계가 경멸당할수록 자식들이 자신과 다른 삶을 살 기회를 가진다는 것을. 자식들이 "엄마처럼 무시당하며 안 살 거야!" 하고 외쳐도 내버려 둔 것은 그런 이유에서였다. 손발이 닳도록 입히고 먹여 놓았더니 딸들이 배은망덕하게 인사 한마디 없이 문을 쾅 닫아 버리고 학교로 가 버리고 나서, 어머니는 난장판이 된 집을 쓸쓸하게 치웠다. 나간 모습 그대로 뒤를 한 번도 돌아보지 않고 쭉 앞으로 가 버린다면 그것도 자식에게 좋은 일이다. 어머니는 그렇게 생각했는지 모른다. 어머니는 다 알기 때문에 침묵했던 것이지 몰라서 입을 다문 것이 아니었다.

어머니가 좀체 말하지 않는 것이 있었다. 대구역에서 수하물 일을 했다는 외할아버지가, 술을 좋아하고 기골이 장대했다는 외할아버지가 병으로 일찍 죽고 나서 남은 자식들이 살아남기 위해 한 고생에 대해서였다. 그때 어머니가 제일 부러웠던 것은 책가방을 메고 달려가는 또래 학생들이었다. 대신 어머니가 간 곳은 밤낮없이 수틀이 돌아가는 직물 공장이었다. 얼마나 그때 고생이 인이 박였던지, 신혼여행을 마치고 셋집의 대문을 열 때 "북! 북!" 하고 일할 때 내던 소리를 외쳤다 한다. 그 말을 하곤 깜짝 놀라 자신이 여공이었다는 것을 대학을 나온 아버지가 눈치 채지 않았을까 싶어 곁눈질부터 했다. 그 후에도 악몽을 꾸면 실의 순서가 틀려 잘못된 수가 놓인 천이 좌르륵 기계틀 위로 올라가는 장면이 나왔다고 했다. 10대 때 겪은 고생스럽고 암담했던 일터의 기억은 평생 어머니를 따라다녔다. 어머니로서는 자기 딸이 공부한다는 건 자신의 못다 한 꿈을 이루는 것이기도 했다.

어머니는 여자가 배우지 않으면 어떤 삶을 살게 되는지 경험으로 알고 있었다. 남편이 셔츠를 던지든, 딸이 도시락을 팽개치든 다 견뎌 낼 수 있었다. '내 딸은 가르치고 말겠다'는 자신의 꿈을 위해 견뎠다. 세상의 엄혹함과 어두운 현실을 아는 어머니는 입을 굳게 다물고 아무에게 자신의 진짜 경험을 알리지 않았다. 돈이 없으면 배우지 못하고, 반말을 듣고, 자고 싶어도 뜬눈으로 밤을 새워 일해야 했다. 아직 어린 자신의 월급에 기대어 사는 동생들이 다섯이나 있었고 심지어 어머니와 할머니까지도 그에게 기대었다. 월급을 받은 다음 날 봉투를 고스란히 내놓으면, 할머니는 "왜 꼭 하루를 지나 주는지 모르겠다."라며 하룻밤 사이의 기다림과 조바심을 입 밖에 내었다.

어머니가 원망한 유일한 사람은 자신의 어머니였다. 외할머니가 광주리라도 하나 들고 나가 장사를 해 자식들을 가르쳤다면 다르게 살 수 있었을 거라고 했다. 그래서 어머니는 어머니 식으로 보이지 않는 광주리를 들었다. 이 질주하는 집에서 자신의 모습을 없앴다. 맹목적으로 달려가는 식구들을 위해 혼신의 힘으로 협력했다. 아버지가 더 많이 배웠고, 돈을 더 잘 벌고, 더 능력이 있어서 그런 게 아니었다. 어머니가 자식을 지키기 위해서 이 방법이 최선이라고 여겼기 때문이다. 그래서 자식에게 가장 좋은 집과 교육을 제공할 수 있는 이곳에 남아 있기로 한 것이다. 우리는 어머니가 머리에 인 광주리에 담긴 자식들이었고 어머니는 가보지 않은 길을 꿋꿋하고 용감하게 헤쳐 나갔다.

카메라를 들고 집을 여기저기 기웃대다가 장독대 앞에서 걸음을 멈췄다. 아무도 모르게 어머니가 혼자 서 있던 곳. 하루도 빠짐없이 먹었던 고추장과 된장과 김치가 담겨 있던 곳. 봄에 한 해의 된장과 간장 맛을 걱정하고, 겨울엔 아삭거리는 김치를 꺼내던 자리. 삭힌 고추가 떠 있는 동치미나 굵게 썰어 버무린 깍두기가 그득하니 담겨 있던 곳. "새 김치 한 포기 꺼내 줄게.", "시원한 무 갖다 줄게." 하고 어머니가 숟가락을 놓고 밖으로 달려 나오던 자리. 내가 가까이 다가가지 않은 자리.

두꺼운 뚜껑을 스르륵 열고 닫을 때 어머니는 무슨 생각을 했을까. 어떤 기대를 했고, 어떤 근심에 잠겼고, 무슨 한숨을 쉬었을까. 딸들이 자신은 거들떠보지 않고 세상의 말, 남자들의 말을 부지런히 익히느라 바쁜 사이, 그 몸이 상할까 애달파하며 먹을 것을 꺼내려 장독대로 달려왔다. 이곳에서 숨을 돌리고 마음을 다독이고 하늘을 올려다보며 잠시 자신을 찾기도 했을 것이다. 나는 어머니의 눈에 비친 이 집의 풍경을 모른다. 때로 인간적으로 차오르는 모멸감과 배신감도 이곳에서 추스르며 마음을 누그러뜨렸을 것만 같다. 빗물이 고인 장독 뚜껑에 그때의 어머니 얼굴처럼 내 얼굴이 그림자로 비친다.

내 머릿속의 시계

하루도 시계를 보지 않은 날이 없다. 처음 본 시계는 긴 추가 매달린 괘종시계였다. 무늬를 새긴 나무틀에 끼워진 유리판 너머로 뚜렷한 숫자와 추가 보였다. 쉬지 않고 왼쪽과 오른쪽으로 오가는 추의 모습을 보고 있으면 신기하고 재미있었다. 숫자 판에는 보조개처럼 파인 구멍이 양쪽에 두 개 있었는데 추가 멈추면 그곳에 가느다란 쇠막대기를 넣고 나사를 돌려 죄면 드르륵 하는 소리가 연달아 들리며 추가 다시 움직였다. 시계는 값비싼 장식품이어서 단지 시간을 보는 용도로만 있는 게 아니었다. 가족들은 시계가 그 자리를 지키고 있는 것을 안정의 표시처럼 여겨 자랑스럽게 올려다보며 뿌듯해했다.

뻐꾸기시계가 있다는 건 동화책을 읽고 알았다. 장난감 뻐꾸기가 시간에 맞춰 시계에서 나와 울다가 잠깐씩 보는 세상을 동경해 시계를 뛰쳐나가 날아가 버렸다는 이야기였다. 친구네 집에서 뻐꾸기시계를 보았는데 정각마다 나와서 운다는 뻐꾸기를 기다리면서 그 뻐꾸기도 살아 있는데 아직 시계 밖을 뛰쳐나가지 못하고 있는 거라고 생각했다.

그래서 전자시계를 보았을 때 그다지 멋있다는 생각이 들지 않았다. 시계는 하나의 공간이었고 그 안에서 뻐꾸기며 시곗바늘이 나름대로 자리를 지키며 갈 길을 그려 내는 세계였다. 시곗바늘이 재깍거리며 시침과 분침이 겹치거나 대칭이 되면서 보여 주는 다채로운 모습은 시간이라는 신비한 흐름을 그려 보게 했다. 전자시계에 보이는 삭막한 숫자는 시간에 대한 상상을 일으키지 않았다.

하지만 시계를 보면서 그런 감흥을 가지는 시기는 짧았다. 한글을 배울 때나 영어를 배울 때 시간을 읽어 내는 법은 금방 익히기 어려웠다. 분침이 6에 가 있을 때 '30분'이라고 하거나 '반'이라고 읽는 것은 어떻게 따라하겠는데, 분침이 11에 가 있을 때 '몇 시 5분 전'이라거나 '55분'으로 읽는 것은 도통 이해하기 어려웠다. 유치원에 다닐 때에 시계 보는 법을 처음 알게 되었는데, 시곗바늘이 가리키는 정확한 시간을 불러 보려고 애를 썼던 기억이 난다.

시계를 보는 법이 더 이상 어렵지도 신기하지도 않게 되었을 때는 시계가 생활을 바짝 조여 왔다. 학교에서 50분 수업, 10분 휴식, 점심시간은 12시, 이런 식으로 정확히 쪼개진 시간에 따라 몸이 의자에 붙박였다, 일어섰다를 반복했다. 수업을 마치는 종소리에 귀를 기울였고 수업 시작을 알리는 종소리에 부리나케 친구와 말을 끝냈다. 종소리는 「엘리제를 위하여」나 「소녀의 기도」의 앞부분이었는데, 스피커에서 짜랑짜랑하게 들리는 그 음악은 위압적이면서 구호처럼 또렷했다.

시험도 정해진 시간에 빠르게 문제들을 다 풀어내는 것이 중요했다. 시험지를 받아 들면 재빠르게 앞뒤로 훑어보고 시간 배분을 한다. 어려운 문제는 연필로 표시해 놓고, 쉬운 문제의 답을 먼저 카드에 사인펜으로 표시하고 난 뒤, 다시 어려운 문제에 시간을 들인다. 답이 헷갈리는데 시험 시간이 끝나 가면 압박감에 어쩔 줄 몰랐다.

시간에 쫓겨 허둥지둥한 모습으로 시험지 앞에 있는데 시험 감독을 하는 교사가 태연하게 뒷짐 진 채 내 정수리를 내려다볼 때는 증오심까지 생겼다. 엎질러진 물을 엎드려 정신없이 닦아 대는데 손가락 하나 까딱 않고 구경거리 삼아 서서 내려다보는 이를 쏘아보는 심정이었다. 체육 시간에 턱걸이 시험을 치면서 빨개진 얼굴로 점수를 따겠다고 힘껏 매달려 있는데, 맨숭맨숭한 얼굴로 피식 웃으며 그 모습을 보던 교사 앞에서도 같은 감정을 느꼈다. 시간을 재고 점수를 매기는 이들에 대한 맹렬한 적대감은 그런 어른들에 대해 가지는 분노이기도 했다. 시험 시간의 굴레에 붙잡혀 발버둥 치는 학생들의 모습을 아무것도 하지 않은 채 보고 있는, 심지어 즐기고 있는 듯한 어른들의 모습은 밉살스럽기 짝이 없었다.

시계는 더 이상 낭만적이지 않았다. 시간에 맞추는 문제는 시험에 합격할 수 있는가, 면접을 제대로 볼 수 있는가, 취업을 할 수 있는가, 직장 생활을 해 나갈 수 있는가의 문제였다. 무슨 일을 하든 하기 전에 시계를 먼저 보고 얼마나 시간이 걸릴지 살피는 것은 내가 들이는 비용의 문제와 연결되었다. 회사에서 주말에 등산을 한 번 한 적이 있었는데, 내가 약속 시간보다 10분 늦게 도착하자 사장은 "여기 다섯 사람이 있는데 네가 10분 늦었으니 50분을 너 때문에 낭비한 거야. 50분이면 얼마니?" 하고 다그쳤다. 내 시간을 내놓고 돈을 받아야 하는 노동자로서 30분씩, 1시간씩 늘어나는 대가 없는 노동 시간이 아깝고 억울했다. 시간과 돈은 등치가 되었고 내 시간을 지키고 쓸데없이 에너지를 빼앗기지 않기 위해서 싸워야 할 때도 있었다.

출산을 하고 육아를 하면서 집에 있게 되었을 때 시계로부터 좀 자유로워졌냐 하면 그렇지 않았다. 아이를 낳을 때는 양수가 적다며 저녁 7시까지 자연 분만을 하지 못하면 제왕 절개를 하겠다고 병원에서 엄포를 놓아 시계를 보면서 안간힘을 써서 6시 52분에 아이를 낳았다. 시간에 맞춰 해내려고 애태우며 아파서 침대를 기어 다닐 때 '출산도 시험 치는 것과 똑같구나' 하고 생각했다.

산후조리원에 들어가서 2시간마다 아이에게 30분씩 젖을 먹이라고 하면서 "여긴 군대 같다고 생각하면 돼요."라는 말을 들었다. 산후조리원에서 밤에 거실의 소파에 누워 있는데 비상구 등(燈)이 눈에 들어왔다. 밖으로 뛰어나가는 사람의 모습에 초록색 불이 들어와 있었다. 그것을 뚫어지게 보면서 그처럼 탈출하고 싶다는 마음에 사로잡혔다. 높은 계단을 혼자 끝까지 올라가야 하는데 힘들어서 쩔쩔매는 꿈을 꿀 때였다. 아기에게는 때에 맞춰 예방 접종을 해 주어야 했고, 이유식을 먹여야 했고, 개월 수에 맞춰 이루어야 할 발달 과제가 있었다. 그 모든 것들이 나에게 또 다른 시험처럼 여겨졌다.

집에 시계가 하나 있는 것만으로 부족해 방마다 걸어 놓았다. 안방과 부엌에서 시간을 늘 확인해야 일상의 일을 해 나갈 수 있었다. 시간에 따라 들려오는 소리도 달랐다. 이사 오기 전, 옆집에 살던 아이 엄마는 밤 11시가 되면 신경이 날카로워져 소리를 질러 댔다. 아이는 울어 대기 시작하고 엄마는 악을 써서 난리 통이었다. 그 시간이면 남편이 퇴근하기 때문이다.

그녀는 낮 동안에는 아이들과 장난감 놀이도 하고 책도 읽고 정답게 잘 지내다가, 밤이 되면 남편의 눈에 깨끗한 집으로 만들기 위해 어질러진 장난감을 치우고 청소를 하느라 초긴장이 되었다. 야근을 하고 오는 남편은 자신이 바라는 정돈된 집이 아니면 '집에서 뭐 했냐'고 타박부터 해 댔다. 그 때문에 자존감이 계속 위축되어 온 그녀는 계속 어지르려고 드는 아이들을 야단치며 남편의 타박 소리를 듣지 않기 위해 무언가에 홀린 사람처럼 미친 듯이 청소를 해 댔다. 아이들은 돌변한 엄마 때문에 울고불고 난리가 났다.

남편이 계단을 올라오는 소리가 저벅저벅 들리면 나까지 심장이 두근두근했고, 문이 열리고 고함이 쏟아질지 평온하고 꾸며진 듯한 인사가 오갈지 날마다 걱정이 되었다. 하루는 그녀가 나를 만나 맥없이 말했다. "나보고 돈을 벌라고 하네요. 아이도 이제 유치원에 다니는데 아무것도 안 하고 집에 있지 말고 요구르트 판매원이나 마트 일을 하는 게 어떻겠냐고……." 그때 텔레비전에서는 만화 영화 「도라에몽」이 나오고 있었는데 도라에몽과 진구가 장난을 치자 야단치는 진구 엄마가 등장했다. 진구 엄마는 앞치마 차림으로 걸레나 먼지떨이, 물뿌리개나 국자 같은 것을 들고 있었다. 집안일을 같이 하자거나 할 일을 하라고 잔소리하는 엄마를 피해 아이들은 늘상 장난칠 궁리만 하고, 요리조리 도망다니며 엄마를 골탕 먹이고 깔깔댄다. "저런 만화 영화를 보면요. 애들은 보고 웃는데 전 상처가 돼요. 엄마가 하는 일을 저런 식으로 표현하잖아요. 우리가 집에서 일하는 걸 저렇게 그려 놓잖아요."

그녀는 곧 공장에서 일감을 가져다가 가내 부업으로 조립한 물건 개수만큼 값을 쳐주는 일을 하게 되었다. 계속 손을 놀리면서, 아이들을 돌보면서, 집을 치우면서, 그녀의 시계는 가속도가 붙어 더 빨리 돌아갔다. 아무도 그녀만이 가진 시계에 대해 묻지 않았다. 집에서 일하는 여자의 모습은 당연하니까 다른 가족의 귀에는 그 숨 가쁘게 돌아가는 시곗바늘 소리가 들리지 않았다.

시계는 누군가의 삶을 더 가혹하게 조여 온다. 어떻게 보면 시

평생 머릿속을 점령한 시계를 마주 보고,

이유 없이 계속 눈물이 났다.

계는 몸의 일부가 되어 뇌를 대신해 그 자리에 파고든 것 같다. 해야 할 일과 하지 못한 일, 하고 싶은 일과 해서는 안 될 일, 그 경계를 위태롭게 재깍거리며 시곗바늘은 지나간다. 어떨 때는 비웃듯이, 때로 무관심하게, 초조하게 시간은 간다. 꿈에서조차 그럴 때가 있다. 아이를 데리러 7시까지 어린이집에 가야 한다고 직장에서 퇴근 시간에 애태운 날에는, 7시에 맞춰 아이를 만나러 가야 하는데 길을 헤매는 꿈을 꾸었다. 시험이든, 면접이든, 약속이든 시간에 맞춰 장소에 도착하지 못하는 꿈을 꾸고 나면 종일 뒤숭숭했다.

비는 오고 나가고 싶은 날이었다. 잠깐 학원에 간 아이가 돌아올 시각이었다. 이때쯤이면 나는 국을 끓이고 밥을 짓고 반찬을 해야 한다. 집의 먼지를 털고 전등을 켜고 환하고 안정된 모습으로 따뜻한 김이 오르는 요리를 내놓으며 돌아오는 식구를 반길 준비를 해야 한다. 그 모든 행동을 하겠다고 결심하고 나를 그렇게 움직여야 한다. 그런데 그 모든 일이 불가능하게 여겨지는 순간이 오고 말았다. 어제도 그저께도 해낸 일이, 오늘은 정말 눈물이 나도록 불가능하게 여겨지며 손에서 놓고 싶은 것이다. 카메라를 들고 밖에 뛰쳐나가 멀리 떠나고 싶었다. 이곳이 아닌 곳에 가면 숨을 내쉴 수 있을 것 같았다.

그날은 내가 방에서 나가려 하자 어떤 꼬마가 문을 잠가 버린 뒤 열쇠를 가지고 나를 감시하는 꿈을 꾼 날이었다. 나는 방문을 부수고 나가서 그 꼬마의 멱살을 잡고 땅에 패대기치고 열쇠를 빼앗았다. 나는 엄청난 분노와 증오에 싸여, 네가 뭔데 나를 가두냐며 울분을 쏟았다. '아, 나는 이 집에서 너무 나가고 싶었구나. 그런데 나갈 수가 없는 거였구나.' 그림자의 머리 안에 들어온 시계를 찍은 날, 속으로 중얼거렸다. 정확하게는 시계를 내 그림자의 머리로 덮은 날이었다. 평생 머릿속을 점령한 시계를 마주 보고, 이유 없이 계속 눈물이 났다.

4. 빛이 머무는 집

우연한 손자국

올봄에 이사를 했다. 30년이 다 된 빌라였지만 나온 매물 중에 유일한 남향집이었고 상태도 나빠 보이지 않았다. 이 집을 보여 줄 때 부동산 중개인은 열세 평에 방이 두 개 있는 이곳에서 네 식구가 살았다고 했다. 이전에 네댓 명의 가족들이 살던 집들은 이제 일인 가구나 두 명 정도가 사는 곳이 되어 가고 있다. 전 주인들이 떠나면 새 주인이 집을 리모델링해 카페나 가게로 꾸미기도 한다고 했다.

집을 보러 갔을 때, 주인아주머니는 집에 대한 자부심이 대단했다. 창밖에 있는 오가피나무를 손수 키운 거라고 자랑했고, 고추도 심어 먹었는데 앞에 건물이 새로 들어서며 폐자재가 떨어져 화단이 엉망이 되었다고 속상해했다. 창 안쪽 자리에 늘어놓은 매실 병들을 보여 주고 매실차도 한잔 타 주었다. 벽에는 기도문이 걸려 있고, 자식들이 떠나 노부부가 사는 살림은 단출했다.

이 집에 들어오기로 한 건 반짝거리는 세면대며 정갈한 부엌 모양새까지 삶에 대한 애착과 바지런함이 녹아 있는 게 마음에 들었던 이유도 컸다. 잔금을 치르고 나서 아주머니는 머뭇거리며 나를 보았다. "오가피나무를 아파트에 가져가고 싶었는데 그럴 수 없으니까…… 봄에 잎을 따서 무쳐 드시면 좋아요." 주인 내외가 미련이 남는 얼굴을 하고 선뜻 그 자리를 떠나지 못하는 건 집이 아까워서가 아니라 지난 시간이 고스란히 남아 있는 이곳이 자신들 삶의 일부와 같았기 때문이다. 열쇠를 건네받을 때에는 문을 드나드느라 수없이 손을 탄 열쇠에서 그들의 숨소리가 들리는 것 같았다.

아버지가 전화를 했다. "네가 1994년에 서울에 가서 이제야 집을 샀구나." 축하 전화를 하는 아버지의 목소리에 안타까움과 안쓰러움이 담겨 있었다. 그 말을 듣는데 눈물이 났다. 나도 같은 생각을 하고 있었기 때문이다. 그해에 대학에 입학한 뒤 그동안 이사를 많이 했다. 아버지는 내가 서울에 올라간 해부터 한 해, 한 해 손을 꼽으면서 언제 내가 정착을 할 수 있을까 애를 태웠나 보다. 해마다 나는 내가 왜 서울에 있을까, 서울에 계속 살 수는 있는 걸까, 그냥 내년에는 고향에 내려가 버릴까 생각하며 집세 걱정에 시달렸다. 단 하루도 집세 걱정을 하지 않은 날이 없는 것 같다. 집세는 나를 움직이게 하는 가장 큰 골칫거리였다. 몸이 지쳐도 내키지 않는 일이어도 집세를 충당해야 한다는 생각에 꾸역꾸역 일을 맡아 해내곤 했다.

"에이……." 아버지는 고개를 돌려 버리듯 말머리를 돌려 버렸다. 아버지도 눈물이 나니까 말을 끊는 것이다. 나는 이전에 아버지가 서울에 오면 집주인을 만나 고개를 숙이던 일을 떠올렸다. 아버지보다 나이도 어리고 월세를 또박또박 받아 가는 집주인에게 아버지가 인사를 한 것은 아버지 나름대로 예의를 갖추는 방식이었다. 집주인들은 되레 당황하며 어설프게 고개를 끄덕였다. 나는 아버지의 인사가 불필요하다고 여겼지만, 실은 그 연세에 자식이 염려되어 머리를 조아리게 하는 것이 다 내가 집이 없기 때문인 것 같아서 죄송했다. 작년까지만 해도 아버지는 나에게 전화를 하면 집 걱정부터 했다. "사람이 자기 집에 들어가면 만사 잊고 마음이 편해야 하는 건데…… 다음번에 월세도 올리지 않겠니? 그럼 좀 무리를 해서라도 집을 사는 게 낫지 않겠니?" 아버지는 여든이 되었다. 본인의 집 걱정만으로도 인생을 좀먹었는데 평생 자식들 집 걱정까지 시키는 것 같았다.

집에 들어와 누워 있으면, 다음 달 월세 걱정, 전세금 걱정을 하지 않고 있다는 게 신기할 정도였다. 항상 잠자리에 따라붙어 뒤척이게 하고 어떨 땐 새벽까지 멍하니 뜬눈으로 있게 하던 집세 걱정. 이제 그 걱정을 안 해도 된다고 생각하니 안도감보다 오히려 분노와 박탈감이 밀려왔다. 나는 마흔여섯 살이다. 집 걱정으로 20대와 30~40대를 애태우느라 젊음을 빼앗기고 시간을 앗긴 것 같았다. 그렇게 애면글면해서 방 두 칸 있는 이 집에 들어왔다고 생각하면 모든 게 사기 같다는 생각이 들었다. 두 번 없을 소중한 인생의 시간을 쓸데없는 걱정으로 도둑맞은 것 같았다. 집의 등기 정보를 보고 난 다음이라 더 그랬다. 전 주인은 이 집을 15년 전에 몇천만 원에 불과한 돈으로 샀다. 그 당시에 직장 생활을 했던 내가 가진 돈이 딱 그만큼이었다. 그런데 15년 동안 내가 한 해도 쉬지 않고 일해 모은 돈을 깡그리 주고 이 집을 샀다. 기찻길 주변에 있어 주거지로 인기가 없던 이곳도 그사이 억대를 호가하는 집으로 탈바꿈했다. 나는 속임수에 걸려든 것처럼 속상했다.

'집을 구할 수 있을까'는 '서울에 계속 살 수 있을까'의 문제였다. 아이가 태어나고 초등학교에 들어가고 중학교에 다니자 이사는 점점 어려워졌다. 어린아이가 놀아 달라고 칭얼거릴 때 집 걱정을 하며 수입과 지출을 끄적이거나, 다음에 무슨 일을 구할지 걱정하며 "엄마 바빠. 엄마는 어른이라서 일을 해야 한단 말이야!" 하고 아이를 매몰차게 방에서 쫓아내기도 했다. 커 가는 아이와 제대로 놀아 주지 못하고 일에 씨름하던 생각까지 떠오르자 집에 목을 맨 시간이 더 속상했다. 돌아갈 수 없는 지난 시간에 더 다정하게 해 주지 못한 사람들의 얼굴까지 떠올랐다. '고작 이 집 하나 구하려고' 하는 마음과 '그래도 감사하다. 이런 집이 생겨서' 하는 마음이 울쑥불쑥 떠올랐다.

이 동네에는 북향민들이 많이 살았다고 한다. 전쟁으로 고향을 잃고 피난을 온 사람들이 이 길목에 자리를 잡았다. 상권과 떨어져 있어서 집값이 예전부터 쌌기에, 헐한 값으로 서울에 터를 잡고 살려는 사람들이 이 동네에 모였다. 지금도 다른 데보다 시세가 낮았다. 이 빌라를 지은 할아버지는 자기 가족도 이곳에 살려고 집을 튼튼하게 지었다고, 할머니와 함께 살다가 할머니가 세상을 떠나자 곧 따라 가셨다고, 전 집주인은 부동산에서 이 집의 내력을 내게 줄줄 이야기해 주었다. 그는 나와 시선을 비껴 앉아 무릎을 만지며 말했다.

중개인은 내가 이 집을 사겠다고 하자 뜸을 들이며 다른 집을 권했다. 길가에 있는 집이 아니어서 앞으로 재개발될 일이 없을 것 같다고, 말하자면 투자 가치가 없다고 했다. 나는 차들이 쌩쌩 달리는 좁은 골목보다 길 안쪽에 들어앉아 있어 오가는 이가 적은 곳이 살기에 더 나을 것 같았다. '빨간 벽돌집'이라고, 중개인들은 이런 집들을 그렇게 불렀다. 1990년대에 일제히 지어져 벽돌 모양이나 구조가 비슷비슷한 데다 서울에 밀집한 인구에 주택을 한꺼번에 공급할 요량으로 건축 규제를 완화할 때에 지어진 집들이다. 이 집을 지었다는 할아버지도 북향민이 아니었을까 하고 혼자 상상했다.

집으로 들어서는 골목에는 낮은 가옥들이 나란히 줄지어 서 있고, 처진 전깃줄들이 드리워 있는데 호젓하고 한적한 느낌이 든다. 집을 구하러 다닐 때 마치 어린 시절의 골목길을 떠올리게 하는 그 조용함이 마음에 들었다. 이런 분위기는 갑자기 생겨나는 것이 아니고 그곳에 살던 사람들의 가만한 걸음들과 쓸쓸한 한숨들과 정답게 두런거리는 이야기들이 오랜 시간 켜켜이 쌓여 만들어 내는 것이다. 풀들이 바람에 소리 없이 흔들리는 것처럼 보아 주는 이 없어도 살아가는 자리가 만들어 내는 흔들거림인 것이다.

나는 이 집이 점점 마음에 들었다. 이 집은 이야기를 품고 있었다. 자세히 보면 그 흔적을 알아볼 수 있었다. 쓰레기장이 되다시피 한 화단은 아무도 치우지 않아 방치되어 있었는데 장독 여러 개가 땅에 묻혀 있었다. 김장독을 땅에 묻고, 고무장갑을 끼고 엎드려 김치를 꺼내 오던 시절이 이곳에도 있었다. 뚜껑을 열어 보니 쓰레기가 차 있거나 주인을 잃은 묵은 장이 꺼멓게 말라 있었다. 물이 검게 고여 있기도 했다. 한때는 애지중지했던 장독을 챙기지 않고 내버리다시피 하고 떠날 만큼 가는 길이 촉박했을까. 둘 곳도 쓸모도 없는 장독은 애물단지가 되어 버렸다.

뒹구는 화분들도 많다. 한때는 주인들이 즐거워하며 아침저녁으로 물을 주었을 화분들이 깨어져 뒹굴거나 마른 흙을 담은 채 있다. 커다란 화분 여러 개가 버려져 있었는데 그곳에 담긴 것도 흙이라고 강아지풀이나 바랭이가 잔뜩 자라났다가 갈색으로 바싹 말라 바람에 소리 없이 나부낀다. 그뿐만이 아니다. 떼어 낸 작은 욕실 창, 쓰지 않는 밥상, 심지어 붉은 털 이불까지 뭉치째 화단에 버려져 있었다. 겨울에 아이들을 따뜻하게 덮어 주었을 옛날 모란꽃 무늬 이불이다. 누가 이사하면서 내버리고 갔는지, 이불은 그 자리에서 먼지가 앉고 바람을 맞고 심지어 찬비를 맞고 있었다. 사람의 손을 타 쉬이 자연으로 돌아갈 것 같지도 않은

데 사람의 것도 땅의 것도 아닌 상태로 흉물스럽게 묵묵히 그 자리에 있었다.

버려진 물건을 보면 매몰차게 던지고 떠나는 손길을 생각한다. 물건을 땅에 버려도 아무렇지 않게 된 마음을 생각한다. 빨고 닦고 물 주던 시간을 구겨 던져 버려도 미련 없는 낯선 마음을 보게 된다. 그 마음들이 그토록 위풍당당한 것은 구질구질하고 손때 묻은 낡은 것과 결별하고 앞으로 더 나은 곳에서 잘 살 거라고 입술을 깨물었기 때문일까. 버려진 물건들은 이제 영영 오지 않는 주인을 기다리며 자기가 있어야 할 자리에서 떠나 지난 일을 곱씹으며 회상에 잠긴 것 같다.

보다 못해 내가 커다란 쓰레기봉투를 하나 사서 바닥에 나뒹구는 몇 가지 물건들을 주섬주섬 치웠다. 치운 자리에 또다시 밤사이 남들이 버리고 간 물건들이 생겨났다. 어제는 썼지만 오늘은 필요하지 않게 된 물건, 내일은 보지 않을 물건 들을 사람들은 이 버려진 땅에 버렸다. 빗소리가 추적추적 들리면, 집 안에서 생각한다. 이 비를 몸으로 맞고 있는, 벽에 금이 가고 기왓장이 깨어진 오래된 빌라와 그 비를 함께 맞고 있을 밥상과 장독과 이불 같은 것을……. 문밖에 버려진 시간들이 얇은 문 하나를 사이에 두고 까치발을 하고 서성대고 있다.

비가 그치고 해가 들 때 나는 벽에 머리를 기대고 우두커니 앉아 있었다. 창으로 들어온 햇빛이 안방 벽에 비쳤다. 사각의 작은

창으로 들어온 햇빛이 안방 벽에 비쳤다.

사각의 작은 자리였다.

그 자리가 환하고 따뜻해 보였다.

자리였다. 그 자리가 환하고 따뜻해 보였다. 집을 찾는 마음은 살고 싶다는 마음이겠지. 집을 찾는 마음은 자신의 힘만으로는 살 수 없어 무언가가 더 필요하다고 간절히 기대는 마음이겠지. 햇빛에 생긴 네모난 자리에 이마를 대고 고개를 숙이며 생각했다. 이 한 줌 햇빛 자리를 찾아 그토록 방황한 목마름이 지난 시간이라면 그건 괜찮을 것 같았다. 결국 이 햇빛을 쬐는 자리에 몸을 맡기는 것, 그것만이 나에게 필요했을 뿐이다.

튀어나온 주먹

집에 있다 보면 종일 집 안만 맴돌다 만다. 창밖에 언뜻 보이는 하늘과 햇살에, '날씨가 좋구나. 오늘은 한번 나가 봐야지.', '바람이라도 쐬고 기분 전환을 해야지.' 하고 마음먹었다가 한 발짝도 집 밖을 나서지 못하는 날이 태반이다. 아침에 일어나서 청소를 하고 식사 준비를 하고, 잇달아 점심 준비를 하고, 설거지를 하고, 어질러진 집을 치우고, 반찬거리를 준비하고, 다시 저녁식사를 한다. 돌아서면 밥을 해 대야 한다고 '돌밥'이라는 말도 생겼다지만 그 말도 마땅찮다. 단지 밥만 하는 게 아니다. 더 마음을 압박해 오는 것이 집 안에 생겨났다.

이를테면 작은방에서 온라인 수업을 받는 중학생 아이가 수업에 전념할 수 있도록 거실에서 텔레비전을 틀거나 음악을 켜 두지 않고 조용한 분위기를 유지한다. 이따금 문을 열어 보았을 때 수업 중에 아이가 게임을 하고 있는 양이면 잔소리도 때맞춰 한다. 혹시 집 안에만 틀어박혀 있어 아이가 의기소침해지지 않을까 기분을 맞춰 살펴 주는 일도 한다. 식사가 부실하지 않게 영양을 고려하며 식단을 챙겨야 하고, 과제나 수업 준비를 알리는 학교 메시지도 확인하고 아이에게 전달해야 한다.

나는 프리랜서라 집에서 주로 작업을 해 왔는데, 코로나19 사태 이후로는 낮 시간에도 집에 혼자 있지 못한다. 챙겨 주어야 하는 가족이 늘 같이 있으니 끊임없이 호출을 받는 기분이 든다. 컴퓨터 앞에 앉아 온전히 감정과 생각에 집중할 수 있는 시간이 사라졌다. 대신에 돌보아야 하는 사람과 실로 연결된 듯 상대의 기분, 욕구, 필요가 미세한 파장으로 울려 나에게 전달되고 나의 기분 상태 또한 아이에게 금방 영향을 미친다. 그 파장 때문에 때때로 몸을 벌떡 일으켜 종종거리지만, 한편으로 이상한 무기력에 빠져 방문을 닫고 안으로 침잠하게도 된다.

몸들 안에 갇힌 나. 밥을 먹어야 지탱되고, 씻고 말려 주어야 하는 몸. 마찬가지로 닦아 주고 쓰레기를 비워 주고 환기시켜 주어야 하는 집. 그 여러 개의 몸들 사이에서 갈팡질팡하며 길을 잃은 듯 청소기를 들고, 걸레질을 하고, 샤워기를 들고, 설거지를 하고, 빠짐없이 변기에 앉는다. 내 몸뿐 아니라 자식의 몸도 그렇게 잘 움직일 수 있게 영양을 공급하고 위생을 살피는 게 일이 되다 보니 종일 숨바꼭질하듯 집 안을 맴돌다 하루를 보내고 마는 것도 이상한 일이 아니다.

텔레비전을 켜면 전국적으로 퍼진 코로나19 바이러스를 피해 '안전한 집에 머물라'는 말이 반복적으로 들려온다. 그런 말을 듣다 보면 길에서 타인을 만나는 것이 두려워진다. 감염에 대한 공포로 짧은 산책조차 주저하게 된다. 이전엔 안 그랬다. 길에서 손잡은 연인들을 보거나 활기차게 떠드는 행인들을 스칠 때, 그 주저 없는 몸짓과 목소리에 나도 덩달아 기분이 좋아졌다. 기분이 가라앉을 때도 산책을 나가면, 지나치는 낯선 사람들의 모습과 걸음걸이에 새로운 호기심과 상상이 일어나 사람들의 뒷모습이 멀어질 때까지 고개를 돌려 보고 있었다. 별로 살 것도 없으면서 재래시장을 쏘다니고, 북적거리는 가게를 기웃거리며, 줄 선 행렬 가운데 서서 전시를 관람했던 건 그런 쏠쏠한 재미 때문이었다. 불과 작년까지 그랬다.

그런데 이제 길에서 마스크를 코끝까지 눌러쓴 사람을 마주치면, 그 사람이 궁금해지기 전에 감염에 대한 두려움부터 일어난다. 사람을 만나 먼저 몸이 움츠러지는 경험을 하고 나서야 나는 생각뿐 아니라 몸의 감각이 변했다는 것을 실감했다. 사람을 만나는 게, 잠깐 같이 서 있는 게 위험을 감수하는 일이 되어 버렸다.

확실히 집의 외부는 더 두려운 곳이 되었고 집 내부는 더 안전한 곳이 되었다. 외부는 불결한 바이러스가 창궐하는 곳이고 내부는 병균이 침입하지 않는 깨끗한 곳이다. 꼭 사실이 그런 것도 아니지만, 그런 관념은 매스컴의 메시지와 함께 익숙하게 머릿속에 들어왔다. 그러고 나니 깨끗한 집을 유지해 내는 것이 나의 임무가 되었다. 다른 이가 문손잡이를 만지고 간 다음이면 소독을 해야 하고, 누가 벨을 누르면 안에서 마스크를 쓰고 용건부터 따지듯 묻고 시간을 두고 조심스럽게 문을 여는 것이 집안의 파수

꾼인 내가 하는 일이다. 아이가 친구를 만나고 온 날이면 혹시 아이마저 감염되는 건 아닐까 싶어 밖에서 마스크는 잘 썼냐고, 손부터 씻으라고 잔소리를 해 댄다. 그건 아이도 마찬가지여서 식사 시간에 내가 큰 소리로 이야기하다가 침방울이 튀면 흘겨보기 일쑤다. "나는 혹시라도 바이러스가 옮을까 봐 입을 가리고 조심히 말한단 말이야. 엄마도 그렇게 하는 게 좋겠어." 아이의 잔소리를 들었을 때는 무안하고 서운해서 목소리가 절로 낮아졌다. 누군가 재채기라도 하면 둘 다 쳐다보면서 "혹시?" 하며 웃어넘기는 게 일상이 되었다.

오랜만에 차 한잔 마시자고 한 친구가 있어도 카페에 앉아서 먹는 게 금지가 된 후에는 약속도 자연스레 취소가 되었다. 연극배우인 친구는 "수입이 적어도 연극을 평생 열심히 할 수 있다고 생각했는데, 이제 사람들이 공연장에 찾아오지 않으니 이 일을 계속 할 수 있을지 처음으로 회의가 든다."라고 고백했다. 그가 모처럼 연습한 작품도 취소되어 버렸다. 사람들과의 만남도 대부분이 온라인으로 대체되었다. 화면이 안 보인다는 둥, 소리가 안 들린다는 둥 하는 이야기로 어수선하게 시작되는 온라인 회의를 30분 넘게 하다 보면 지쳐 버렸다. 사람을 직접 만나 변하는 눈빛을 보고 표정에서 의도를 읽어내고 숨소리를 들으며 때때로 가볍게 어깨를 치거나 손을 부딪치는 일은 영영 멀어져 버렸다. 대신 마스크를 쓰고 만나도 어색하지 않고 마스크를 벗고 있으면 되레 불안해지는 증상이 나타났다. 얼굴에 마스크가 처음부터 척 달라붙어 있었던 양 맨얼굴에 닿는 바람이 낯설었다.

집은 안전하다고들 했다. 그러나 집이 안전하려면 조건이 있었다. 집을 지탱할 수 있게 끊임없이 들어오는 수입이 있어야 하고, 아이들을 맡아 주는 보호자가 있어야 했다. 집의 살림을 도맡아 책임지는 사람이 있어야 하고, 서로의 공간이 보장되어야 했다. 서로에게 폭력을 쓰지 않아야 했고 서로가 위협이 되는 사람들이 아니어야 했다.

나는 최대한 그 조건에 맞추고자 했다. 다행히 연초에 시작한 일을 한 해 동안 할 수 있었고, 아이를 건사하기 위해 집에 머무를 시간을 낼 수 있었기 때문에 안전한 집의 바람직한 '주부'가 될 수 있었다. 학교에서 급식을 하지 않는 아이에게 점심을 차려 낼 수 있고, 장 볼 돈을 재택근무로 벌 수 있었다. 아이의 학교와 도서관도 가까운 곳에 있었다. 아침을 차려 먹고, 설거지를 해치우고, 숨 가쁘게 책상에 앉아 온라인 회의를 하고, 끝나자마자 일어나 점심을 차려 먹는 식이었지만 어쨌든 감당할 수 있는 수준이었다.

겉으로 보면 아무 일도 일어나지 않는 집이다. 그런데 마음이 욱신거릴 때가 있다. 훌훌 떨쳐 버리고 나가 맘껏 쏘다니고 싶은 마음과 집에 붙박여 머물러야 한다는 마음이 싸운다. 나는 날마다 집에 있는 쪽을 선택한다. 쳇바퀴 같은 일상에 지쳐 손을 놓고 마냥 누워 있고 싶은 마음과 벌떡 일어나 살기 위해 싹싹한 노동을 하는 것 사이에서 나는 늘 노동을 선택하기 위한 싸움을 벌인다. 밖에서는 사회적 거리 두기를 한다는데 엄마에게는 도통 거리를 둘 생각을 않고 더욱 밀착해 오는 가족의 틈바구니에서 숨찰 듯한 그 좁은 거리를 감내해 낸다. 오늘이 무슨 요일인지 긴가민가할 정도로 비슷비슷한 나날이 얼굴을 무심하게 스쳐 간다. 이 '안전한 집'은 안전하지 않다. 그 안에 사는 사람이 날마다 분투하고 휘청거리며, 아찔한 고민들 속에서 가까스로 선택의 결단을 내리기 때문에 태평스럽게 유지되고 있는 것처럼 보일 뿐이다.

아이가 치킨을 사 달래서 치킨을 주문했더니 헬멧을 쓰고 검고 두꺼운 잠바를 입은 배달원이 초인종을 눌렀다. 그는 줄지어 있는 배달 일정으로 바빠 눈도 마주치지 않고 콜라와 치킨 상자가 담긴 비닐봉지를 쑥 내밀었다. 그가 달려오느라 맞선 찬 밤바람이, 겨울의 추위가, 달구어진 조바심이 훅 끼쳐왔다. 내가 내민 지폐를 받은 그가 급하게 거스름돈을 꺼내려다 지갑의 지폐들이 바닥에 흩어졌다. 그는 황급히 돈을 주우려 허리를 숙이면서 작은 목소리로 말했다. "미안해요." 지폐들은 어쩔 줄 모르는 듯 우리 사이에 떨어져 있다. 이렇게 재촉하듯 재촉당하듯, 서로 두려워하며 마스크를 쓰고 마주 서 있는 상황이 덩달아 난감해진다. 그리고 조금 슬퍼진다. "괜찮아요." 같이 고개를 숙이면서 잠시 열린 문을 사이에 두고 서 있었다. 문은 금세 닫혔다.

왠지 답답해 화면을 깨뜨려 버리고 싶다.

보이는 게 다가 아니라고,

이 집에는 내가 있다고 외치고 싶다.

그는 나처럼 싸우고 있다. 어딘지 알 수 없는 그만의 집을 지키기 위해, 그가 오늘 내린 선택을 지키기 위해 싸우고 있다. 다른 이들도 그랬다. 마스크를 쓰고 나가 보면 집과 삶을 지키기 위해 용감하게 위험과 맞서 일하는 이들의 얼굴이 있다. 잔돈이 셈과 맞지 않다고 나이 든 고객에게 욕을 먹는 중년의 계산원도, 1000원의 배달료가 찍힌 영수증을 서둘러 건네는 청년 배달원도, 길목을 지키며 사람들에게 웃는 얼굴로 인사해 주는 요구르트 판매원도, 손님의 발길이 끊긴 가게 앞에서 담배를 피우러 나와 먼 하늘을 쳐다보는 주인들도 모두 오늘 자기가 내린 선택을 지키기 위해 싸우고 있다. 집이 무너지지 않도록 몸으로 버티고 있다. 그들이 그 자리를 지키고 있기에 그 곁에 있는 타인들의 집도 건재할 수 있다. 자신의 집을 지키는 것은 남의 집을 지켜 주는 일이기도 하다. 그들과 실제로 악수를 하거나 광장에서 어깨를 겯을 일은 일어나지 않지만 나는 그들의 얼굴을 잊지 않으려 한다.

그런데 가끔은 세상에 나 혼자만 있는 것 같다는 생각에 사로잡히고 만다. 조용한 집이 견딜 수 없을 때가 있다. 집은 말끔한데 마음이 어수선해지는 날이 있다. 심장이 세차게 뛰고 있는데 사위는 고요하다. 아무도 문을 열고 나가지 않고 아무도 문을 두드리지 않는 이 집에서 마음이 푹푹 썩어 간다. 주부가 집집마다 들어앉아 집을 지키고 있을 거라고 무턱대고 우겨 대는 뉴스의 말마디를 들으면 빈정거리고 냉소하고 싶어진다.

안과 밖의 구분이 뚜렷해진 터무니없는 시대에 새마을 운동 때의 어머니로 호출된 듯 열패감에 빠지기도 한다. 많은 시간이 흘렀고, 교육받은 딸들이 늘어났고, 민주화가 되었다고 하는데 집 안에 있는 그녀들은 '안전한 집을 지키는 국가의 파수꾼 어머니'로 여겨진다. 밖에서 들어온 것은 더럽다고 여겨 손님이 왔다 가면 수저를 삶아 대고, 이불을 다시 빨고, 목욕을 하라고 들들 볶아 대던 우리 어머니의 모습도 떠오른다.

누군가가 필요해서 카메라를 든다. 아무도 없는 것 같은 집을 찍는다. 조용하고 말끔한 집을 그대로 찍으려니 왠지 답답해 화면을 깨뜨려 버리고 싶다. 보이는 게 다가 아니라고, 이 집에는 내가 있다고, 내 말은 들리지도 않느냐고 버럭 외치고 싶다. 낯선 주먹이 화면에 쑥 들어왔다. 나는 주먹으로 벽과 문을 쾅쾅 치며 틀어막힌 말을 외치려 했다. 낯선 주먹질에 집의 반듯한 직선들이 움찔하는 것 같았다. 무슨 말부터 해야 할지 떠오르지 않지만, '난 괜찮지 않다!'는 고함을 기어이 집에다 찍어 버린다.

자전거를 처음 본 날

멈춰 있는 자전거가 눈에 들어왔다. 긴 장마 동안 자전거는 밖에서 비를 맞고 있었다. 비가림 덮개를 씌울 생각을 못 하고 그 자리에 두었다. 그랬더니 나중에 벨 소리가 나지 않았고 물을 먹은 바퀴는 바람이 빠지고 녹이 슬어 앞으로 잘 굴러가지 않았다. 자전거는 한자리에서 땡볕과 바람과 비를 고스란히 맞았다. 햇빛에 이글거리다가 밤기운에 서늘해지다가 차츰 몸이 굳고 있었다. 바닥 근처에 냉이꽃이나 민들레나 제비꽃이 피었다 지고 나면 장바구니 칸에 스며든 녹도 좀 더 붉은빛을 띠었다. 그래도 자전거는 빗속에서 꿋꿋해 보였고, 언제든 나아갈 작정을 하면서 눈을 뜨고 있는 것 같았다.

자전거 수리를 하러 가게에 가니 그 자전거를 팔았던 주인이 타박하듯 말했다. "진짜 오래 타신다. 이러다 우린 다 굶어 죽겠어요!" 그러면서 비를 맞게 하지 말라고 잔소리를 하고, 기름을 꼼꼼히 쳐 주고, 쭈그려 앉아 바퀴를 돌려 보았다. 나는 멋쩍은 웃음을 띠고 고분고분하게 알았다고 대꾸하며 그제야 자전거를 이리저리 살펴보는 척한다.

어릴 적부터 했으면 좋았을 걸 하고 후회하는 일이 있다면 '자전거를 좀 더 일찍 배울 걸' 하는 거였다. 내가 걸어온 모든 길을 돌아가 자전거를 타고 다시 달려 보는 상상을 한다. 바람의 등에 업힌 것처럼 다채로운 풍경이 한꺼번에 몰려올 것 같았다. 자전거를 배우기 전에 자전거를 어떻게 타는지 주변에 물으면 다들 딱히 설명해 주기 어렵다고 했다. "그냥 타면 자전거는 가." 하고 웃고 마는 사람이 있는가 하면 "어릴 때 혼자 저절로 타게 된 거라 어떻게 타는지 말로 하기는 좀……."이라며 얼버무리는 사람도 있었다. 말해 주기 귀찮았던 건지도 모른다. 그런 설명만 듣고는 자전거를 타는 법을 스스로 알아내기 어려웠다.

아이가 어린이집에 다닐 때 아이 친구의 엄마가 나한테 자전거 타는 법을 알려 주겠다고 공원으로 불러냈다. 나는 반신반의했다. "난 자전거를 못 타요." 쑥스러워하며 말했는데, 그는 "할 수 있어요!" 하고 내 뒤에서 자전거를 잡아 주었다. 그리고 반나절 만에 균형을 잡고 양발을 써 자전거를 움직일 수 있게 해 주었다. "누구나 다 탈 수 있는 거예요. 한 번만 타는 감을 익히면 돼요." 응원을 해 주던 그는 걸음마 하는 아이에게 추임새를 넣듯 끈질기게 옆에서 봐 주다 "혼자 탄 거예요! 혼자 다 해낸 거예요!" 하며 박수까지 쳐 주었다. 교사였던 그는 육아 휴직 중이었는데 육아 문제와 경력 문제로 고심하다가 마찬가지의 고민을 하는 나를 만났다. 그는 가을날 자전거를 타고 코스모스 핀 공원의 내리막길을 달리면서 참 행복했다며, 그때에 자전거를 못 탄다는 나를 떠올리고 이 행복을 나도 느끼면 좋겠다 싶어 불러낸 것이다.

빌라에 살다 보면 가끔 날짐승이나 길짐승들이 들어와 길을 잃곤 한다. 태어난 지 얼마 안 된 새끼 고양이 한 마리가 들어와 입구에 웅크려 앉아, 지나가는 사람들을 피하지 않고 애원하는 눈길로 바라만 본 적도 있다. 마음이 쓰인 주민이 우유며 먹을 걸 챙겨 주자 한동안 아예 그 자리에 눌러앉았다. 나도 사람이 오가기만을 기다리던 고양이와 눈이 마주친 적이 있다.

참새가 들어오기도 했다. 빌라의 계단참에서 참새 한 마리가 어쩌다 들어와 나갈 길을 못 찾고 안달복달하는 것을 보았다. 참새는 바로 위쪽으로만 포르르 날아 나가려다 유리창에 머리를 박고 떨어졌다. 날아오르다 머리를 쾅 박고 툭 떨어지고, 다시 매번 힘을 다해 그렇게 했다. 바로 옆쪽에 창문이 열려 있는데, 방향을 바꾸면 밖으로 나갈 수 있는데, 참새는 한쪽으로만 날아올랐다. 자기가 정한 방향이 맞는다고 골몰하는지, 아니면 갇혔다는 두려움 때문에 얼어붙었는지 알 수 없었다. 참새가 저러다 곧 죽을 것만 같아서, 지금 나가지 않으면 더 방법이 없을 것 같아서 함께 조마조마했다. 내가 고개를 숙인 순간 참새는 갑자기 옆에 있는 열린 창문을 찾아내 순식간에 날아갔다. 때 이른 체념이 되레 무안해지는 순간이었다.

자전거에 처음 탔을 때 나는 혼자 창밖으로 막 빠져나온 작은 새가 된 기분이었다. 힘껏 던져진 돌멩이처럼 허공으로 포물선을 그리며 쏜살같이 날아가 사라지는 새. 그 새가 사라진 길을 따라

나는 자전거를 타고 가는 것 같았다. 물살같이 가볍게 미끄러지는 시원한 느낌이었다. 바람 소리가 귓가를 스치며 종이비행기처럼 나아가는 느낌이 들었다. 그 상쾌한 느낌은 나를 다른 사람으로 만들어 주었다. 지나가는 사람을 유심히 보아도 아무도 나를 신경 쓰지 않았다. 하늘과 산뿐 아니라 도로와 차와 사람들을 마음껏 볼 수 있다는 것이 자전거 타기의 묘미였다. 행인들은 자전거가 지나갈 뿐이라고 여기지, 자전거를 탄 사람에게 별다른 신경을 쓰는 것 같지 않았다. 내가 남의 눈에 보이지 않는다고 생각하자 마음이 홀가분해졌다.

남들에게 보이는 상황이 불편한 적이 많다. 결혼식 날도 그랬다. 홀에 나가 손님들과 악수를 하고 걱실걱실하게 인사하는 신랑과 달리, 신부는 웨딩드레스를 입고 화환을 손에 들고 가만히 안에만 앉아 있는 것이 관습이었다. 신부와 가까운 손님들만 그 방문을 열고 들어와 예쁘다느니, 축하한다느니 인사를 한다. 그래도 붙박이 인형처럼 고개만 까딱하며 인사할 뿐 일어나서 이리저리 돌아다니거나 박수를 치면서 웃지는 못했다. 자줏빛 방에서 드나드는 손님들 앞에서 가만히 웃고만 있으려니 수치심이 차올랐다. 보기 좋은 정물이 된 것 같았다. 기분이 좋아야 할 그날에 느낀 뜻밖의 수치감과 빨리 이곳을 벗어나고 싶다는 초조함은 다행히 아무도 눈치채지 못한 것 같았다. 나는 신부가 아니라 구경거리 여자가 된 것 같았고 느닷없이 발목이 묶여 버린 것 같았다.

왕관을 쓰고 꽃을 들고 웃고 있는 그때의 사진에는 수치심의 그늘이 보이지 않는다. 그래서 결혼사진을 볼 때마다 어두웠던 마음과 화려한 겉모습이 따로 노는 것 같았다. 그 물과 기름 같은 차이 사이에서 사진은 낯설어 보였다. 남들 보기에 좋으라고 걸어 놓는 게 사진인 것 같았다. 수료증과 합격증처럼 벽에 걸린 사진 속에는 사진에 찍힌 사람의 진짜 감정과 기억이 드러나 있지 않았다.

아이가 어릴 때 집에 값비싼 카메라가 있었다. 그건 남편이 사 놓은 것이었다. 남편이 찍은 사진을 볼 때 마음이 꼭 편하지는 않았다. 고개를 숙이고 설거지를 하는 내 뒷모습을 찍은 사진이 있었다. 아이에게 젖을 먹이느라 끙끙대는 걸 아이의 얼굴을 중심으로 찍은 사진이 있었다. 익숙지 않은 아기 띠나 포대기를 하고 아이를 업은 사진도 있었다. 욕실에서 변을 씻긴 뒤 아랫도리를 벗은 아이를 안고 있는 사진도 있었다. 그 사진 속에는 남편이 하지 않은 일의 목록이, 남편이 카메라의 뷰파인더를 들여다볼 동안 앞에서 어정쩡하게 웃어야 했던 나의 외로움이 담겨 있었다. 그런데도 나는 그 역할을 해냈다. 카메라를 든 남편을 보고 더없이 좋다는 듯, 행복한 가정이라면 그럴 듯한 웃음을 지으려 애썼다. 나중에 그 웃는 얼굴을 다시 보는 것조차 마음에 들지 않았다.

유아차를 끌고 부부가 나란히 걷는 모습이 남들이 보기에는 평화로운 풍경일지 모른다. 하지만 억지로 이겨 붙인 것 같은 그 평화가 내게 늘 위태롭게 여겨졌다. 사람들은 갑자기 나를 '아줌마!', '엄마!' 하고 불렀다. 처음 그 말을 들었을 때 주변을 두리번거렸다. 이름을 잃어버린 느낌에 모욕감을 느꼈지만, 얼굴 없이 평범한 무리로 취급되어 안전하게도 느껴졌다. 한국 사회에는 젊은 여성이 겪는 고통이 엄연히 있다. 직장에서 길거리에서 때때로 겪는 희롱과 추행, 남들의 눈에 '여자'로만 보여지는 고통, 시선의 폭력. 사방에서 지뢰가 터지는 듯 위험했다. 결혼을 하고 '아줌마'로 불리는 게 낫다는 생각이 들 정도로 미혼으로 사는 것은 불안불안했다.

하지만 내가 여자라는 건 변하지 않았다. '아줌마'가 되고 나서도 남들의 훈수와 간섭을 시시때때로 겪었다. 이번에는 좋은 엄마인지 아닌지 판단하는 주변의 칼날 같은 잣대 때문이었다. "애를 왜 이렇게 춥게 입히고 다녀!", "애를 제대로 먹여야 뇌가 잘 크지.", "애가 왜 아파? 엄마가 애 가졌을 때 뭘 잘못 먹은 거 아냐?" 길에서 만나는 낯선 사람도 아기 업은 '아줌마'를 만나면 다짜고짜 반말을 하며 다가와 친한 척 타박하는 일이 잦았다. 나쁜 엄마라고 멋대로 판단한 다음엔 대뜸 손가락질을 하거나 밉살스럽다는 듯 흘겨보고 가는 일도 종종 있었다. 마치 자신들의 아이를 맡기고 감시하러 오는 사람들처럼 지분댔다. 어느 순간, 바깥에 나가기가 두려워져서 문을 닫고 아이와 온종일 안에만 있었다.

손에 잡히는 자전거가 아니라,
잠시 스쳐 지나가는 그림자 안에서 그동안 있었던 일이
생생히 떠오른다.

"산후 우울증이 왔나 봐." 이웃들은 또 멋대로 진단하고 수군거렸다. 일없이 문을 두드리고 가는 아파트의 이웃 주민도 있었다.

내가 길을 걸을 때 사람들은 여학생이, 아가씨가, 엄마가 길을 걷는 것으로만 보았다. 그렇게 보았으니 그런 말을 하며 추근대었을 게다. 오래 묵은 상처였다. 고등학생 때 야간 자율 학습을 하고 집으로 가다 보면 휘파람을 불고 기분 나쁜 말을 해 대는 남자들과 맞부딪혔다. 자정이 다 된 시간에 교복을 입고 있었다. 움츠러들어 대거리도 제대로 못 하고 바삐 그 욕설 앞을 지나갔다. 직장을 다닐 땐 퇴근길에 모르는 남자가 뒤를 바짝 따라와서 따돌리느라 숨이 가빴던 적이 있다. 반지하방의 창밖에서 안을 들여다보는 낯선 이를 맞닥뜨리기도 했다.

이제 아기를 업고 나가면 나뿐 아니라 아기한테까지 손을 대려는 남자들을 만난다. 나뿐 아니라 아기도 세상의 위험에 노출되어 있었다. 다가오는 그들은 약자를 보면 취약한 존재로, 침범해도 되는 것으로 여기는 것 같았다. 그래서 나는 남의 눈에 보이지 않는 곳에 있고 싶었다. 언제든지 '여자'로만 불리는 몸이었다. 그 몸을 남들의 눈에 비추는 것도 싫어졌다. 그렇게 문을 닫고 안에만 있자 내가 볼 수 있는 풍경도 줄어들었다. 벽과 천장 외에 더 볼 것이 필요했다. 벽에 비친 내 그림자와 천장을 날아다니는 손 그림자 외에 다른 것이 나는 보고 싶었다.

자전거를 마흔 살에 처음 타기 시작했다. 자전거의 안장 위는 내가 누군가의 시선을 의식하지 않고 처음으로 맘껏 볼 수 있는 자리였다. 한 젊은 남자가 생수의 물을 손바닥에 따라 반려견에게 먹이는 것을 볼 수 있고, 양손에 검은 비닐봉지를 주렁주렁 매단 나이 든 여자가 세찬 바람에 맞서 용감하게 앞으로 걸음을 떼는 것도 볼 수 있었다. 검은 점퍼에 후줄근한 바지를 입은 나이 든 남자 몇몇이 옹송그려 담배를 피우며 걸어가는 것도, 파 몇 단을 놓고 앉아 단골과 두런두런 이야기하며 활짝 웃는 노점상의 얼굴도 볼 수 있다. 아이가 유아차에 앉아 고개를 내민 모습도 보이고, 어른이 된 길고양이의 사진을 찍는 젊은이들도 보인다. 해가 질 무렵, 나무의 그림자가 불타는 건물 벽에 위풍당당하게 모습을 드리운 것도 볼 수 있고, 검푸른 구름들이 저무는 창공을 가로지르는 것도 볼 수 있다. 이 아름다운 세계가 얼마나 꿋꿋하게 그 자리를 지키고 버티며 남아 있는지 알게 된다.

창밖에 있는 자전거를 본다. 자전거는 평소처럼 그 자리에 있었다. 그런데 오전의 햇빛이 자전거의 그림자를 바닥에 그려 놓았다. 오래 탄 자전거는 녹슬고 휘고 지저분해졌지만, 그림자는 그렇지 않았다. 현실의 자전거보다 더 크고 우아한 모습으로 땅에 누워 있다. 그동안 있었던 일이 오롯이 담겨 있는 그림자다. 손에 잡히는 자전거가 아니라, 잠시 스쳐 지나가는 그림자 안에서 그동안 있었던 일이 생생히 떠오른다. 달리고 즐거워하고 기대에 차고 꿈꾸었던 시간이 그 어른거리는 거뭇한 몸 안에 녹아 떠돌고 있다.

나의 카메라를 들었다. 그리고 한 번도 찍어 준 적 없는 내 자전거를 찍었다. 자전거의 잊힌 몸과 마음을 한꺼번에 보아 주고 싶어서 몸체와 그림자를 같이 찍었다. 자전거를 이제야 볼 수 있게 되었다. 자전거가 얼마나 아름다운지는, 햇빛이 지그시 바라보는 눈길에 바퀴가 부풀고 몸체가 늘어난 그 설레는 모습을 보면 알게 된다. 지상을 달릴 뿐 아니라 빛이 만들어 내는 세계에서 여전히 바퀴를 굴리는 자전거의 쉬지 않는 그림자를 보면 알게 된다.

담쟁이가 해낸 일

방 안에 있으면서 창을 내다본다. 빛이 내리쬐는 창. 그림자가 드리워 빛이 조각나거나 시간에 따라 그림자가 이동하는 창. 일손을 놓고 창을 보고 있으면 그사이에도 맞은편 집의 환풍기는 기다란 그림자를 창에서 움직여 자리를 바꾼다. 구름처럼 흘러가는 그림자를 보면 생동하는 모습에 경탄이 나온다. 무언가가 움직이고 있어서 좋다. 아무 변화도 없는 것 같은 집 안에 빛줄기가 들어와 벽에, 냉장고에, 텔레비전에 밝은 선을 드리우고 그 선이 차츰 좁아지거나 자리를 바꾸어 시시때때로 변하는 모습을 볼 수 있다. 그게 작은 위안이 된다.

빛줄기는 색감과 강약을 바꾸며 부지런히 그림자들을 빚어낸다. 자신이 비추는 대상들을 잊지 않고 어루만진다. 모두에게 똑같은 색감의 그림자를 부여해, 그 덩어리진 몸을 긍정하는 그림자는 모든 것에 공평한 목소리를 부여하는 것 같다. 아직 인간이 이룩하지 못한 공평한 나라의 시민권을 모든 사물과 생명이 골고루 부여받는다. 해가 몸소 보여 주는 평등한 세상의 모습은 언제나 탐나는 것이다. 그 안에 나도 있어서 해가 드는 창가에 가만히 서 있으면 나의 그림자도 생겨난다.

어느 순간부터 그림자를 보고 사물을 짐작하는 습관이 생겨났다. 산책 길 바닥에 비친 뚜렷한 검은 그림자 두 개가 이어진 걸 보면 '두 사람이 손을 잡고 걸어가는구나.' 짐작한다. 늦은 오후에 발치를 가득 채운 일렁이는 그림자를 보면 내 앞에 잎을 다 떨구지 못한 은행나무가 있다는 걸 알게 된다. 높은 건물 유리창에 비친 회색의 면을 보면 그 맞은편에 밤낮없이 차 소리가 나는 고가 도로가 있다는 걸 떠올린다. 길게 늘어진 기둥이나 철조망의 그림자를 보면 일일이 그림자의 원래 모습을 찾지 않고도 그 아름다움에 빠져 가만히 발을 대 보곤 한다.

그림자를 보는 사람들이 없다. 갈 곳이 있고 만날 사람이 있는 사람들은 그림자를 볼 겨를이 없을 것 같다. 그림자는 그런 바쁜 사람들의 발바닥에 붙어 행여 놓칠까 봐 기를 쓰고 쫓아가고 있다. 앞을 보고 웃으며 바쁘게 걸어가는 사람들의 등 뒤에서 그림자는 눈치꾸러기처럼 잽싸게, 그러나 티 나지 않게 자기 자리를 잡는다. 주인이 보아 주지 않는 그림자의 뒤를 밟으며 내가 혼자 볼 수 있는 것이 있어서 어쩐지 안정감을 얻는다.

이따금 해를 올려다본다. 그림자의 존재로 가늠된 해 쪽으로 정확하게 고개를 쳐들면, 해는 감히 자신을 바라봐서는 안 된다는 듯 강렬한 빛으로 시야를 온통 검게 만들어 버리고 만다. 그래도 나는 거기에 해가 있다는 것이 좋아서, 그대로 있다는 걸 확인하는 게 기뻐서 때때로 올려다본다. 해와 가까운 쪽의 공기는 더 따뜻하다. 눈을 감고 몸을 돌리다 보면 해와 가장 가까운 자리를 알아낼 수 있다. 햇살의 따뜻함에 몸을 맡기면 해와 가까이 있는 것처럼 마음이 편하다.

정오에는 그림자가 졸아들 듯 발치에 고여 있고, 해 질 녘에는 요술쟁이처럼 길게 바닥을 가로질러 누워 있기도 한다. 가로등 아래에서 두 개의 그림자가 생겨나기도 하고, 그림자가 뒤쪽에서 쫓아오다 어느 순간 앞서서 몸을 이끌기도 한다. 그림자를 보면 반대편에 빛이 있다는 것을 분명히 알게 된다. 그 빛은 잊지 않고 존재를 쓰다듬어 준다. 캄캄한 어둠 속에서 굶주리지 않고 눈을 뜨고 걸어 다니며 포만감을 느끼는 것은 그 빛 때문이다. 그 빛만 있으면 살 수 있을 것 같다. 아침이 되면 늘 안도한다. 해는 날마다 떠서 아직 세상을 버리지 않았다는 것을 알려 준다. 세상의 온갖 것을 주시하고 끌어안고 토닥이며 살아남기를 기원해 준다. 나는 세상에서 살아남기 위해 분주하지만, 그 생존을 가능하게 하는 숨은 주인공은 빛이다.

카메라를 처음 사서 들고 마당에 나갔을 때 뭘 찍어야 할지 고민했다. 발치에 담배꽁초가 있었다. 집 근처에 작은 가게가 있었는데 그곳에서 일하는 이들이 공터랍시고 우리 집 근처에서 담배를 피워 댔다. 집 앞뿐 아니라 가스관이 설치된 집의 옆쪽과 버려진 뜰이 있는 뒤쪽에서도 피웠다. 외출한 내가 집 쪽으로 들어서면 집의 앞쪽과 옆쪽, 뒤쪽에서 담배를 피우는 사람들의 목소리가 웅성웅성 들리거나 사람들이 여기저기서 황급히 튀어나오는 식이었다. 처음엔 영 적응이 되지 않았다. 출입문 입구에서 대놓고 쭈그려 담배를 피우다가 나와 눈이 마주치자 어쩔 셈이냐고 되묻듯 더 노골적으로 담배를 피우는 남자아이 앞에서 우물쭈물하다 그냥 현관으로 들어와 버린 적도 있다.

사람들이 오간 자리에는 그 수만큼 담배꽁초가 떨어져 있었다. 무책임하고 뻔뻔스럽게 기분을 풀고 간 자리에는 내동댕이쳐진 담배꽁초만 남아 있었다. 카메라를 들고 앉은 건 그 역겨운 담배꽁초에 눌려 있던 새싹을 보았기 때문이다. 담배꽁초보다 훨씬 작은, 시멘트 바닥을 뚫고 올라오는 새싹, 그 앞에 나는 쭈그려 앉았다. 너무 가까워 초점이 잘 맞지 않는데 어떻게든 그 분투를 찍어 주고 싶었다.

이 집은 사람이 사는데도 휑한 느낌이 든다. 근처에 담배꽁초를 버리는 이들 때문만은 아니다. 하루가 멀다 하고 동네의 집들은 공사 중이고, 시세를 올려 받을 수 있다는 이유로 오래된 집들이 야금야금 부서지고 있었다. 외딴 이 집은 꿈쩍하지 않고 있다. "길가에서 거리가 떨어져 있어서 앞으로의 전망이 별로 없어서요." 부동산 중개인의 귀띔이 없었더라도, 이 집은 들뜬 재건축 열풍과는 거리가 있어 보였다. "얼마에 샀어요?" 위층의 여자 주인은 내가 이사 왔다고 인사하자 대뜸 집의 가격부터 물었다. 내가 대답을 망설이자, "하긴 빌라가 오래돼서 값이 얼마 안 나가죠." 하고 자조 섞인 웃음을 지었다. 이 안에 사는 사람들은 왠지 모를 위축감에 눌려 있는 것 같다. 인근에서는 차를 댈 만한 크기의 공터가 있는 이 집을 쓰레기를 버려도 되는 곳쯤으로 인식하는 것 같다. 이 집을 누가 지었고, 살던 사람들이 무슨 일을 했고, 뜰에서 무얼 심으려고 애썼는지에 관한 이야기는 하나둘씩 떠나버리고, 이야기가 사라진 집은 텅 빈 낡은 집이 되어 버렸다.

하지만 뭔가 새로운 게 남아 있을지 모른다. 나는 '도둑고양이'처럼 살금살금 집 주변을 걸어 다니고 있다. 낮은 담장 벽 아래에 구멍이 하나 나 있다. 그걸 오늘 처음 보았다. 그 구멍 아래에 풀 한 포기가 없었다면 눈길을 끌지 않았을 것이다. 그 풀의 발치에 또렷이 그려진 그림자가 없었다면 풀을 놓쳤을지도 모른다. 그 앞에는 발자국 열세 개가 나 있었다. 바닥의 시멘트가 굳기 전에 누군가 발자국을 찍어 버린 것 같다. 발자국만 덩그러니 남아 어디론가 계속 나가려는 것 같다. 담장의 갈라진 벽에는 잡초가 뿌리를 말갛게 다 드러내고 그 틈에 비집고 들어가 푸른 잎을 피우고 있었다. 렌즈를 통해 보니, 온통 금이 난 큰 벽에 가까스로 자리 잡은 작은 풀이 눈에 확 들어왔다.

내친김에 집의 뒤쪽으로 갔다. 굵은 파이프며 플라스틱 조각, 유리 조각들이 너저분하게 흩어져 있던 곳이다. 파이프들은 앞의 상가 건물이 세워질 때 떨어진 것들이라고 했다. 전 집주인은 심은 모종에 고춧대를 세우던 중이었는데 머리 위로 떨어져 내리는 파이프에 질겁했다고 했다. 건물이 우뚝 세워진 후로도 쓰레기들은 그대로 방치된 채 남았다. 그 사이에 달개비들이 자라나 있었다. 보라색 달개비꽃 그림자가 파이프에 비쳐서 흔들거린다. 달개비 그림자는 연자줏빛이 어른거린다.

흔들리는 것은 또 있다. 버려진 욕실 창짝을 담쟁이가 휘감고 올라가고 있다. 담쟁이는 버려진 것을 짚고 타고 건너 자신이 원하는 곳으로 줄기를 뻗고 있었다. 벽 위쪽 허공에서 덩굴의 끄트머리가 흔들리고 있다. 구부러진 덩굴손이 여전히 붙잡고 올라갈 무언가를 기다리는 양으로 보인다. 그 담쟁이를 봐 주고 싶었다. 나는 몸을 낮췄다. 무릎을 굽히고 카메라를 위로 올렸다. 덩굴이 가닿으려고 하는 하늘과 건너편 건물의 열린 창이 눈에 들어왔다. 담쟁이는 밖에 있는데도 담의 틀에 갇혀 있는 것 같다. 마치 그 열린 창문을 통해 밖으로 나가서 하늘 끝까지 올라가고 싶어 하는 것 같다.

집 안에 머물러 있을 때 나는 종종 밖을 내다본다. 내가 찍은 것들은 어떻게 되었을까? 구멍 아래에 자리 잡았던 풀포기는 한 여름에 말라 시들어 버렸다. 벽 틈의 잡초는 메말라 가더니 그만 바람에 떨어졌는지 보이지 않았다. 달개비의 꽃은 져 버리고 없었다. 담쟁이는 가을이라고 잎을 발갛게 물들이고 있다가 겨울이 닥치자 앙상하고 우둘투둘한 줄기로만 남았다. 나는 담쟁이를 보고 그 위에 또 다른 모습을 겹쳐 본다.

어느 가을날 오전, 창밖을 내다보다 담쟁이가 새로운 다른 잎

담쟁이가 애써 틔운 잎들이 그 어느 때보다 뚜렷하게 보이는 시간.
잘 살아남았다고, 그림자들의 물결과 함께 보이지 않는 환호가
일제히 쏟아지는 시간.

들을 거느린 걸 보았다. 그림자 잎이었다. 떠오른 해가 잎들의 바로 옆자리에 길고 커다란 그림자들을 나란히 늘어놓았다. 새로운 잎들을 거느린 담쟁이는 위풍당당해 보였다. 나는 한달음에 뒤뜰로 달려갔다. 담쟁이가 애써 틔운 잎들이 그 어느 때보다 뚜렷하게 보이는 시간, 해가 눈 맞추어 새잎들을 그려 놓은 시간, 키 작은 담쟁이가 얼마나 위대한 일을 해냈는지 모두 손뼉 쳐 주는 시간. 잘 살아남았다고, 그림자들의 물결과 함께 보이지 않는 환호가 일제히 쏟아지는 시간. 한 번에 스러지고 말 이 순간을 영원히 기억해 주려고, 나는 그날 그 앞에 무릎을 꿇고 앉아 뒤뜰을 가득 채운 담쟁이의 빛나는 얼굴을 찍어 주었다.

5. 돌아온 아이

해 질 녘, 운동장에 들어선

초등학교 3학년 때 전학을 가서 새 학교에 다니기 시작했다. 그 운동장에 들어선 첫날을 기억한다. 얼었던 바닥이 봄기운에 녹아 질척거렸다. 미끄덩거리는 땅을 밟아 버린 탓에 새 운동화가 진흙투성이가 되었다. 흙이 덩어리째 붙은 신발을 신고 있는 게 곤혹스러웠다. 낯선 운동장이 내게 호의적이지 않은 것 같았다.

마음을 붙일 자리를 찾아 이리저리 기웃대다가 회전 기구에 올라탔다. 구멍 뚫린 둥근 집 안에 있는 양 순간 아늑했는데, 어디선가 또래 남자애가 불쑥 나타나더니 회전 기구를 손으로 돌리기 시작했다. 그 애는 짓궂게 히죽거리며 쉴 새 없이 빠르게 기구를 돌렸다. 나는 일어나 멈추라고 소리쳤지만 부러 모른 척하고 더 세게 돌리는 아이 앞에서 공포를 느꼈다. 어지럽고 울음이 터질 것 같았다. 제풀에 싫증이 난 아이가 훌쩍 가 버리고 난 다음엔 이 운동장에서 빨리 빠져나가야겠다는 생각이 들었다. 그런데 집에 가려니 그새 교문이 잠겨 있었다. 이사한 지 얼마 안 되어 집으로 가는 다른 길을 찾을 수 없었다. 담장 너머로 양옥집이 보이는데 어떻게 집에 가야 할지 몰랐다. 밀봉된 자리에 갇혀 버린 듯 집을 바라보며 우두커니 서 있었다. 누가 나를 데리러 오기를, 여기서 빠져나가게 해 주기를 바랐다. 한참 후 어머니가 문밖으로 나와 담 너머로 손을 흔들어 주었다.

아버지가 시내에 있는 집을 마다하고 구석진 집을 선택한 건 초등학교가 코앞에 있다는 이유에서였다. 아이들 교육을 위해 이사를 한 만큼 집안 분위기는 이전보다 팽팽하게 긴장되어 있었다. 아버지는 봉화에 있는 직장으로 날마다 출퇴근했고, 집을 사느라 진 빚을 갚기 위해 어머니도 더 알뜰히 살림을 사느라 푼돈에도 신경을 곤두세웠다. 우리에게는 늘 공부하라는 말이 떨어졌다. 친구들 집에 가 보면 부모님이 하는 일을 도와 슈퍼마켓을 지키거나, 살림을 하거나, 부업으로 도라지를 까거나 목걸이를 꿰는 아이들도 있었다. 방치되어 목욕도 하지 않고 이가 끓는 머리를 하고 끼니를 굶는 아이도 있었다. 그에 견주면 번듯한 양옥집에서 공부만 하면 되는 나는 편안한 입장에 있었다.

영주에서 친구들이 하는 고무줄놀이는 봉화에서 하던 고무줄놀이와 달랐다. 변한 노래와 규칙을 따르는 게 어쩐지 이전 고향에 대한 배신행위 같아서 친구들과 어울려 노는 것을 포기해 버렸다. 딴에는 의리를 지킨다고 그랬는데, 그러다 보니 시키는 대로 조용히 공부하는 것 외에 달리 할 일이 없었다. 여동생은 같은 학교에 입학했는데, 재래식 변소에 적응을 못 해 수세식 화장실을 쓰기 위해 집에 들락날락했다. 입학생들이 너무 많아서 오전반과 오후반으로 나누어 학교 수업을 했다. 한 학년에 두세 반만 있는 작은 학교에 다니다가 예닐곱 반까지 있는 큰 학교에 온 것이다. 학기초에는 전학생이 왔다고 관심을 조금 받았지만 그것도 곧 시들해졌다. 보라색 물방울무늬 원피스를 입은 여학생이 부반장이었는데 교실에서 큰소리로 말하고 구김살 없이 당당하게 웃는 그 아이가 어쩐지 부러웠다.

학교 수업은 재미있었다. 습자지를 대고 글씨를 베껴 쓰는 새로운 숙제도 신기했고, 열정적인 선생님이 시키는 대로 다들 열심히 공부하고 척척 해내는 분위기도 맘에 들었다. 담임 선생님은 동시를 쓰는 작가였는데 내가 쓴 글을 보더니 방과 후에 글짓기 반 활동을 해 보라고 했다. 나는 이로써 마음을 붙일 자리가 생겼다. 그 후로 졸업할 때까지 글짓기 반 활동을 했다.

학교에서는 철마다 각종 글짓기 대회가 있으면 수상자가 어느 초등학교 출신인지에 따라 학교의 명예가 정해지는 것처럼 여겼다. 나는 학교의 이름을 빛낼 유망주였다. 글짓기 반 선생님은 글을 마무리하는 법을 알려 주었다. 글의 내용과 관계없이 "86 아시안 게임과 88 올림픽을 앞두고 우리는 더욱 노력하고 함께해서 하나가 되어야 할 것이다."로 끝내면 된다고 했다. '우리'를 강조하는 게 중요했다. 혼분식 장려 글쓰기 대회에서 친구들이 도시락으로 쌀밥을 싸 오지 않고 보리밥을 먹게 되었다는 글을 썼다. 과학 글쓰기 대회에서는 우리나라의 과학 기술이 발전해 나중에 광합성 원리로 만든 약을 만들어 낼 거라고 쓰기도 했다. 반공 글짓기 대회에서는 지정된 반공 도서를 읽고 김일성이 얼마나 나쁜 인물인지 썼으며 국군의 날 기념 글쓰기에서는 동료를 살리기 위해 수류탄을 안고 죽었다는 군인의 이야기를 담은 만화를 읽고 글을 썼다. 당시 새벽에는 '조기 청소' 시간이 있어 학생들이 학교 앞에 모여 청소를 해야 했다. 조기 청소 함양 글짓기도 있었다. 그때는 권정생 작가의 동화 『강아지똥』의 내용과 비슷하게 써냈더니 "뭐 이렇게 써 왔냐? 다른 데서는 상을 잘 받더니 이번엔 별로네." 하고 청소 담당 선생님이 시큰둥해했다.

방학 때도 거의 날마다 학교에 가서 다음번에 있을 글짓기 대회를 준비했고, 학교의 명예를 위해 꼭 상을 타야 했다. 도 단위의 글짓기 대회가 있으면 글짓기 반 선생님과 담임 선생님에게 날마다 닦달을 당하는 편이었다. 대신에 특권도 있었다. 가을 운동회 준비 중 일부가 면제되어 땡볕에서 부채춤 연습이나 곤봉 체조 연습을 하지 않아도 되었다. 글짓기 대회가 있는 날에 수업을 빠져도 되었다. 나는 글을 쓰는 법을 터득했다. 실제로 있었던 이야기를 소재로 삼아 대회의 취지에 맞게 결말을 꾸몄다. 아무도 글에 쓰인 이야기가 진짜 있었던 일인지 묻지 않았다.

글짓기 반 선생님은 열성을 다해 가르쳤다. 어떻게 해야 글맛이 살아나게 도입부를 쓸 수 있는지, 이야기를 생동감 있게 쓸 수 있는지 빨간 줄을 그어 가며 진지하게 알려 주었다. 오후 5~6시가 될 때까지 교실 앞에 앉아 학생들이 글을 고쳐 다시 내기를 기다렸다. 나는 즐거웠지만 마음 한편으로 어딘지 모르게 지쳐

갔다. 어머니는 선생님들이 전화를 해서 아이가 다른 도시로 글짓기 대회에 참여하러 간다고 할 때, 촌지에 대한 은근한 압박을 받았다고 했다. 한번은 어머니가 속내의를 사서 나에게 들려 보냈다. 빠듯한 살림에 선물을 마련한 어머니는 담임 선생님한테 꼭 직접 전해 줘야 한다고, 책상 위에 그냥 놓으면 안 된다고 했다. 곁눈질을 할 뿐 얼른 손을 내밀지 않는 선생님에게 나는 종이 포장지에 싸인 속옷 선물을 몇 번 내밀었다. 선생님은 거슬렸던지 "누가 선물 달라 했어? 안 받는다는데 자꾸 그렇게 내밀고 말이야." 하며 교단에서 나를 꼬집어 말했다. 그러면서도 선물을 받았다. 창피를 당한 나는 무엇을 잘못한 것인지 몰라 고개를 숙일 뿐이었다.

점차 학교에 잘 적응했지만 괴로울 때도 종종 있었다. 거짓말을 했다고 선생님이 자로 뺨을 때릴 때나, 학생에게 사 오게 한 봉으로 손바닥이나 엉덩이를 때릴 때, 걸상을 들게 할 때가 그랬다. 한 명이 떠들거나 잘못하면 모두가 벌을 서야 했다. 매니큐어 칠을 하고 온 학생의 손톱은 그 자리에서 칼로 깎였다. 나는 학년별로 우윳값을 수금하는 심부름을 했는데, 나를 보고 웃으며 반겨 준 남교사가 한 남학생을 앞에 불러내 돈을 가져오지 않았다는 이유로 발로 차고 짓밟는 걸 눈앞에서 보았다. 다시 나를 보며 아부하듯 웃는 교사 앞에서 나는 두려웠다. 교무실 청소도 했는데 선생님들이 쓰고 쌓아 둔 컵들을 씻고 책상을 물걸레질하고 매일 신문을 철해 두었다.

우리 반은 교무실 옆에 있어서 특별히 더 조용해야 했는데 학생들이 쉬는 시간에라도 떠들면 교실 문이 드르륵 열리며 "반장, 조용히 시켜!" 하는 고함이 떨어졌다. 반장은 권력이 있었다. 떠드는 학생들 이름을 칠판에 적었고 아이들을 주먹으로 때리기도 했다. 나도 쉬는 시간에 오르간을 치다가 갑자기 달려든 반장에게 주먹질을 당했는데 숨을 쉴 수 없을 정도로 가슴이 아팠다. 걸상을 다리에 집어던진 남학생 때문에 무릎의 살이 파여 병원에 가서 치료를 받았고 흉터가 생겼다. 부반장이 된 여자아이는 반장인 남학생과 친하게 지냈고 거의 맞지도 않았다. 청소를 여학생한테만 시킨다며 투덜대는 소리를 했다고 기합을 받기도 했다.

그건 일상이었다. 전체 조회 때나 운동회 준비를 하다가 한 명이 동작이 틀리거나 줄을 제대로 맞추지 못하면 전교생이 보는 앞에서 그 학생은 선생님에게 손찌검을 당했다. 뺨을 철썩 맞고 발에 차여 비틀거리는 아이를 보았다. 모두 그 자리에 굳은 채 얼어붙어 있었다. '선생님이 어떻게 저럴 수 있지' 하는 생각이 들었지만 나도 줄을 못 맞추면 저렇게 맞을 수 있다는 공포가 더 컸다. 1980년대 중반이었다. 생리를 하는데 엎드려뻗쳐 기합을 받으면 피가 앞으로 새어 나와 바지에 얼룩이 질까 봐 걱정이 되었다. 주먹을 맨바닥에 대고 엎드려 있는 학생들 앞에서 실실 웃으며 훈계를 하는 선생님에게 증오를 느꼈다. 신체검사를 한다며 모두 웃통을 벗으라는 방송이 나올 땐, 나오기 시작한 가슴 때문에 주춤거리는 고학년 여학생들이 있었다. '말을 듣는다는 것'에 대한 수치감을 느꼈다.

어떤 선생님은 "일제 시대 때 선생들은 더 무서웠다. 칼을 차고 수업을 했어. 여학생이 화장실에 가고 싶다는 말을 못해 방광이 터졌다고." 같은 이야기를 했다. 전 대통령의 이름도 이따금 들먹였다. "박정희 대통령 각하 덕분에 우리가 이렇게 잘 살게 된 거다. 베트남 파병 덕분에 우리나라가 발전하지 않았니?" 학생들 사이에는 괴담이 성행했다. 모르는 사람이 우리를 해치거나 피범벅이 되게 했다는 따위의 이야기였다. 친구들이 무서운 이야기를 들려달라며 나에게 모였고, 나는 앞뒤가 맞지 않는 귀신 이야기를 날마다 꾸며내 교실과 놀이터에서 들려주었다. 학생들은 단체로 이승복 기념관에 갔다. 공산당이 싫다고 말했다는 이유로 입이 찢기는 장면을 보고 나서 "너희도 이승복처럼 용감하게 말할 수 있니?"라는 선생님의 질문에 학생들끼리 옥신각신 찬반이 엇갈렸다. 나는 할 수도 있을 것 같고 못 할 것도 같았다. 할 수 있다고 자신 있게 말할 수 없어서 남몰래 부끄러웠다.

선생님은 책상 서랍에 학용품을 넉넉히 넣어 두고 있었는데, 학생들이 '삐라'를 여러 장 주워 오면 공책을 상품으로 줬다. 나도 삐라라는 것을 보았다. 뚱뚱한 남자 옆에 비쩍 마른 사람들이 비틀거리는 모습으로 그려져 있었다. "노동자는 죽어가는데 자본가

다시 그 운동장에 갈 수 있을까. 해 질 녘,

운동장보다 더 큰 아이들이 이곳에 들어선다.

는 배불러 죽어?" 붉은색 바탕에 조악한 글귀가 쓰여 있었다. 그걸 봤다는 것만으로 머릿속이 더럽혀진 것 같았다. 간첩은 어디에나 있다고 했다. 간첩 신고 기간도 있었다. 가짜 간첩을 전국적으로 풀어놓을 테니 찾다 보면 진짜 간첩을 찾을 수 있다는 것이었다. 선생님이 당부했다. "길을 모르고 물정에 어두운 사람, 으슥한 때에 산에서 내려오는 사람, 행색이 이상한 사람……." 이런 행사에는 반마다 할당량에 대한 압박이 뒤따랐다. 슈퍼마켓에서 나를 뒤돌아보며 흘끔대는 낯선 남자가 간첩일지 모른다고 생각했다. 신고할까 말까 망설이다가 위험한 사람을 신고할 기회를 놓쳐 우리나라에 큰일이 생기는 것이 아닌가 하는 걱정이 들었다. 옆 반에서 누군가가 한 사람을 신고했는데 그가 진짜 간첩인 것 같다는 소문이 나면 선망과 두려움에 괜히 주눅이 들었다.

다시 그 운동장에 갈 수 있을까. 내가 다닌 학교, 어른들이 나를 가르쳐 준 곳. 교육을 받고 보호를 받은 셈이었지만 이상하게 나는 늘 외톨박이 같았다. 어떤 때는 그곳에서 불렀던 교가가 생생하게 떠올랐다. 교가를 부르면서 운 적도 있다. 그래도 어릴 때가 좋았던 것 같아서, 어른들 나름대로 최선을 다해 준 것 아니겠냐고, 이곳에 내 지난 발자국이 찍혀 있지 않느냐고, 다 커서도 훌쩍인 때가 있었다. 나는 아무 문제 없이 앞장서서 발표를 하고 글을 쓰고 상을 받고 칭찬을 들었다. 그런데 운동장에 들어서면 커다란 학교의 창문 하나하나가 다 부릅뜬 눈으로 나를 내려다

보고 있는 것 같다. 누군가에게 쫓겨 교실을 칸칸이 달아나는 꿈을 지금도 꾼다.

해가 질 무렵이었다. 카메라를 들고 망설이다가 교문 앞에 서자 해를 등진 그림자가 길게 운동장을 가로질렀다. 큰 운동장을 긴 그림자가 모두 차지했다. 나는 놀랐다. 주춤거리는데 그림자가 먼저 운동장에 뛰어 들어가 나를 이끌었다. 내가 보고 싶었던 것은 이게 아니었을까. 운동장을 차지해 버린 나라는 존재. 명령 따위에 굴하지 않고 운동장에서 나를 마주하고 서 있는 모습. 저무는 해가 일순 나를 운동장보다 길게 늘려 주었다. 운동장은 늘 아이들의 이름을 묻어 버렸고 누군가를 호명할 때에도 그 아이의 이름보다 더 엄숙한 자리였지만, 지금은 아니다. 해 질 녘, 운동장보다 더 큰 아이들이 이곳에 들어선다. 일렬횡대로 줄을 서느라 '국민 체조'를 하느라 줄 밖으로 나가는 것을 두려워했던 아이들이, 툭 불거져 나온 그림자들로 하나하나 나타나 그 모습을 드러낸다. 자신의 몸으로 이렇게 운동장을 가르고 들어선 모습이 낯설고도 반가워 그 자리에 못 박혀 거듭 셔터를 누르고 있다.

금이 간 오월

열다섯 살, 그해 봄엔 유난히 세상이 아름다워 보였다. 주변이 노란빛 아지랑이에 물든 듯 온통 아른거리는 것 같았다. 몸에 스미는 계절은 나를 등 떠밀고 보이지 않는 다른 곳으로 보내려는 듯했다. 몸이 간지러운 듯하고 애잔하면서 먹먹해지는 느낌이 싫지 않았다. 가슴 안에 들어 있어 내 귀에만 계속 울리는 북소리처럼 봄은 부쩍 자라난 몸과 마음을 충동질하며 혼곤하고 안타깝고 아찔한 느낌에 빠져들게 했다.

카메라를 학교에 가져온 친구가 사진을 찍어 주었다. 그때 내 사진을 보면 햇빛을 정면으로 받아서 희게 빛나는 얼굴을 하고 있다. 사진 속 나의 옆자리에는 국어 선생님이 앉아 있었다. 수업을 마치고 나가는 선생님을 가로막고 친구가 나를 불러 같이 화단 앞에서 사진을 찍게 해 주었다. 그 친구는 내가 국어 선생님을 남몰래 좋아한다는 걸 알고 있었다. 갑작스레 생긴 기회에 나는 속으로 기쁘면서도 무언가를 들킨 것 같아 조금 굳은 자세로 어쩔 줄 모르는 표정을 하고 있었다. 국어 선생님은 귀여운 제자들을 위해 싱긋 웃어 주고 얼굴이 잘 나오게 몸을 비스듬히 기울여 카메라 쪽을 바라보았다. 친구는 나를 위해 사진을 두 장 건네주었다. 목련 나무 아래에서 선생님과 내가 같이 있는 사진을 보니 이런 사진이 생겼다는 게 꿈같이 느껴져서 몹시 즐거웠다. 나는 가족한테 사진을 보여 주면서 자랑했고 액자에 넣어 내 방 책꽂이의 눈에 띄는 자리에 두었다.

우리 담임 선생님은 수학 선생님이었는데, 새로 맡은 2학년 반을 민주적으로 잘 운영하고 싶어서 여러 가지 시도를 했다. 학생들에게 요구사항을 적어 내 보라고 했고, 교실의 낙서판에 하고 싶은 말을 아무거나 맘껏 써 보라고 했다. 반에서 함께 부를 반가도 같이 만들었다. 동요 「섬 집 아기」의 곡조에 가사를 새로 붙인 노래였다.

담임 선생님은 학기초에 '진실'이라는 두 글자를 칠판에 쓰고 학교에서 배우는 게 전부가 아니라며 진실이 무엇인지 한번 생각해 보라고 진지하게 말했다. 나는 생각해 보지 않았던 문제와 정면으로 부딪친 기분이 들었다. 교과서의 내용을 곧이곧대로 받아들이던 나는 그 이야기를 듣고 진실이 무엇인지 골똘히 고민하기 시작했다. 머릿속으로 생각만 해서는 잘 알 수 없었고, 내가 배우는 게 진실이 아니라면 다른 진실은 어떤 건지도 잘 알 수 없었다. 그리고 그 진실을 알게 되면 내가 이전에 알던 건 진실이 아니게 되는 건지 헷갈렸다. 그때 '진실'이라는 것은 정답을 찾지 못하는 문제처럼 여겨졌다. 내가 알던 다른 진실들을 모두 가짜라고 판명해 줄 '진짜 진실'을 찾아야 한다는 생각이 들었다.

1989년 5월이었다. 뜻밖의 일이 갑자기 일어났다. 점심시간이었다. 국어 선생님이 해직되었다는 소문이 교실에 삽시간에 번졌다. 국어 선생님이 담임을 맡은 3학년 반에 있던 낙서판에 북한에 관한 낙서가 있었다고 했다. 나는 소문을 듣고 충격을 받았지만 이게 무슨 소린지는 잘 알 수 없었고, 교실 문 쪽을 멍하니 바라보고만 있었다. 그때 담임 선생님이 허둥거리며 교실로 들어왔다. 선생님은 부반장이었던 나와 눈이 마주치자 나에게 교실에 있던 낙서판을 바로 떼어 들고 자기를 따라오라고 말했다. 그러고는 교실 뒤편에 있는 쓰레기장에 가서 양복 주머니의 라이터를 꺼내 낙서판에 거침없이 불을 붙였다. 낙서판에 붙은 불길은 순식간에 활활 타올랐다.

"이 낙서판은 원래부터 없었던 거야. 넌 본 적도 없는 거야!" 선생님이 왜 갑자기 이런 말을 하는 걸까. 무언가 큰일이 일어난 것 같았다. 나는 불타는 우리 반의 낙서판 앞에 있는 유일한 학생이었다. 선생님의 말에 얼른 대답할 수 없었다. 내가 편지지에 써서 붙인 꽃말들이 타들어 가는 게 보였다. 다른 아이들의 글씨도 불길에 타서 검게 그을리고 있었다. 불에 타는 글씨들은 눈앞에 분명히 있었다. 그런데 그 글씨들이 없었다고 여기라는 것이었다. 선생님은 다짐을 받으려는 듯 다시 다그쳤다. "이건 처음부터 우리 반에 없었어! 누가 물으면 넌 모른다고, 없었다고 해야 한다!"

단호한 말이었다. 명령처럼 들리기도 했다. 선생님을 점령한 공포가 위협처럼 나에게까지 덮쳤다. 그 순간 나는 '네'라고 대답했다. 그 대답을 한 대가가 얼마나 오래 이어질지 모르고 한 대답이었다. 담임 선생님은 동료 교사가 낙서판 사건 때문에 해직되어 겁에 질려 있는 듯 보였다. 우리들의 낙서판은 아무도 모르게 죽임을 당하고 있었다. 낙서판이 완전히 불타 재가 되어 바람에 흩어져 버릴 때까지 나는 그 앞에 서 있었다.

그다음 교무실에 불려 가서 교감의 추궁에 따라 자기 반에 낙서판이 있는지 적어 내야 했을 때, 나는 담임 선생님과 한 약속을 떠올리고 없다고 써냈다. 담임 선생님을 지켜야 한다는 생각과 거짓말을 했다는 생각 사이에서 괴로워했다. 운동장 한구석에는 국어 선생님이 타던 자전거가 주인을 잃고 먼지를 타고 있었다. 학생들이 낙서판에 쓴 낙서가 빌미가 되어 국어 선생님은 국가 보안법 위반 혐의로 경찰에 구속되었다. 전국 교직원 노동조합이 창립되기 직전이었다. 선생님의 구속 소식이 전국에 대대적으로 방송되면서 공안 정국이 조성되었다. 당시의 나는 그런 사실을 몰랐다.

학교는 사건의 여파로 들끓고 있었지만 집은 이전과 마찬가지로 조용하고 변함이 없었다. 아버지는 말이 없어지는 내가 염려되었는지 나를 마당에 불러내었다. 5월이어서 마당은 푸르렀고, 나무마다 신록이 자리를 잡아 햇빛에 반짝였다. 숨을 들이쉬면 향기로운 나무의 숨결도 함께 들어오는 것 같았다. 나는 키가 제법 자라 있었는데, 오른편에 앉은 아버지는 여전히 나보다 커 보였다. 아버지는 손깍지를 끼고 내 이름을 부르며 진지하게 말했다.

"미선아, 우리나라에는 말이다. 아직 간첩이 있단다. 간첩은 우리가 그들을 알아볼 수 없을 뿐이지, 사회 곳곳에 자리 잡고 있어. 사회 혼란을 부추기고 우리나라를 전복하기 위해 활동하고 있단다." 나는 아버지를 쳐다보았다. 나는 삐라를 줍고 반공 교육을 받으며 자란 세대였다. 아버지는 어릴 때 전쟁을 겪었고 미처 피난을 가지 못한 사이 고향에 들이닥친 인민군을 목격하고 공산 치하를 경험한 세대였다. 아직도 곳곳에 양의 탈을 쓴 늑대가 그려진 간첩 신고 홍보 벽보가 붙어 있는 시절이었다. 나는 아버지의 말이 무슨 뜻인지 확실히 알아들었다. 무서운 뜻이 담긴 말이었다. "간첩이 있다고요?" 아버지는 "있다"라고 말했다. "그럼 학교에도 간첩이 있어요?" 나는 아버지에게 되물었다. "그래…… 학교에도 있다." 아버지는 그렇게 대답했다. 대화는 그것으로 끝이었다. 하지만 자리에서 일어났을 때 정원의 빛이 모두 사라져 버렸다. 나는 혼자 통과해 빠져나가야 할 끝없는 굴속에 빠져 버린 것 같았다. 그 대화가 있기 전으로 돌아갈 수 없는 딴판인 아이가 되어 버렸다. 나는 이때까지 잘 몰랐던 무섭고 어두운 세계에 접어들었다. 그런데 아버지는 그 세계를 이미 알고 있었고, 다른 어른들도 그 세계를 상식으로 받아들이고 있는 것 같았다. 아무도 믿을 수 없는 불신과 공포의 세계를, 언제든지 고발당하고 고발할 수 있는 밀고의 세계를, 지킬 건 자기 한 몸뿐이고, 각자 알아서 지켜야 한다는 고립된 세계를…….

학교생활도 아무도 믿을 수 없는 지옥 같았다. 교사들은 '전교조'에 찬성하는지 반대하는지에 따라 편이 갈렸다. 어떤 선생님은 이런 분위기 때문에 분통이 터진다며 수업 시간에 들어오자마자 교과서를 교실 끝까지 집어던지고 학생들에게 주워오라며 반복해서 시켰다. 관리자 측의 입장을 옹호하는 한 선생님은 우리 반 담임 선생님의 정치 성향을 들먹이며 우리까지 싸잡아 욕했다. "너희 반, 민주주의를 제일 밝히면서…… 똑똑하지도 못한 것들 같으니라고. 뭘 알고나 설치니? 미친놈의 딸들 같으니. 개 같은 것들." 그 폭언을 듣고 친구들은 종일 줄줄이 흐느껴 울었다. "변소에서 똥물을 퍼다 교무실에 끼얹어 버리고 싶다. 정말 이 더러운 학교를 떠나고 싶다."라며 담임 선생님은 종례 시간에 우리 앞에서 울분을 토했다.

눈이 벌겋게 되어 수업 중에 말없이 눈물을 흘리고 마는 선생님도 있었다. 해직 교사 문제를 해결하라며 단식을 하는 선생님도 있었다. 그는 학생들 중에 수업 내용을 교장이나 교감에게 밀고하는 학생들이 있다는 말을 했다. 학생들은 서로를 의심스러운 눈으로 쳐다보았다. 친구들이 나를 지목하고 있는 것만 같았다. 나는 당시에 한 해 내내 대놓고 따돌림을 받고 있었기에 늘 가시방석에 앉아 있는 것 같았다. 한 학생이 손을 들고 "그래요! 제가 말했어요. 선생님이 수업 시간에 하는 말들이 듣기 싫어서 오빠한테 전부 말했다고요!" 하고 말하자, 선생님은 "그래, 너였구나! 교장실에 내 수업 내용을 고자질한 게."라고 응수했다. 이런 대화가 일상이 되고 말았다.

학생들은 가만히 있지 않았다. 반장과 부반장 들이 교무실에 찾아가 해직 교사의 복직을 요구했다. 교무실에서 교감은 눈 하나 까딱 안 했고 학생들이 버르장머리가 없다며, 누가 시켜서 하는 짓이냐며 고래고래 소리를 쳤다. 나는 그때 교실에서 우리에게 군림하던 선생님들이 묵묵히 고개를 숙이며 자리에 앉아 있는 모습을 보았다. 비겁한 일이었다. 학생들은 문제가 된 낙서판을 우리가 직접 보겠다며 복사해서 전교생에게 보여 달라고 요구했다. 복사한 낙서판이 복도에 붙은 날, 복도를 가득 채운 새까만 학생들의 머리에 밀려 나는 그 낙서판을 직접 볼 수는 없었다. "이 낙서들이 왜 문제가 되냐! 장난으로 쓴 낙서가 뭐가 위험해?" 하는 말들이 들렸다.

국어 선생님을 구하기 위해 판사에게 탄원서를 쓰는 학생들도 늘어났다. 한 친구가 나보고도 탄원서를 쓰라고 재촉하면서 자기가 쓴 내용을 보여 주었다. "판사님, 판사님은 학생 때에 말이 안 되는 소리라도 마음 내키는 대로 아무렇게나 낙서를 해본 일이 없으셨나요? 어린 학생들의 마음을 판사님은 이해할 수 없으세요?" 내가 탄원서를 쓰지 않겠다고 하자 친구는 실망한 눈으로 쳐다보았다. 전교생이 쓰는 음악실의 책상은 낙서로 새까맣게 뒤

덮였는데, 책상의 페인트칠을 새로 해도 일주일 만에 다시 낙서로 채워졌다. 해직 교사를 격려하고 교장과 교감을 욕하는 내용이었다. 음악실의 벽에도 선생님의 이름이 쓰여 있었다.

국어 선생님이 담임을 맡았던 3학년 반 언니들이 아침 자습 시간에 전교의 반을 다 돌아다니며 농성을 제안했다. 우리 반에도 들어왔다. 앞에 선 언니들은 울먹였다. "사람이 다치게 되었다. 모두 수업을 거부하고 운동장에 나와라." 2교시 때부터 운동장에 모인 전교 학생들은 노래 「스승의 은혜」를 부르며 학교에 항의를 했다. 그때 나는 운동장에 나가지 않고 교실에 남아 있는 몇 안 되는 학생 중 하나였다. 아버지가 나에게 그들에게 동조하지 말라고 했으니까, 무엇이 진실인지 아직 갈피를 잡을 수 없었으니까, 나는 친구들을 따라 나가고 싶은 충동을 억누른 채 앉아 있었다. '학생이니까' 공부를 하는 게 내가 할 일이라고 생각했고, 어느 한 편을 들 수 없었고, 나가면 왠지 해직된 선생님이 더 불리해질지도 모른다는 생각도 들었다. 다른 학교는 다 괜찮은 것 같은데 왜 우리 학교만 이러는지 원망스러운 마음도 들었다. 나는 도대체 어느 편을 들어야 하는지 알 수 없었으며, 왜 하필이면 내가 좋아하는 선생님이 잡혀 들어가야 했는지도 알 수 없었다. 누군가가 무엇이 '진실'인지 나에게 한마디만 해 준다면, 뭐가 옳은 건지 이야기해 준다면 좋을 텐데 하고 나는 간절히 바랐다.

아름다운 꿈들이 조각이 되어 깨어질 때,

선생님은 깨어진 조각 위에 한 그림자가 되었다.

그때 나는 연습장에 새까맣게 볼펜 칠을 하면서 내내 영어 단어 하나를 끄적였을 뿐이었다. 처음에 끼적거린 'horse(말)'라는 단어는 나중에 'house(집)'로 철자가 바뀌어 있었다. 운동장에서는 학생들의 노랫소리와 고함 소리와 우는 소리가 들려왔다. 나는 고개를 들지 않았다.

운동장에서 돌아온 우리 반 학생들은 나를 보며 대놓고 욕을 하고 빈정댔다. "역시 우등생답다.", "뭐 저런 애가 있냐!", "재를 좋아하는 애는 우리 반에 한 명도 없어.", "난 재랑 수학여행도 같이 가기 싫어." 나는 교실에 더 있을 수 없어서 쓰레기장 옆에 있는 화단으로 나가 혼자 울었다. 손에는 국어 선생님과 찍은 사진이 들려 있었다. 점심시간에도 교실에 있기가 불편해 꽃이 진 목련나무 아래에 혼자 앉아 있었다. 국어 선생님과 웃으며 사진을 함께 찍은 게 불과 한 달 전 일이었다. 그 봄은 다시 돌아오지 않을 것 같았다.

초여름의 운동장을 빈 교실에서 우두커니 바라보고 있었다. 대낮이었는데 갑자기 날이 어둑해지는 것처럼 느껴졌다. 세상이 거무스름하게 색이 죽고 공기도 심상치 않게 서늘한 기운을 띠었다. 나는 옆에 있는 친구에게 물었다. "기분이 이상하지 않니?" 친구는 고개를 저었다. 곧 무슨 일이 벌어질 것만 같았다. 나는 소리 내어 울다가 그만 웃어 버렸다. 그때쯤부터 일기장에 죽고 싶다는 말이 처음 나오기 시작했다.

열다섯 살의 나는 그전과 다른 사람이 되어 버렸다. 내가 본 것, 들은 것, 말한 것을 스스로 믿을 수 없었다. 내가 좋아하는 것과 싫어하는 것을 느낄 수 없었다. 숨어들고 부끄럽고 죄책감이 들어서 자신을 벌주려고만 했다. 두려움이 커지자 살아남아야 한다는 생각부터 더럭 들었다. 판단하는 것을 피하고 물러서면서 할 말이 없어졌다. 나는 일기장에 흐트러진 글씨로 필사적으로 무언가를 썼는데 그건 내가 좋아한 선생님을 어떻게든 구해 내려는 글이었다. "아름다운 꿈들이 조각이 되어 깨어질 때, 선생님은 깨어진 조각 위에 한 그림자가 되었다. 그 그림자는 조각 위에서 자꾸 나오려 한다." 나는 선생님의 모습을 의식이 닿지 못하는 가슴 깊은 곳에 묻어 두었다. 그래서 현실의 모든 풍경과도 차츰 멀어져 버리게 되었다.

국어 선생님이 항소심에서 무죄 판결을 받고 복직되었다는 말을 들은 것은 내가 고등학교에 입학한 다음이었다. 더할 나위 없이 기뻤지만, 선생님이 없었던 시간의 슬픔이 몸속에 살아남아 있었기에 괜찮지 않았다. 아무렇지 않게 공부하고 우등생이 되어야 한다는 것이 더 이상 괜찮지 않았다. 하지만 나는 마음에 금이 간 줄 모르고 살아갔다.

최근에 이런 글을 읽었다. 그때 국어 선생님을 위한 항소 변론 요지서에 있던 문장이었다. "낙서는 통상 진심을 표현하기보다는 풍자적이고, 장난기로 비꼬아 쓰는 것이고, 자신의 생각과는 정

반대의 내용도 나타내는 것입니다."* 나는 그 문장을 읽고 오랫동안 통곡했다. 왜 우는지는 알 수 없었다. 아마 마음 놓고 낙서 한 줄 하지 못하고 떠나보낸, 일찍 타 버린 나의 낙서판 때문인 것 같았다.

---

* 김은집, 『묶인 시대의 말과 글』(북랜드, 2011), 225쪽.

'떨어지려고 했던 게 아니라 나가려고 했던 거예요.' 그렇게 말하고 싶었다. 처음 카메라를 들고 집에 대해 찍어 보려고 했을 때 문득 학교의 옥상이 떠올랐다. 고향에 있는 학교가 떠오른 건 10대 시절, 학교가 내 삶의 시간을 대부분 차지했기 때문이다. 낡은 양옥집을 떠올리면, 아침 일찍 무거운 가방을 한쪽 어깨에 메고 나가서 별을 보며 터덜터덜 돌아오던 걸음이 떠올랐다. 집에서 일어난 일을 짚어 가다 보면 학교에서 있었던 일이 같이 생각이 났다. 인문계 고등학교는 대학 입시라는 목표가 입학 때부터 분명히 정해져 있었다. 입학식 날부터 '대학 합격'을 외치는 선생님들이 낯설었다. 입학 성적이 좋았던 학생들은 입학 전부터 따로 모아 매일같이 빈 교실에서 자습을 시켰다. 갑갑하게 조여 오는 생활에 어쩔 줄 모르며 어두운 낯빛으로 학교를 향해 걸어갔다.

학생들을 모아 놓은 그 반의 이름은 '스카이(SKY)'였다. '하늘'이라고 교실 이름을 짓다니, 아름다운 이름이라고 혼자 생각했다. 나중에 그 이름이 서울에 있는 대학교 이름의 영어 첫 글자를 따서 만든 이름이라는 걸 알고 실망했다. 학교에서 그런 조잡한 이름을 걸고 학생들을 몰아붙여도 되는 건가 싶었다. 하지만 어른들은 모두 사명감에 차 있는 것 같았다. 재학생이 서울에 있는 대학을 가는 것이 학교의 명예를 빛내고, 가르친 선생님들을 보람 있게 하고, 부모님들을 만족스럽게 하는 일이라고, 모두 한소리로 외쳐 대니 딱히 항변할 기력도 없었다.

그런데 마음이 괜찮지 않았다. 아무에게 말하지 않았지만, 나는 남모를 불안에 시달렸다. 학교에 가다가 LPG 가스통을 가득 실은 트럭을 보면 숨이 막히는 것 같았다. '저 가스통이 터지면 난 없어지는 거야.' 트럭을 발견하면 마치 깊은 물속으로 제 발로 들어가는 것처럼 두려움에 휩싸였다. 금방이라도 터질 수 있는 것처럼 여겼다. 그건 기대감에 가까운 감정이었다. '이제 곧 모든 것이 끝장난다'는 생각에 걸음이 느려졌다. 아무 일 없이 그 자리를 지나치고 난 다음엔, 다행스럽기도 했지만 실망감에 싸이면서 '다음에는 꼭 죽겠지' 하고 속으로 혼잣말했다.

마음이 위태로운 걸 눈치챈 사람은 없었다. 나는 집에서 밝게 웃으며 지냈고, 학교 수업에서도 발표력과 집중력이 떨어지지는 않았다. 하지만 속을 털어놓을 친구가 없었다. 공부는 생존 수단에 가까웠다. 공부만 잘하면 된다고 아버지는 말씀하셨다. '공부를 못하면 어떻게 이 집에 붙어 있을 수 있을까?' 하는 걱정이 되었다. 어머니가 밥솥 뚜껑을 열 때마다 치솟아 오르는 김을 보면서 '공부를 못 하면 저 밥을 주지 않을 거야.' 하며 혼자 생각에 골몰했다.

초조하게 쫓기듯 떠오르는 이상한 생각은 가슴에서 떠나지 않았다. 우리 반에는 네 분단이 있었는데 일주일마다 한 분단씩 옆으로 자리를 옮겼다. 창 쪽 자리로 가는 순서가 되면 불안이 끊임없이 웅성거렸다. 그 자리에 가면 수업 중에 갑자기 내가 열린 창 아래로 뛰어내릴 것 같았다. 창가 자리에 앉아 있는 동안에도 그 생각이 떠나지 않았다. 교사의 목소리가 멀리서 들리는 것 같다가, '지금이야, 이 순간이야. 난 이제 죽는 거야.' 하는 내 안의 목소리가 들려왔다. 그러면 이 평범한 풍경도 돌로 내리친 듯 끝나고 내가 얼마나 힘들게 있었는지 다들 알게 되겠지. 그러나 교사의 설명은 이어졌고 아무 일도 일어나지 않았다. 그 충동과 내가 사투를 벌이며 앉아 있다는 건 나만 아는 사실이었다. 그래서 그 한 주가 지나면 마음이 기진맥진했고, 남은 한 달 동안 그 자리를 보며 마음이 언제나 겁먹었다.

집안일을 하고 있다가, 그때의 우두커니 앉아 있던 내가 떠오를 때가 있다. 공부하는 것에 지쳐서, 왜 종일 학교에 붙잡혀 있어야 하는지 알 수 없어서 차츰 무감각해질 때였다. 그때에는 '지금 힘들어도 나중에 좋아질 것'이라는 말을 들었다. '대학만 가면 다 괜찮아진다'고. 정말 그럴까 싶었지만 그 자리에서 벗어나지 못했으니 그 말을 따른 셈이었다. 남들에게 말하지 않았던 학교에서의 내 모습이 눈에 선명하게 떠오르는 때는 내가 우울해지는 날이다. 내일이 없는 것 같고 몸이 바닥 아래로 가라앉는 기분이 들 때다. 그럴 때면 '아, 나는 아직도 교실에 있구나. 한 발짝도 나아가지 못했구나.' 싶어진다.

관심을 받지 못한 건 아니었다. 나는 반에서 늘 일등을 했으니 당연히 주목받는 학생이었다. 하지만 다들 나의 성적에 관심 있었지, 나의 숨은 아픔에 관심이 있는 건 아니었다. 어느 순간부터는 교실의 아이들이 모두 내 뒷모습을 보고 있고, 나를 비웃고 있을 거라는 생각이 들기 시작했다. 나는 그 긴장을 견뎌 낼 수 없었다. 야간 자습을 하느라 쥐죽은 듯 조용한 교실에서 일부러 큰 소리를 내며 의자에서 꽈당 넘어졌다. 아이들이 깔깔거리며 웃자 나를 우스꽝스럽게 만들었다는 생각에 안심이 되었다. 조회 시간에 상을 타러 앞으로 달려 나갈 때 일부러 발목을 삔 것처럼 넘어지기도 했다. 구멍이 난 까만 스타킹을 신은 날에는 아이들이 그 구멍을 보고 비웃고 있을 거라는 생각에 마음이 놓였다. 언제나 뒤에서 비웃고 있을 친구들의 표정이 가시처럼 목에 걸려 있었다.

어느 날, 옆에 앉은 짝에게 말했다. "난 일 분단에 오면 창에서 뛰어내리고 싶어져. 그래서 불안해." 머리칼이 길고 얼굴이 희고 잘 웃었던, 항상 단정했지만 좀 새침했던 짝은 짜증 난다는 듯 대꾸했다. "어디 뛰어내려 보지? 죽지도 못하는 게!" 나는 그 순간 바로 책상 위에 번쩍 올라가 창틀을 잡았다. 그러자 그 친구는 재빠르게 창문을 쾅 닫아 버렸다. 엄지손톱이 창문에 찍혀 멍이 들었다. 모든 아이들이 조용히 보고 있었다. 나는 그 자리에서 벌떡 일어나 옥상으로 올라갔다. 옥상에서 먼저 안경을 벗어 땅바닥으로 떨어뜨렸다. 안경은 한참 만에 바닥으로 떨어졌고 잘 보이지 않게 소리 없이 망가져 버렸다. 그다음에 나는 뛰어내리려 했다. 아니, 뛰어내려야 한다고 생각했다.

하지만 나는 망설였다. 망가진 안경을 어느새 눈으로 찾았는데, 되돌릴 수 없이 망가진 내 몸이 눈에 보이는 듯했다. '지금이라도 죽으면 된다. 아니야, 그렇게 한 번에 끝낼 수 없어.' 순간의 고민이 거듭되었다. 지금 죽어 버리겠다는 팽팽한 결심이 흐릿해지자, 바로 죽지 못하는 게 비겁하게 여겨졌다. 내 말에 책임을 지지 않는 것 같아서 낯을 들 수 없었다. '이게 마지막이야.' 하고 속으로 반복하며 중얼거리다가, '정말 이게 끝일까?' 싶어 눈물이 자꾸 났다. 나중에는 두렵고 초라하고 내가 한심해졌다. 교실에 다시 걸어 들어갈 자신이 없었다.

그때 옥상 문이 열렸다. 두 친구가 나를 찾아 왔다. 옆 반에 있던 친구들이었는데 몸집이 크고 서글서글한 그 친구들과는 오가면서 인사를 하는 정도였지 그렇게 살갑게 지내지 않았다. 그런데 내가 저지른 일을 그사이 소문으로 듣고 나를 찾아 여기까지 올라온 것이다. "너 여기서 뭐 하려고 했어?" 시치미를 떼고 에둘러 묻기에는 좀 성미가 급하고 소탈한 친구들이었다. 같이 내려가자고 하면서 친구들은 손을 내밀었고, 내가 나중에 내려가겠다고 먼저 내려가라고 하자, 너와 같이 가지 않으면 안 간다고 친구들은 버티었다. 가벼운 실랑이가 있었고 나는 친구들을 욕하기도 했지만 둘은 개의치 않았다. 나를 이끄는 그 두툼한 손을 잡고 교실까지 무사히 들어갔다.

다음 날 아침, 맥이 빠져 교실에 앉아 있었는데, 같은 반의 한 친구가 카메라를 학교에 가져왔다면서 "너도 한 장 찍을래?" 하고 말을 붙인다. 사진을 찍을 몰골이 아니었다. 평소에는 말도 잘 하지 않던 친구였다. 나를 찍지는 않을 거라고 생각했는데 말을 걸어 온 것이다. 목소리에 진심이 담겨 있어서 그냥 하는 소리 같지 않았다. 조금 주저하는 기색마저 있었다. 나는 그 앞에서 창백한 얼굴로 이게 다 무슨 소용이냐는 듯 암울한 비웃음마저 띠고 사진을 찍었다.

30년이 지난 오늘에야 문득, 나는 그 친구가 우연히 나를 찍은 것이 아니라 일부러 찍어 주었다는 것을 깨달았다. 그 친구가 그날 아침 나에게 말을 건 것은, 내 기분을 좀 바꿔 주고 배려해 주고 싶어서였다. 그 친구도 전날 있었던 일을 보았을 테고, 카메라를 가져왔을 때, 나의 얼굴을 보아 준 것이었다. 말 없는 위로를 해 주려고 카메라를 들었고, 굳어 있는 나를 들여다보며 마음을 써 한 장의 사진을 찍어 주었다. 그 사진은 내가 얼굴을 지워 버린 친구가 자신의 얼굴을 맞대고 건네준 소중한 선물이었다. 그때야 고마움에 왈칵 눈물이 났다. 살아 보라고. 사진을 건네받을 때에는 몰랐던 그 한마디가 사진 속에 담겨 있었다. 나를 찍어 주

아무에게도 보여 주지 않은 맨발이 눈앞에 있었다.

'넌 이제 자유야.'

려고 쳐다보는 친구의 눈 안에 그 한마디가 이미 있었다.

저녁이다. 눈앞에 그 발의 모습이 계속 어른거렸다. 옥상의 난간에 나란히 놓여 있는 맨발. '뛰어내려! 왜 죽지를 못하니!' 다그치는 목소리와 '그래도 뭔가 더 할 수 있는 게 있지 않을까?' 망설이는 목소리 사이에서 흔들리던 발. 카메라를 들었을 때, 그 발의 모습이 이상하게 가슴의 지층에서 튀어 올라와 눈앞에 생생해진 채 사라지지 않았다.

차가운 벽에 발을 올려놓았을 때, 나는 가슴속에 남아 있는 그 발자국을 마주한 것 같았다. 맨발은 두 가지 말을 동시에 외치고 있었다. '나는 이제 저 창밖으로 나가고 싶다. 저 밖은 다른 세상이야. 난 이곳을 완전히 떠나 저곳으로 나가는 거야!' 그리고 이런 오랜 독백 같은 말도 있다. '난 이제야 떨어져 죽는 거야. 다시는 망설이지 않고 단 한 번의 죽음으로 끝나는 거야.' 어째서 그 부끄러움이 아직까지 달라붙어 있는 것일까.

이제 내가 카메라를 든다. 아무에게도 보여 주지 않은 맨발이 눈앞에 있었다. '넌 이제 자유야.' 나는 창밖으로 달려 나가는, 그리고 마침내 뛰어내리는 발을 찍었다. 그리고 그 친구처럼, 이 사진을 나에게 선물하면서 위로의 말을 건넨다. 사진으로 죽었으니 이제 다시는 죽음을 생각하지 말라고. 오래된 창문을 이제야 열었으니 그 밖으로 거리낌 없이 걸어 나가보라고.

어머니는 나에게 '이 방에서 자면 안 된다'고 말했다. 그러나 나는 그럴 수 없었다. 이 방은 내가 쓰던 방이고, 오늘 나는 이 방에서 할 일이 있기 때문이다. 어머니가 반대하는 이유는 있었다. 이 방은 가장 따뜻한 방이니 손주를 재워야 한다는 것이었다. 모인 식구들이 많아서 한 방에서 여러 명씩 자야 하는 마당에 나이 든 딸이 혼자 따뜻한 방을 독차지하는 꼴은 두고 볼 수 없었다. 어미가 아닌가. 어미라면 자신이 그랬던 것처럼 가장 좋은 건 자식에게 두말없이 양보하는 게 맞았다. 어머니의 생각은 그랬다. 딸이 그렇게 하지 않겠다고 말하니 부아가 난 어머니는 눈을 흘겼다. 싫은 소리를 하고 나서야 어쩔 수 없다는 듯 문을 탁 소리 나게 닫았다.

좁은 방이었다. 이 집에 살 때 내가 10년 동안 쓰던 방이었다. 학창 시절에 이 방에서 여동생과 지냈다. 같이 방을 썼는데도 동생의 얼굴이 거의 기억나지 않는다. 공부하는 데 정신이 팔려 다른 건 기억할 수 없나 보다. 그때 이 방의 문은 시시때때로 열렸다. 주로 아버지였다. 아버지는 늘 "뭐하니? 공부하니?" 하고 때로 조심스럽게, 애정을 담아, 답은 빤하다는 듯 물어 왔다. 새벽 3~4시에 노크 소리가 들렸다. 어떨 때는 "똑똑똑." 하고 입으로 내는 소리로 노크를 대신했다. 자정 가까이가 될 때까지 학교에서 공부하고 아침 7시에 집을 나서니, 아버지가 공부하는 내 모습을 볼 수 있는 건 그 시간뿐이기도 했다. 새벽 일찍 나는 어김없이 깨어나 사각 상을 펴 놓고 문제집을 풀고 있었다. 그걸 보고 나서야, 아버지는 흐뭇한 웃음을 지으며 문을 닫았다. 잠을 자는 게 불안했다. 늘 벽에 있는 시계를 올려다보았다. 풀어야 할 문제집이 몇 쪽 남아 있는데 잠을 한 시간 더 잤다고, 이제부터 공부해도 얼마의 시간이 부족하다고, 늘 그런 셈 속에 자책감에 빠졌다.

동생이 나중에 이런 말을 했다. "자다가 눈을 뜨면 언니가 형광등을 켜 놓고 공부하는데, 난 괴로웠어." 더 잠이 오지 않고, 그렇다고 일어나서 말을 나눌 수도 없으니 동생은 피곤했나 보다. 방은 세 칸이었는데 안방은 어머니와 막내가 썼고, 건넛방은 아버지의 방이었고, 가운데 방을 나와 동생이 썼다. 동생은 언니에게 자기 이야기도 하고 싶었을 텐데, 공부에 마음이 쫓겨 얘기를 잘 들어 주지 못했다. 대학 합격을 한 다음에 동생이 나에게 말했다. "미안해. 내가 말 붙이지 않았으면 더 좋은 대학에 갈 수 있었을 텐데." 나는 한 번도 그런 생각을 한 적이 없었다. 더 이야기를 나누지 못하는 게 되레 미안했다. 그 얼떨떨한 인사는 아버지가 동생들에게 한 잔소리와 같은 내용이었다. 동생은 내가 대학에 간 다음에 이 방을 혼자 썼는데 나와 마찬가지의 수험생 생활을 했다. "방문이 닫혀 있으면 언니가 죽을 것 같아서 늘 방문을 열어 놓고 있었어." 어떤 식으로든 동생은 나를 잊지 않았다.

"내 말대로 하면 다 돼. 안 되는 게 어디 있어? 하면 되는 거야!" 아버지는 이 집의 지휘관이었다. 어머니는 나중에 그건 '독재'라며 대들었지만, 당시에는 아무 말 하지 못하고 '너 잘났다' 하고 속으로 욕할 수밖에 없었다. 동생은 그런 어머니를 용서할 수 없다며 비난했다. "아빠가 자꾸 공부하라고 해서 우리가 힘들어 죽겠는데, 엄마는 성당에 가서 하느님만 찾고, 왜 우리를 지켜 주지 않은 거야!" 나는 묵묵히 아버지를 따랐지만, 동생은 자기 식대로 반항했다. 아버지의 말이 거슬리면 책상에 있던 잉크병을 잡아 벽에 던져 버렸다. 기가 막힌 아버지는 형식적으로 꾸짖을 뿐 더 뭐라 할 수 없었다. 나는 속으로 감탄했다. 나보다 용기가 있는 것 같았다. 벽에 사납게 튀어 버린 잉크 자국이 각자의 다른 시선 속에서 한동안 그대로 남아 있었다.

나는 어떤 쪽이냐 하면, 시키는 대로 묵묵히 다 하는 편이었다. 겁이 나서 대들지도 못했다. 아니라고 생각해도 그냥 고분고분히 웃어넘기는 쪽이었다. 그렇다고 항상 사랑을 받는 건 아니었다. 사랑을 해 주는 사람들은 나름대로 자신들의 분풀이를 했다. 아버지는 자신이 누리지 못한 기회를 자신이 뼈 빠지게 일한 덕에 편하게 누리는 자식들에게 때로 질투 어린 말을 했다. "너희가 나보다 공부를 더 잘해. 나도 너희처럼 공부하지는 못했어." 농사일을 거들며 소를 먹이며 눈치껏 공부해야 했던 아버지다. 고단해서 감기는 눈을 뜨려고, 밤에 잠 안 오는 약을 먹어가며 공부했다는 아버지다. 아버지는 시골에서 변변한 책도 없었고, 진학할 때 제대로 지도를 해 줄 교사도 없었다. 가난을 물려주지 않으려는 자신의 피나는 노력을 모르고, 자식들이 당연하게 풍족한 생활을 누리면서도 자신에게 고분고분하지 않다고 생각될 때, 아버지는 경멸을 담아 말했다. "너희 전후 세대들……." 배고픔이 뭔지 모르고, 폐허에서 일한다는 게 어떤 건지 모르는, 정신이 나약해 빠진 너희들. 그건 아버지가 가진 박탈감이었고 이런 세상을 살아 보지 못한 데에 대한 부러움이었다. 아버지는 식탁에서 전쟁 이야기를 했다. 힘든 일이 있을 때, 고단할 때, 먹을 쌀이 없고 죽음의 위협에 시달렸던 전쟁 이야기를 하면서 자신을 위로하고 우리를 정신 차리게 하려고 했다. 무엇보다 어린 시절에 목격한 전쟁으로 상처 받은 사람이었으므로 불쑥불쑥 떠오르는 전쟁의 풍경을 말하지 않을 수 없었으리라.

어머니는 언제나 침묵했다. 전쟁을 겪지 않았다는 것이 아버지가 어머니를 항상 얕잡아 말하는 이유였다. 전쟁을 모른다는 것은 인생을 알지 못한다는 것과 같은 의미인 것처럼 아버지는 어머니를 훈계하려 들었다. 하지만 나에게는 그런 식으로 말하지 않았다. 나는 아버지가 못다 이룬 꿈을 이뤄 줄 대리인이었다. 조건부의 사랑이었지만 그 사랑이 특별해 보여서 어머니는 마음이 상했다. 소외감과 질투를 느꼈다. "내가 이 집 종이야!" 어머니는 나에게 소리를 질렀다. 어머니는 기어 다니며 걸레로 마룻바닥을 닦고 있었고, 나는 책상에 앉아 공부하고 있을 때였다. 하지만 거기까지였다. '너 잘났다'는 식으로 빈정대거나, '남편을 빼닮은 자식'이라는 소리를 하고, 성경에서 읽은 최대의 욕인 '독사 같다'고, '위선적'이라고 욕을 하고 나서 어머니는 입을 닫았다. 자신이 하지 못한 공부를 원 없이 하는 딸이 어머니는 부러웠을 테고, 자신에게는 고마워하지 않는 딸이 미웠을 것이다. 사랑의 말 속에는 번쩍이는 비수가 들어 있는 것 같아서 나는 때로 어리둥절했다.

나는 부모와 학교가 가리키는 길을 따랐다. 안전하게 살고 싶었다. 가진 것 없이 살고 싶지 않았다. 무엇보다도 공부를 하는 것 외에 다른 살아갈 방법을 알지 못했다. 학교에 가도 이야기를 나눌 친구들이 없었다. 중학생 때 한 번은 성적이 떨어졌는데 학교에서 어울려 놀 친구가 없다는 사실만 더 뚜렷해졌고, '너도 별 수 없다'는 듯 비웃는 친구들의 표정만 상처로 돌아왔다. "이 성적 가지고 집에 기어 들어왔냐!" 아버지는 성적표를 방 밖으로 집어던졌고, 안방에 들어가지도 못하고 문밖에서 그 성적표를 주우며 나는 불안에 빠졌다. 집에서도 학교에서도 어떻게 발붙이고 살아야 할지 알 수 없었다. 공부를 못하면 주는 밥도 편하게 먹을 수 없을 것 같고, 냉대와 놀림에 시달릴 것 같았다. 공부는 당시 내게 생존의 문제 같아서 비장하게 도시락을 싸 들고 시립 도서관에 가서 종일 공부를 했다. 사회에 대한 질문 같은 건 나중에 해도 되었다. 내가 무언가를 배신하고 있다고 느꼈지만 답이 없는 현실 앞에서 그냥 내 살 길을 도모하기로 했다. 그때의 절박함을 지금도 기억한다. 어떻게든 '자격증'을 가지고 세상에 끼어들려고 안간힘을 쓰는, 쫓겨날까 봐 겁먹은 10대 소녀의 얼굴을…….

나를 칭찬해 주는 사람들을 나는 믿지 않았다. 내 성적이 떨어지면 등을 돌릴 그들의 모습이 눈에 겹쳐 보였다. 학교의 명예를 위해, 부모님의 자기만족을 위해, 친구들의 허영심을 위해 나는 이용되고 있을 뿐이었다. 그걸 알면서도 그 쳇바퀴에서 빠져나갈 용기가 없었다. 그 틀에서 나가면 어떻게 살아야 하는 건지 방법을 알 수 없었다.

고3 때는 그런 생활도 한계가 와 버렸다. 몇 년 동안 극도의 긴장 상태로 자신을 채찍질한 다음이라 공부가 더 되지 않았다. 정신이 늘 멍했다. 남의 말을 들어도 아무 감정이 들지 않고 뭐라고 할 말도 없었다. 하고 싶은 것도 없었고, 떠나고 싶은데 떠날 수도 없었다. 아버지가 야단을 쳤다. 나는 멍하니 바라만 보고 있었다. 아버지는 더럭 겁이 났나 보다. "공부를 안 해도 좋으니 정신 차려!" 그 말이 들렸다. 그때 어렴풋이 생각했다. '아버지는 공부보다 내가 더 소중한가 보다.' 그래서 아버지에게 대답했다. "바다를 보고 싶어요."

아버지는 바로 나를 데리고 바다로 갔다. 동해안의 겨울 바다였다. 두꺼운 흰색 파카에 검은 바지를 입고, 파란 털실로 직접 짠 목도리를 하고 갔다. 다리를 모으고 바위 위에 앉아 바다를 보았다. 바닷가에 가기에는 추운 날씨였다. 해변에는 아무도 없었다. 파도 소리가 철썩대며 들려오고 거침없이 푸른 바다가 흰 물결을 일으키며 멀리서 끝없이 달려오고 있었다. 숨을 쉴 수 있는 공기가, 눈을 돌릴 수 있는 푸른 틈들이 생겨났다. 그날 온종일 바다를 바라보고 나서야 나는 이 방에 다시 돌아올 수 있었다.

이 방은 아버지의 방이었다. 나는 아버지의 시선 속에 들어 있었다. 이 방의 어디에서든 그 시선을 피할 수 없었다. 나를 위해 남몰래 선물을 주기로 했다. 새벽에 일어나 한 시간씩 읽고 싶은 작품을 읽기로 했다. 그 한 시간을 생각하며 나머지 시간을 견디기로 했다. 시몬 드 보부아르의 『제2의 성』을 그때 읽었다. 여자로 살면서 나도 겪은 일을 그 책은 적나라하고 확고하게 써 놓고 있었다. 권위에 주장을 굽히지 않고 씩씩하게 나아가는 문체가 인상적이었다. 곧 스무 살이었고 나도 이 방에서 나가야 했다.

20대 때 처음 글을 쓸 때, 나는 아버지에게 쫓겨 펜을 들고 달리는 꿈을 꾸었다. 아버지는 나보고 미쳤다고, 말도 안 되는 소리를 쓴다고, 정신 병원에 집어넣겠다고 꿈에서 협박했다. 그 손에 잡히지 않으려고 나는 마구 달렸다. 아무것도 없어도 된다고, 이 펜 한 자루만 있으면 된다고, 꿈에서 나는 외쳤다. 그때 세상이 눈부시게 번쩍 터지면서 앞이 하얗게 되어 아무것도 보이지 않았다.

상담사를 찾아간 적도 있었다. 둘 사이에 긴 침묵이 흘렀다. 그 침묵이 나에게 말해 주었다. 그동안 그 방에서 무슨 일이 있었는지를. 우리에 갇힌 동물처럼 내가 어떻게 훈련되었는지를. 상담사가 더 참지 못하고 나에게 지금 드는 느낌을 물었다. "감시받고…… 비난당해요." 그 방에서 나는 투명한 벽 안에 갇혀 있었다. 누군가 일거수일투족을 지켜보고 판단하고 명령하고 비난한다고 느끼면서 나는 살아왔다. 이제 그 방을 떠났는데도, 이제 빈 방에 나 이외는 다른 사람이 없는데도.

나는 아버지를 미워했다고 책에 썼다. 그 책을 드렸다. 아버지는 읽고 나서 '잘 읽었다'고 했다. 그다음에 우리는 무슨 말을 해야 할지 몰랐다. 아버지는 머뭇거렸고 나는 일종의 죄책감을 느꼈다. 며칠 뒤 아버지가 편지를 보냈다. 미안하다는 말이 쓰여 있었다. 처음으로 받아 본 편지의 내용은 이랬다. "네가 아빠에 대해 솔직한 심정으로 쓴 글을 보면서 당황스러우면서도, 이제라도 네 솔직한 심정을 알게 되니 다행이고 고마웠다. 가장 가까운 너를 이해하지 못하고 내 방식대로 끌어온 것이 지금 와서는 미안하다는 말밖에 할 수 없구나. 치열한 입시 경쟁에서 야간 자율 학습을 하고, 밤잠을 줄여 가며 공부하는 것은 아빠 세대도 그랬고, 너희 세대도, 지금 세대도 당연한 것이라고 생각해 왔다. 그런 상황 속에서 너희들의 힘든 마음을 보살필 여유도 없이 살아왔던 아빠의 지난날을 네 글을 보고 뒤늦게 깨닫게 되는구나. 그래도 너희들은 건강하게 자라 줘서 고맙다…….” 나는 그 편지를 읽고 울었다. 눈물이 자꾸자꾸 흘러내렸다.

오늘 밤, 나는 해야 할 일이 있다. 나 말고 아무도 없는 빈방에서 내가 해야 할 일이 남아 있다. 이 방에 여태 있는 나를 꺼내 줘야 한다. 이제 내가 그걸 하지 않으면 아무도 나를 이 방에서 꺼내 줄 수 없다. 이 방을 그대로 보내 버리는 건 아찔한 일이다. 이 방이 그렇게 아무렇지 않게 수북한 돌 더미로 남아 버리게 내버려 둘 수 없다. 맞설 사람은 오로지 나 하나뿐이다.

벽시계는 멈춰 있었다. 새벽이었다. 잠들지 못하는 그림자가 어김없이 일어나 자리에 앉았다. 그림자는 머뭇거린다. 무언가를 망설인다. 나는 거울에 반사된 모습을 보며 그림자가 어떻게 하는지 몰래 지켜보았다. 그림자는 나이가 없다. 일어서서, 걸어 다닌다. 그리고 문득 생각이 난 듯 몸을 돌렸다. 창문 쪽이었다. 창문 쪽으로 성큼성큼 가더니 그 크게 부푼 손으로 창문을 연다. 내가 한 번도 하지 않은 일을 하는 그림자를 숨죽여 본다. 이 방에서 감히 생각도 해 보지 않은 일을 하는 그림자를 침을 삼키며 본다. 그렇게 원한다면 창문을 열지 못할 게 뭐람. 그림자는 그런 생각을 한 것 같았다. 창문을 여니 열린 창 사이가 깜깜하다. 창틀을 잡은 그림자의 손이, 마치 어둠 속에서 튀어나와 창틀을 움켜쥔 손가락들 같다. 창문을 열었다. 그다음에는 주저 없이 나가는 일밖에 남지 않았다. 그림자는 그렇게 생각하는 것 같았다. 그림자는 큰 몸을 가뿐히 움직여 창을 타고 넘었다.

창 너머 담벼락에 비친 그림자는 이 방을 떠나 고개를 든다. 익숙한 그 얼굴, 고개를 쳐들어 하늘을 부르는 얼굴. 창을 넘은 그림자는 작게 멀어져서 보이지 않는 곳을 올려다보고 있었다. 그것이 그림자가 굴레를 벗고 자유로워진 모습이고, 가장 만족하는 평온한 모습이라는 걸 안다. 나의 집에서 만난 그림자가 어릴 적 방까지 슬그머니 따라와서 자신의 모습을 부적처럼 걸어 놓았다. 이제 괜찮다고 그림자는 말해 주었다. 그때의 방에는 내가 없었지만 지금은 이렇게 있지 않느냐고, 그러면 된 거라고 말해 주었다. 나는 마침내 이 방과 작별했다. 이 작별이 완전한 것이기를 진심으로 바랐다.

다음날 나는 내가 다닌 고등학교에 찾아갔다. 문 앞에 서자 외부인 출입을 금지한다는 글귀가 눈에 띄었다. '외부인'과 '금지'라는 단어는 빨간 글씨로 되어 있었다. 걸음이 주춤했다. 나는 외부인일까? 내가 들어간다면 희끗희끗한 머리에 낡은 잠바를 보고 분명히 외부에서 침입한 낯선 사람으로 여길 것이다. 잘해도 그 나이대의 학부형쯤으로 보일 것이다. 카메라는 왜 이상하게 목에 걸고 있담. 자신을 잃었지만 그냥 돌아갈 수 없어서 유리문을 세차게 잡아당겨 보았다. 역시 문은 굳게 잠겨 있었다. 'CCTV 녹화 중'이라는 엄포는 나중에야 확인했다.

이대로 물러날 수 없다. 난 반드시 옥상까지 올라가야 한다. 난

이 학교에 다닌 적 있으니 외부인이라고 치면 서운하다. '옥상을 볼 수 있는 곳이 어디지?' 하고 궁리하다 번뜩 좋은 생각이 났다. 뒷산이었다. 학교는 지대가 높은 곳에 있었고 바로 뒤가 산이니, 뒷산에 올라가면 옥상도 보일 것이었다.

산으로 올라가는 길은 편편했다. 낙엽들이 쌓여 발길에 부스럭댔다. 차츰 내가 옥상을 정말 보고 싶은 것인지 단언할 수 없었다. 심지어 슬쩍 겁도 나고 있었다. 학교로 오는 걸음이 미적미적했던 걸 보면 알 수 있었다. 울고 있던 그 자리로 돌아가는 상상은 누구에게나 암울할 것이다. 어쩌면 그때의 감정이 맹수처럼 덮쳐 와 꼼짝달싹 못하게 될까 봐 걱정도 되었다.

살면서 이 옥상 생각을 종종 했다. 집에서 행주를 빨고, 주전자에 물을 끓이고, 식탁을 닦으면서 이 옥상을 생각했다. 생각이 들면 이곳에 빨리 가야 한다는 마음만 맴돌 뿐이었다. 일과를 챙기고 다른 일을 하다가도 내가 왜 집에 머물러 있는지 알 수 없었다. 당장 버스표를 끊어 이곳에 달려가야 할 것 같았다. 가끔은 눈물이 흘렀다. 가서 해야 할 일이 있는 듯이, 꼭 만나야 할 사람이 있는 듯이. 그게 무엇인지도 잘 모르면서.

나는 카메라를 내려다보았다. 카메라가 동행해 주는 이처럼 든든해 보였다. 누가 이 자리에서 무얼 하느냐고 물으면 간단히 카메라만 보이면 되었다. '겉으로는 모교의 기념사진을 찍는 졸업생처럼 보이겠지.' 내가 지금 하는 행동이 스스로도 수상쩍었기에 나는 실없이 상황을 상상하고 변명하듯 답했다. 앞에 철조망이 있었다. 휘적휘적 걸어가다 낮게 설치된 철조망에 걸려 넘어질 뻔했다. 피부가 긁혀 피가 맺혔고 쓰라렸다. 가을볕에 늘어선 참나무들이 보이고, 줄기가 굽은 소나무들도 보였다.

고등학생 때 교실에 있으면 창에서 내다보이던 나무들이다. 나무들은 우듬지까지 보이진 않았고 딱 사각의 액자 모양으로 눈에 들어왔다. 그래도 창문을 열어 놓으면 숲에서 불어오는 시원한 바람이 느껴졌고, 딱따구리가 나무를 쪼아 대는 큰 소리가 들려왔다. 숲을 좀 더 가까이 보고 싶어서 복도의 창 앞에 나와 있기도 했다. 교실과 복도에 등을 돌리고 있어서 좋았다. 복도를 오가는 아이들은 내 모습이 심각해 보였는지 아무도 말을 걸지 않았다.

옥상은 늘어선 키 큰 나무들에 가려 잘 보이지 않았다. 카메라 셔터를 누르며 더 자세히 보려고 애썼지만 잎사귀 사이로 비치는 모습은 모자이크 같을 뿐이었다. 기억 속의 옥상은 작았고 비둘기 집이 있었는데, 잎사귀들 틈으로 보이는 옥상은 칸칸이 넓었고, 에어컨 환풍기들이 자리를 차지하고 있었다. 나무들은 풍경의 주인이 되어 햇빛에 반짝이고 바람에 쓸리며 내가 고개를 기울일 때 때맞춰 옥상 풍경을 가로막았다. 잎사귀 사이로 옥상의 윤곽이 잡힌다 싶으면 금방 일렁이는 푸른색으로 가로막아 버렸다. 나는 한 걸음 물러섰다. 내려다보이는 옥상은 그곳에 있지만 그 모습을 다 볼 수는 없었다.

산 위에 서서 애써 불행해지려고 옥상을 보는 것 같아 나는 되레 머쓱해져서 발길을 돌렸다. 볼 수 있는 건 이미 다 보았지만 목이 말랐다. 툭 하는 소리가 들렸다. 나무에서 갓 떨어진 도토리가 유리구슬처럼 매끄럽고 반들거리는 모습으로 발치에 뒹굴었다. 주워서 손바닥에 놓았다. 단단하고 반짝이는 두툼한 씨앗이었다. 떨어진 자리에 두고 가려다가 주머니에 넣었다. 낯선 이가 건네준 친절한 인사처럼 도토리가 주머니 안에 있는 게 따뜻하게 여겨졌다.

다시 유리문 앞에 서니 내 얼굴이 비쳤다. 카메라 끈이 두 줄의 검은 띠처럼 얼굴에 드리웠다. 얼굴을 유리문에 맞대었다. 외부인인 나는 오늘 학교 밖에서 안을 들여다본다. 그래서 무엇이 새롭게 보일까? 정면에 계단이 눈에 들어왔다. 환한 창 그림자가 비스듬한 사각형 모양으로 계단 벽에 나 있었다. 마치 다른 세상으로 가는 출구 같다. 창문의 빛나는 그림자를 보고 나는 반사적으로 셔터를 눌렀다. 창의 그림자가 나를 그 자리에 계속 머물게 했다. 그러자 조금 전까지 보지 못한 풍경이 하나하나 눈에 들어오기 시작했다. 먼저 유리문에 떠올라 비치는 내 등 뒤의 푸른 나무들이었다. 나무들은 계단의 자리를 반쯤 지우고 그 자리에 성큼 들어앉아 있었다. 나무뿐 아니라 새파란 하늘도, 작고 흰 구름도 그 위에 있었다. 내가 보고 싶은 것을 포기하자 눈에 들어오는 있는

나는 그녀를 만나고 싶었고,

그 손을 잡고 바로 이 계단을 내려오고 싶었다.

그대로의 풍경은 유리문의 존재도, 계단의 존재도 지우며 이 자리를 수런거리는 푸른빛의 융단으로 만들었다. 사각의 창과, 문과, 계단과, 쇠로 된 난간은 그 푸른빛에 밀려 냉정한 차가움을 잃었다.

그 순간 나는 계단에 서 있는 한 여학생의 모습을 보았다. 계단을 내려오는 고등학생인 나의 모습을 보았다. 회색 치마에 검은 재킷을 입고 단발머리에 커다란 안경을 쓰고, 희고 창백한 얼굴에 지친 걸음으로 터벅터벅 내려오고 있었다. 초록색 나무를 밟고, 푸른 하늘을 딛고, 흘러가는 구름의 끝자락을 짚고 걸어 내려오고 있었다. 그림자의 빛나는 창 속으로 내려오고 있었다.

나는 카메라를 계속 들고 눈앞에서 그때의 내가 마지막 계단까지 천천히 밟아 내려오는 것을 보고 있었다. 응원하고 있었다. 나는 마침내 잠긴 유리문 앞에 섰고 그 문을 열고 밖으로 걸어 나갔다. 가을 햇빛이 쏟아지고 붉은 장미꽃이 벽에 기대어 피어 있고, 커다란 구름이 떠가는 운동장으로 나는 걸어갔다. 유리문을 열고 나온 내가 만난 세상의 풍경이 한꺼번에 눈에 들어왔다. 나의 환영은 사라졌고 나는 혼자 빈 운동장에 서 있었다. 그녀가 완전히 이곳을 떠났다는 것을 나는 알았다. 내가 넋건이를 하듯 그녀를 불렀고, 넋대에 넋이 따라오듯 그녀가 내 앞에 모습을 드러내, 옥상에서 계단을 내려왔고, 오래 갇혀 있던 문을 열고 스르르 나와 빛 속에서 사라져 갔다는 것을 알았다. 한마디 말도 하지 않았지만 나는 그녀를 분명히 보았고, 그녀는 부르는 소리에 끌려 춤추듯 걸어 내려와, 이제 나를 완전히 떠나 주었다.

그랬지. 서울의 집에서 눈물을 줄줄 흘리며 내가 생각한 일이었다. 나는 그녀를 만나고 싶었고, 그 손을 잡고 바로 이 계단을 내려오고 싶었다. 그 어두웠던 계단을 같이 후다닥 뛰어 내려오고 싶었다. 그 손을 놓치지 않고, 그 자리에서 달아나고 싶었다. 내가 버리고 온 나에게 그걸 해 주고 싶었다. 너는 충분히 아름답고, 인생은 살아갈 가치가 있다고, 그 말을 해 주고 싶었다. 그 말을 스스로 믿기까지 시간이 오래 걸려서 너무 늦게 찾아왔다고, 미안하다고 말해 주고 싶었다. 나는 잠긴 문밖으로 나왔다. 나는 다른 사람이 되었다. 나는 더 이상 아무것도 할 수 없는 사람이 아니다. 나에겐 이제 떠날 힘이 있다. 이곳에 있었던 나는 이제, 없다.

텅 빈 운동장에 서서 일없이 고개를 쳐든다. 옥상의 회색 지붕과 그 위로 튀어나온 둥근 나무들의 얼굴이 보인다. 변함없이 푸른 하늘과 유유히 흘러가는 구름이 보인다. 그때도 그랬을 것이다. 고민과 슬픔에 빠져 올려다보았을 때 저 나무들과 하늘이 눈앞에 있었다. 옥상과 산 사이의 허공을 연결해 주는 긴 구름이 있었다. 쉬지 않고 움직이는 해와 반짝이는 빛의 그림자들이 있었다. 기억에 남은 건 내 생각밖에 없지만 그때 내 눈에 들어온 건 푸른 숲과 하늘밖에 없었다. 옥상에서 안경을 떨어뜨리며 고개를 떨구었을 때, 눈앞에 일렁이고 있었던 그 숲이었다. 친구들의 소리에 고개를 들었을 때 눈에 먼저 들어온 건 그 검푸른 숲이었다. 기억에서 사라진 풍경들이 오늘 눈앞에 나타나 인사를 건넨다. 하늘과 나무와 맞닿아 있는 옥상의 지붕이 아름다워 보인다고 처음으로 생각했다. 그때의 나는 단지 그런 자리가 필요했던 것이다. 내가 좋아하는 것을 좋아하면서 볼 수 있는 자리, 내가 싫어하는 것의 끝자락에서 등을 돌려 버리는 자리, 마음껏 울 수 있는 자리, 내가 정말로 부끄럽지는 않은 자리. 그런 자리였기에 내가 걸음을 돌릴 수 있었던 것이다. 계단에서 내려올 수 있었던 것이다.

6. 그림자가 부른 세상

둥근 하늘 아래 풀 하나

놀이터는 텅 비어 있었다. 얼마 전만 해도 어린아이들이 곧잘 뛰어다니고 부모들이 아이들을 지켜보며 조심하라고 잔소리를 하던 곳이었다. 어쩐지 그 속에 끼어들어 아이들이 다 놀기를 기다리는 무료한 부모들과 이야기를 나누고 싶던 자리였다. 오늘은 사람이 하나도 없다. 멀찍이서 보던 곳이었지만 오늘은 서슴없이 다가가 이리저리 둘러본다.

코로나19 사태 이후로 사람들이 모여 있던 자리는 곧잘 비어 있었다. 이전에 놀이터 정자 같은 곳에서는 종일 노인들이 몇 명씩 모여 앉아 싸 온 간식을 풀어 놓고 지나가던 이를 큰 소리로 부르기도 했다. 웃음과 이야기 소리가 끊이지 않았는데, '위험'이라는 붉은 글씨가 찍힌 흰 띠가 정자를 친친 감아 버렸다. 사람들은 얼씬도 못 하게 되었다. 사람들 몇 명이 모여 앉을 만한 자리도 위험하다는 딱지를 붙이고 나자 온기를 잃어버렸다. 한갓진 길에서 오가는 친구들 보는 재미로 하루를 견딘 그 나이 든 여자들은 어디에서 외로운 하루를 보낼지 모르겠다. 마스크를 쓰고도 미끄럼 타기를 그만두지 않았던 아이들은 또 어디에서 뜀박질을 하고 있을까.

사람들의 발길이 끊기자 여름 햇빛은 더 이글거리는 것 같다.

붉은색과 초록색 바탕의 푹신한 바닥에 생긴 그림자는 마찬가지로 붉고 푸르다. 쇠로 만들어진 기구에 맺히는 쨍한 빛도 타는 듯 뜨거워 보인다. 사슬로 연결된 그넷줄의 그림자가 줄줄이 흘러내리는 눈물처럼 보인다고 생각한 적이 있다. 언제나 타고 싶어 하는 아이들이 줄 서 있던 그네는 종일 흔들거려도 아무도 눈길을 주지 않는다. 도서관에 책을 빌리러 오가는 사람들의 걸음도 끊겼다.

도서관 아래층에는 카페가 딸려 있었다. 제법 널찍하고 분위기도 편안해서 카페는 언제나 붐볐다. 1500원부터 시작하는 싼 찻값에다, 아이들을 데리고 가도 눈치를 주지 않는 분위기 덕분이었다. 공공 도서관에 딸린 카페라 다른 카페와 달리 이용하는 사람도 가지각색이었다. 베이글 같은 간식을 더 사 달라고 조르는 아이들과 노트북을 켜 놓은 젊은이들, 오전의 수다로 활기를 찾으려는 중년 여성들과 이따금 버럭 소리를 치는 나이 든 사람들까지 한자리에 있었다. 한번은 장애인 딸과 비장애인인 부모가 온 적이 있는데 몸집이 큰 딸이 앉아 "나나나나……." 하고 자신만의 노래를 부르자, 부모는 환한 미소를 지으며 박수를 쳐 주었다. 기분이 한껏 좋아진 딸의 계속되는 노래에 순수하게 즐거워하는 부모들. 카페가 문을 닫으니 그들 모두를 만날 일이 사라졌다. 동네 카페는 단순히 차만 마시는 곳이 아니었다. 각자 좁은 방에서 탈출해 다른 사람들을 보게 되고, 그들이 제각기 집중하는 무언가를 겪게 되고, 그처럼 함께 의욕을 가지고 무언가 하고자 애쓰고, 판에 박은 일상과 다른 곳을 상상할 수 있는 자리였다.

도서관에 오면 찍고 싶은 것이 많았다. 초여름 한철에 카페 창 밖으로 내다본 붉고 노란 튤립들이 떠올라 찾아보았지만 꽃이 다 핀 후에 모두 뽑혀 버리고 없었다. 노는 아이를 해 질 녘에 혼자 쭈그려 앉아 지켜보던 젊은 어머니의 뒷모습도 생각난다. 포대기가 흘러 땅에 떨어진 것도 모르고 아이를 향해 있던 등이 지는 해의 붉은빛에 물들어 있었다. 나에게 보이지 않는 카메라가 있다면 그 모두를 찍어 줄 텐데. 그 자리에서 꽃에게, 아이에게, 여자에게 사진을 건네며 '당신이 이렇게 아름답다'고 말해줄 텐데. 카페에 놓인 창가의 의자 두 개가 누군가를 기다리는 듯 보였는데, 머리를 한 손으로 짚고 책을 골똘히 읽던 누군가의 모습도 좋았는데, 그 위를 비추던 조명의 불그스레한 빛도 썩 잘 어울렸는데……. 그 모든 걸 다시 찍을 수 있는 시간이 돌아올까?

카페의 바리스타들은 시각 장애인들이었다. 쾌활한 목소리로 주문을 받고 금방 뜨겁거나 차가운 차를 내주며 외쳤다. "연한 아메리카노 나왔습니다!", "청귤차 나왔습니다!" 지난 크리스마스 때에는 작은 막대 사탕을 손님들에게 나누어 주기도 했다. 아이들이 손을 뻗을 때 개수를 확인하려 손바닥에 올려놓은 사탕을 가까이 들여다보느라 허리를 숙였다. 그 얼굴은 웃고 있었다. 비록 작은 사탕 한 개라 해도 남에게 작은 선물을 할 수 있다는 건 즐거운 일이다. 그들 중에 핸드폰을 만드는 공장에서 일하다 시력을 잃게 된 청년이 있었다. 그는 날마다 커피를 내리면서 자신의 삶을 단단하게 지키고 있었다. 손님이 뜸할 때 직원들끼리 어제 하루 동안 있었던 일을 두런두런 이야기했다. 자잘한 웃음소리와 말소리가 끊이지 않았다. 나와서 함께 있고, 이야기를 나눌 수 있다는 게 소중했다. 삶은 계속되고, 가볍기도 한 것이니까. 누구에게나 지켜야 하는 일상은 같고 남이 그 무게를 대신해 줄 수 없으니까. 방에만 있었으면 듣지 못했을 사람들의 소리, 보지 못했을 사람들의 모습, 느끼지 못했을 다양한 감정, 그런 것들이 있어 사람들은 카페를 지키고 드나들었다. 조명이 꺼지고 인적이 끊긴 카페 안을 창밖에서 들여다보았다. 그곳에 모인 모든 이들이 만들어 내었던 활기와 확고함이 그립다.

창을 안으로 들여다볼 때면 안데르센의 동화 「성냥팔이 소녀」가 생각난다. 배고픈 소녀가 성냥을 켰을 때, 불꽃이 비친 벽이 투명해지더니 방 안이 들여다보였고, 식탁 위의 거위 구이가 포크가 꽂힌 채 방바닥을 걸어 다녔단다. 그 장면을 읽을 때 눈물이 났다. 소녀를 위해 걸어서 다가올 것 같은 거위 구이라니. 가슴에 칼과 포크가 꽂힌 채, 남의 식사가 되기 위해 오고 싶어 할 만큼 애달파하는 마음이라니.

도서관이 문을 닫기 전 지하 전시장에서 그림책 전시회가 작게 열렸다. 도서관에 와서 그림책 수업에 참여한 사람들이 직접 쓰고 그린 책들이었다. 한 여성이 『성냥팔이 소녀의 꿈』(정순자 지음)이라는 책을 내놓았다. 성냥팔이 소녀가 마지막 성냥을 켜며 '할머니'를 부를 때, 그 옆을 지나가던 한 할머니가 그 소리를 들었다. "얘야, 네가 날 불렀니?" 하며 할머니는 성냥팔이 소녀 앞에 선다. 손녀딸을 병으로 잃었다면서, '너'를 '내'가 돌보겠다고 한다. 할머니는 성냥팔이 소녀를 집으로 데려가 건강을 회복시키고 학교에 가게 한다. 길에서 떠돌던 소녀는 경험을 글로 쓸 수 있게 되었다. 할머니는 소녀가 글을 읽어 주는 소리를 좋아했다. 사람들도 소녀가 쓴 이야기들을 좋아하게 된다. 둘이 함께 즐겁게 살았던 집을 사람들은 나중에도 보러 찾아간다. 이것이 그녀가 다시 쓴 해피 엔딩의 이야기였다. 거위 구이처럼, 성냥팔이 소녀를 만나러 앞에 와 준 할머니의 이야기가 좋아서 그 자리에 서서 몇 번이고 책을 읽었다.

둥글게 잘린 하늘들이 눈에 들어왔다. 큼직한 구멍이 숭숭 난 기구 속에 있으니 그 너머 푸른 하늘이 조각나 눈에 들어온 것이다. 어떤 하늘엔 구름이 있고 어떤 하늘엔 도서관 귀퉁이가 있다. 나는 바깥 자리에 서 있다. 다른 사람들이 보지 못하는 둥글게 조각난 하늘을 카메라에 담는다. 아니, 어쩌면 다른 사람들이 다 보는 하늘을 두고, 나만 굳이 틀에 가둬 둔 하늘을 찍어 내는지 모른다. 얼굴을 맞대듯 바짝 다가가 하늘의 뺨에 내 뺨을 비비고 그 냄새를 들이켜며 사진을 찍고 싶다. 내가 가둔 하늘을 내가 만나지 못해 애달파한다. 시간이 한참 지났다. 무얼 찾고 있는 것처럼 비어 있는 이 자리를 떠나지 못한다.

땀이 줄줄 흘렀다. 나무가 없으니 그늘도 없다. 대신 빛을 마주한 그림자들은 선명하다. 회전 기구 안에 들어가 본다. 새장 같은 그림자가 바닥에 비치는 게 눈에 들어왔다. 그 안에 기대어 앉아 있으니 내 그림자도 굵은 선이 되어 함께 비쳤다. 바닥에서 나를 보고 있는 내 그림자를 찍는다. 기구 안에는 나만 있는 게 아니었다. 외따로 갇힌 풀포기도 보였다. 어디에서 날아온 풀씨가 여기까지 왔을까. 뛰노는 아이들의 발자국 사이에 있었다면 시선을 끌지 못했을 풀이다. 하지만 내 그림자를 보고 난 다음에 만난 풀의 그림자는 평범하지 않았다. 나와 마주친 풀은 커 보였고, 단단해 보였다. 어쨌든 풀은 이곳에서 살아 내야만 한다. 빗물이 적어도, 햇볕이 뜨거워도, 묵묵히 이곳에서 살아갈 수밖에 없다. 풀은 자기만의 생각에 잠겨 있다. 풀도 단 한 번 이 자리에 사는 거니까 최선을 다하는 거다. 공기와 바람 속에서 잎을 키우고 흔들리고 스러지는 날까지 살아 볼 도리밖에 없다.

바람이 잠깐 불었다. 피부가 간지러운 정도의 아주 약한 바람이었다. 그런데 눈앞의 풀이 어김없이 흔들렸다. 카메라를 대고 있었는데 예상치 못한 흔들림에 사진이 흐릿하게 찍혔다. 당황했다. 셔터 스피드를 빠르게 해야 하나, 싶어 몸을 일으켰는데 그사이 다시 풀이 흔들린다. 아까보다 더 세차게 누운 모습으로. 나는

나와 마주친 풀은 커 보였고, 단단해 보였다.

어쨌든 풀은 이곳에서 살아 내야만 한다. 빗물이 적어도,

햇볕이 뜨거워도, 묵묵히 이곳에서 살아갈 수밖에 없다.

그 모습들을 놓치고 싶지 않아 계속 앞에 서 있다. 처음엔 반듯하게 그 자리를 지키고 있는 무생물 같은 풀이었지만, 바람이 불면 어김없이 몸을 눕히고, 더 센 바람에는 몸을 눕히면서도 그것에 맞서 자기 존재를 외치듯 그 속에 단단한 심지를 품고 있는 듯했다. 바람의 방향으로, 그러나 뽑히지 않고, 뿌리 내린 자리를 정확히 기억하고, 줄기를 탄탄하게 지탱하고, 길고 푸른 잎사귀로 흔들리는 풀. '네가 날 불렀니?' 풀이 나를 쳐다본다. 맥없이 풀기 없이 서 있는 나를 바로 쳐다보아 준다. 풀은 아무것도 부족하지 않았다. 눈길이 필요했던 건 나였다. 바람에 꿈쩍하지 않는 나의 몸, 바람에 온몸을 내뻗으며 쓰러지지 않는 풀. 받아들이지만 저항하는 힘. 존재를 지키고자 안간힘을 쓰면서 바람을 타고 넘나들며 의연함을 잃지 않는 힘. 나는 풀이 좋아졌다. 그 풀이 지닌 거침없고 힘 있는 그림자가 좋아졌다. 그래서 그 앞에 계속 머물러 있었다. 풀의 그림자는 발치에 고인 내 그림자에 아랑곳없이 지치지 않고 자신의 시간을 검고 짙은 획으로 빈 벽면에 획획 그어 가고 있었다.

어떤 갠 날

목련차를 마시고 있었다. 어머니가 봄에 고향 집 마당에 핀 목련을 하나하나 따서 말린 꽃이었다. 쪼글쪼글한 노란 꽃잎은 작아졌지만 뜨거운 물에 닿으면 몸을 풀고 컵 바닥에 잠겨 흰빛의 원래 목련의 모습으로 돌아왔다. 꽃잎에 져 있던 작은 얼룩도 꽃받침의 모양도 되살아났다. 이사를 가게 된 어머니는 나무들과 작별을 해야 했다. 봄에 핀 꽃을 하나도 남김없이 따 달력 종이를 깐 바닥에 늘어놓고 바짝 말려 유리병 속에 차곡차곡 넣어 두는 건 그녀의 작별 방식이었다. 한 해 동안 목련은 다른 도시의 작은 컵 속에서 피어났고 그때마다 그 차를 선물 받아 마시는 이들은 이제는 사라질 마당의 매끈한 목련 나무를 떠올리게 된다. 노랗게 우려진 말간 찻물 바닥에 컵의 그림자가 타원형으로 지고 잎끝이 말린 꽃은 그림자 안에 가라앉아 있다.

그 찻잎의 그림자가 나를 욕실로 이끌었다. 나도 나를 이렇게 찍어 보고 싶다는 생각이 들었다. 아무 방해 없이 나를 만날 수 있는 곳, 그건 욕실이었다. 한 사람만 들어갈 수 있고, 아무리 바빠도 안에 있는 사람이 나올 때까지 예의상 기다려 주는 곳. 욕실에서 나는 쉬고, 일했다.

집안일이 바쁘고 식구들이 들들 볶을 때는 욕실에 들어가 벽에 걸린 수건의 무늬나 플라스틱 의자에 찍힌 원색의 싸구려 그림을 보면서 잠시 나만의 의식을 찾았다. 모유 수유를 할 때는 그것조차 어려웠다. 외출에서 돌아와 변기에 앉아 있는데 그사이를 못 참고 문을 벌컥 열며 '애 젖을 먹이라'는 남편의 다그침과 아이의 울음소리가 쏟아져 들어왔다. 산후조리원에 갔을 때 모르는 이들이 가슴을 눌러 대며 젖꼭지에 대해 평가하거나, 처음 젖을 먹일 때 아이가 세차게 빠는 힘에 바늘로 찌르는 것 같은 통증을 느끼고 발끝을 비비 틀고 있을 때의 외로움과 모욕감 같은 것을 그때도 느꼈다. 아이가 젖을 잘 먹는지, 밥을 잘 먹는지만이 주위의 관심사였다. 하나의 먹이통이었던 나는 볼품이 없었다. 가슴에서 젖비린내가 나고 등은 땀으로 젖어 있고, 젖꼭지는 헐어서 허옇게 끝이 갈라졌다. 헐떡이며 욕실에 앉아 있으면, 그 모든 축축하고 비릿한 냄새에 묻혀 침잠해 버린 '나'의 의식이 자맥질을 하듯 문득 떠올랐다. 욕실에는 물이 있고, 거울이 있었으니까.

한편으로 욕실은 일하는 곳이었다. 세면대에 낀 물때와 곰팡이를 문질러 씻어 내고, 누런 오줌이 튀어 있는 변기를 솔로 닦아 내었다. 사이에 때가 낀 거뭇한 바닥을 박박 문질러 씻어 내고 치약 거품 따위가 엉겨 붙은 얼룩덜룩한 거울을 빡빡 소리 나게 문지르기도 했다. 욕실은 습했고 물은 왕성한 생명력을 가지고 있어서 자기 손에 들어온 것은 곰팡이든 세균이든 가리지 않고 얼른얼른 키워 댔다. 독한 세척제를 휴지에 묻혀 닦아도 곰팡이는 사라지지 않았고, 치약을 묻힌 칫솔로 수도꼭지를 광이 나게 문질러도 며칠 후면 다시 탁해졌다. 지린내가 가시지 않은 변기통을 끌어안다시피 해서 변기 커버 뒤쪽의 나사를 돌려 끼울 때는 욕이라도 내뱉고 싶었다. 거실과 방들이 아무리 깔끔하게 정돈되어 있어도 욕실은 어수선하고 금방이라도 어질러질 기미를 보였다. 그래서 욕실에는 늘 고무장갑과 수건이 있었다. 지친 날에는 그 수건 사이에 진 주름을 바라보는 것도 괴로웠다. 속이 상할 때는 욕실 바닥에 주저앉아 멍하니 있기도 했다. 방해받지 않아 몸부림을 칠 수 있지만, 그 유예가 길지 않아 괴로운 곳. 나한테 욕실은 그런 곳이었다. 그러니까 카메라를 들고 욕실에 들어섰을 때 내가 무엇을 할 수 있었겠느냐는 말이다.

먼저 타일 벽에 비친 내 모습이 눈에 들어왔다. 반듯반듯한 흰 타일 벽 안에 후줄근한 모습의 내가 서 있다. 목께가 늘어진 푸른 티셔츠에 구겨진 분홍색 면바지를 입고 서 있다. 욕실 벽에 비친 나를 처음 보았다. 이런 곳에도 그동안 내가 비치고 있었다는 게 신기하고 놀라워 얼른 셔터를 눌렀다. 찬찬히 들여다보니 좀 안쓰럽다. 감추려 해도 그 모습은 나의 일상을 남김없이 이야기해 주고 있었다. 헝클어진 머리에 아무렇게 걸친 옷차림이 내가 나를 버리고 있는 것 같았다. 남들에게 말하지 않고, 스스로 잊으려고 애쓰는 일들이 그 모습에서 새록새록 떠올랐다. 벽면마다 내 모습이 비쳤다. 옆쪽 벽에도 몸에 수도꼭지를 붙이고 서 있는 내가 있었다. '어? 이건 뭐지?' 하면서 낯선 나를 물끄러미 쳐다본다. 나는 틀면 물이 쏟아지고, 잠그면 침묵할 것처럼 수도꼭지를 장착한 채 우두커니 서 있었다. 욕실 창에는 내 머리의 반쪽 그림자가 엿보는 타인의 실루엣처럼 조금 섬찟하게 어른거리고 있다.

나는 나를 보고 싶어서 여기에 들어왔다. 일부만 비친 모습이 아니라 전부인 모습의 나를, 사물의 언저리를 얼쩡거리는 게 아니라 그 한가운데에 있는 나를. 그런데 나는 나를 볼 수 있을까? 어느 때인가부터 거울에 비친 얼굴을 보고 얼른 눈길을 돌리게 되었다. 나이가 들면서 머리칼은 세고 피부에 검버섯이 피고 눈가에 주름이 졌다. 눈은 충혈되어 탁해 보였고 전에 없이 빨간 실핏줄이 흰자위에 두드러졌다. 입술은 한쪽으로 처진 것 같고, 그러고 보니 고개도 한쪽으로 기우뚱해진 것처럼 보였다. 무엇보다 외모를 그렇게 만든 것은 호기심과 생기가 빠져나간 탓이다. 기대와 궁금함, 활기가 옥시글옥시글 들끓어야 할 자리에 무관심과 피로만 똬리를 틀었다.

친구들과 가족은 나보다 더 내 외모가 신경 쓰이는지 타박을 늘어놓았다. 몸이 늙어 가는 걸 방치하는 일은 요즘 시대에 있을 수 없다는 투였다. 염색을 하면 흰머리를 감출 수 있고, 피부과에서 시술을 받으면 피부는 잡티 없이 깨끗해질 수 있고, 화장을 하면 남들 보기에도 좋고 대접도 덩달아 잘 받을 텐데 왜 그렇게 사냐고 성화였다. 그 말에 수긍하면서 끝내 아무것도 하지 않는 나를 이제 미워하기까지 하는 눈치였다. 젊음을 향한 질주가, 자신들의 노력이 모욕을 받은 것처럼 여겼다. 나라고 왜 괜찮았을까. 외모를 꾸미는 데 들이는 시간과 비용이 아까워 그렇게 하지 않았을 뿐이지, 그 말들은 나에게 고스란히 상처를 주었다. 왜 있는 그대로의 몸이 미움을 받는지 몰랐다. 더 이상 젊어 보이지 않다고 이토록 경멸받는지 몰랐다. 병원에 가고 물건을 사지 않으면 내쳐지는지 몰랐다. 하지만 나 또한 살이 붙고 시큰둥한 모습으로 맥이 빠진 얼굴을 바로 볼 자신은 없는 터라, 아무렇게나 행주를 던져 놓는 것처럼 그 생각은 더 하지 않기로 했다.

욕실의 불은 꺼져 있어서 문을 딸깍 닫으니 완전히 깜깜해졌다. 전혀 모르는 곳에 온 것 같았다. 낯설어 와락 무섬증이 일었다. 이곳은 내가 알던 곳이 아니었다. 손전등을 켜니, 빛이 눈부시고, 갑자기 왼쪽 벽에 커다란 그림자가 우뚝 서 있는 게 보였다. 돌아온 그림자가 반가웠다. 좁고 캄캄한 빈 곳에 그림자가 그 어느 때보다 커다란 모습을 하고 달려온 것이다. 마치 물이 담긴 컵 안에 마른 찻잎이 부풀어 오르듯, 사각의 욕실에 담긴 내가 그림자로 부풀어 천장까지 떠올랐다. 몇 번 만난 그림자는 친구처럼 정겨웠지만 오늘은 이상하게 꼭 그런 것만은 아니었다. 그림자는 이때까지와 어디인지 달라 보였다. 벽을 가득 채운 그림자는 나와 다른 행동을 하고 있었다. 거울을 앞에 두고 나는 처음으로 그림자와 나를 동시에 보고 있었는데, 내가 얼굴 아래로 카메라를 내릴 때, 그림자는 카메라를 높이 쳐드는 식이었다. 내가 얼굴 쪽으로 카메라를 들 때 그림자는 허공에 팔을 뻗어 하늘에 있는 무언가를 찍겠다는 행동을 해 보였다. 어쩌면 내가 소심해서 하지 못하는 큰 동작을 대신 해 주는 것이었는지 모른다. 내 가슴에 품고 있는 바람을 먼저 눈치 채고 자기가 선뜻 나서서 해 보이는 것인지도.

나는 언제나 그림자를 미더워했다. 나를 대신해 무엇이든 해 주는 요술 램프의 요정처럼 보였고, 언제든 불러내도 달려오는, 나를 외롭지 않게 할 친구처럼 보였다. 내 그림자가 늘 이렇게 나타난다면, 난 혼자 있는 게 아니라 늘 둘로 있는 거니까, 굳이 다른 사람들을 만나려 애쓰지 않아도 되는 게 아닐까 싶었다. 어느 정도였냐 하면, '아, 여기서 한 발자국 더 들어가면 나는 그림자의 세계로 빠져서 이 세상과 영영 이별할 수도 있겠구나.' 하는 생각까지 은연중에 들 정도였다. 그런데 오늘 그림자는 어딘지 나와 달랐고, 몸집은 무진장 컸지만 어쩐지 성급하고 불안하게조차 보였다.

거울에 비친 얼굴을 보았다. 웃지도 울지도 기쁘지도 슬프지도 않은 얼굴, 그냥 응시하는 얼굴, 자신의 낯선 얼굴에 경탄하며 손에 든 카메라를 열쇠처럼 꽉 쥐고 있는 얼굴. 그건 잘 생기고 못 생기고의 문제가 아니었다. 전혀 모르고 있다가, 나를 봐 버린 얼굴이었다. 내가 지금 여기에 있다는 것 말고 확실한 건 없었다. 내

나는 나를 볼 수 있었다. 그림자는 자신을 볼 수 없었다.
그림자를 볼 수 있는 것도 나뿐이었다.

가 무얼 하고 싶고, 왜 이 자리에 있는지도 중요하지 않았다. 내가 이 자리에 있고 내가 나를 보고 있다는 사실만이 중요했다. 나는 그제야 그림자와 나의 차이를 깨달았다. 나는 나를 볼 수 있었다. 그런데 그림자는 내 바람을 부풀려 보여 주기도 하고, 실루엣을 아름답게 꾸며 주기도 하고, 심지어 나보다 더 거침없어 보이기도 했지만 자신을 볼 수는 없었다. 나를 볼 수 있는 건 나밖에 없었다. 그림자를 볼 수 있는 것도 나뿐이었다.

나는 털썩 벽에 기댔다. 젖은 고무장갑이 벽에 걸려 있었다. 언제나 욕실에 들어오면 허둥지둥 손에 끼어야 했던 장갑이다. 오늘 나는 장갑을 끼지 않는다. 나는 거울의 정면을 향하고 있는데 그림자는 옆모습이 보였다. 나는 나를 보고 있는데, 그림자는 고무장갑을 우두커니 보고 있었다. 나와 다른 생각을 하고 있었다. 아니, 그녀는 볼 수도 없고 말할 수도 없었다. 자신만의 슬픔에 빠져 지난 시간의 기억에 잠겨 있었다. 그림자와 나 사이에 침묵이 흘렀다.

나는 그림자를 아껴 주고 싶었다. 가슴에 차오르는 슬픔에 빠져 있는 조용한 그림자가 나의 머리에 기대어 앉아 있는 걸 보았다. 나는 진심으로 그녀를 아껴 주고 싶은 마음에서 고개를 한쪽으로 기울였다. 그 잠시 동안 그림자가 좀 더 편히 나에게 기대 쉴 수 있게 하고 싶었다. 그림자는 이제 나보다 더 약해 보였다. 그림자가 보고 있는 것이 무엇인지 누구보다 나는 잘 알고 있었다. 그림자가 그렇게 바라봐 주는 동안 내가 그 지친 그림자를 위해, 그녀가 충분히 슬퍼할 수 있게 기다려 주는 동안 우리들의 가슴에 나 있던 무언가가 눈물겹게 아물어 가고 있었다. 떠나가고 있었다.

억새를 만나다

밖에서 사진을 찍자고들 했다. 사진 찍기를 좋아하는 사람들이 모였을 때 나온 이야기이다. 강좌를 같이 들은 것을 계기로 이따금 만나게 된 이들이었다. 모두 특색이 있었다. 매주 산을 찾아가 사진을 찍는 사람이 있는가 하면, 나무를 찍는 사람도 있었다. 일터나 집에서 사람들을 만나 작업하는 이도 있고, 빈 벤치를 즐겨 찍는 이도 있었다. 그들은 내가 줄곧 그림자를 찍어 왔다는 것을 알고 있었다. 그림자만 찍는 사람이라도 개의치 않아서 나는 그들이 좋아졌다.

사람들과 같이 사진 전시회에 갔을 때였다. 나는 사진을 보는 안목이 별로 없는 편이라 후딱 보고 나서 유리문을 열고 먼저 나서려던 참이었다. 전시장은 계단을 올라와 문을 열고 나오게 되어 있었는데, 전시장을 나서다가 출구 계단 아래쪽에 내 그림자가 떨어진 것을 보았다. 쓸어 놓은 마당처럼 환한 빈 바닥에 생긴 그림자가 눈에 띄어 주섬주섬 가방에서 카메라를 꺼냈다. 그때 계단 아래 전시장에서 한 바퀴 둘러보고 다리를 쉬이고 있던 일행 중 한 사람이 나에게 말을 걸며 다가왔다. 그는 계단을 오르는 대신 출입구의 난간 쪽으로 몸을 뻗어 위에 있는 내게 팔을 내밀었다. “그림자 찍으려는 거지요? 내가 찍어 줄게요.” 그는 바닥에 떨어진 내 그림자를 손가락으로 가리키며 말했다.

얼떨결에 카메라를 넘겼더니 바닥에 놓인 그림자 쪽으로 가서 사진을 찍는다. 어찌 보면 우스운 일이다. 사람이 난간 위에 서 있는데, 그에게 등을 돌려 바닥에 떨어진 그림자를 찍다니. 그러나 나는 웃지 않았다. 누가 보면 그게 그거라고 할 수도 있는 그림자인데, 이를 잘 찍어 주고 싶어서 몇 번을 다시 정성을 들이는 타인이 고마웠다. 그걸 이해하는 사람들도 있었다. 누군가가 그림자를 줄곧 찍어 대는 것이 그 사람한테 아주 중요한 일이라는 걸 말이다. 이런 말을 들을 때도 있구나 싶었다. '당신의 그림자를 찍어 줄게요. 내가 여기서.'

어느 날 꿈을 꾸었다. 욕실에서 나에게 기댄 그림자를 찍은 다음이었다. 내가 그림자보다 강하다고, 그림자가 나와 다르다고 느낀 다음이었다. 머리 위에서 날던 커다란 장난감 비행기가 천천히 내 쪽을 향해 떨어지고 있었다. 나는 두렵지 않았다. 그 비행기는 나의 것이었고, 추락하는 비행기가 걱정될 뿐, 비행기가 나를 덮쳐 버린다 해도 무섭지 않았다. 그러나 곧바로 떨어지던 비행기는 내 머리맡에서 부서져 버렸다. 나를 남겨 둔 채 혼자 산산조각 나 버렸다. 마치 나를 위한 작별 인사를 하듯 다른 자리에 애써 떨어져 부서져 버렸다. 그를 잃고, 혼자가 되어 버려서 나는 울었다. 실제로도 진짜 눈물을 흘리고 있었다. 그림자는 사라져 버렸다. 스스로 떠나갔다.

무언가가 끝이 났다. 그 꿈을 꾸고 난 후에 나는 다시 이전과 같은 눈으로 그림자를 빠져들어 보지 않게 되었다. 나는 지상으로 돌아온 것이다. 내 그림자에 열광하지 않게 되면서 사물들이 온전히 눈에 들어오기 시작했다. 이전에 나는 세상을 의미 있는 것과 없는 것으로 나누어 보았지만, 이제 사물들이 생각의 여과 없이 눈으로 바로 들어오기 시작했다. 버려진 벽돌 속의 풀포기도, 제각기 다른 모양의 잎들이 층층이 펼쳐진 나무도, 번쩍이는 해를 품은 옥상 바닥의 빗물이 고인 자리도, 녹슨 삽날에 걸쳐진 잡초의 일렁이는 그림자도 눈에 그대로 들어왔다. 눈에 선선히 들어온 것들은 내가 언어로 부여한 의미가 아니라 그들만의 이야기와 시간을 가지고 렌즈 앞에 다가왔다. "사진을 찍다 보면 더 많은 걸 볼 수 있어요. 눈이 넓어지게 돼요."라는 말을 이해하게 되었다.

나는 좀 더 넓은 풍경을 보고 싶었다. 공원에 같이 가서 사진을 찍자는 사람들의 말에 냉큼 그러자고 한 것은 그 때문이었다. 그동안 나는 집 밖에 나가고 싶지 않았다. 그러나 이제 나는 문을 열고 나가고 싶은 마음이 생겼다. 방과 거실과 뒤뜰이 아닌 무언가를 더 보고 싶다. 다른 곳에는 해가 어떻게 비치고 그림자가 어떻게 맺히는지 보고 싶다. 사람들은 무엇을 좋아하고 곁에 두고 걷는지 보고 싶다. 나는 무엇을 찍을 수 있고 무엇을 찍을 수 없는지 알고 싶다.

가을비가 내린 다음 날이었다. 하늘은 잔뜩 흐렸고 세찬 바람은 차가웠다. 이왕이면 해가 들었으면 좋았을 텐데 하고 속으로 아쉬웠다. 해가 없으면 어쩐지 불안했다. 사물들이 빛을 잃은 듯 음산하고 쓸쓸하게 여겨졌다. "밤 사진도 좋답니다." 시큰둥한 표정을 알아챈 듯 사람들이 추임새를 넣어 주었다. "불빛이 멋있게 찍혀요." 서로 주고받는 말들이었다. "대신 삼각대가 꼭 있어야 해요. 안 그러면 사진이 흔들리거든요." 같이 모여 사진을 찍으러 나오지 않으면 안 될 만큼, 일상을 빠듯하게 살아가는 사람들이다. 아름다운 것을 보려고 사람들은 모였다.

걸음을 멈추고 시간을 내지 않으면 아름다운 것은 순식간에 곁을 스쳐 가 버린다. 나는 쓰레기를 버리러 나갈 때마다 본 노랗게 물든 은행나무 생각을 했다. 은행나무 아래에 머물러 있기에는 살림에 마음이 바빴고, '다음에 꼭 찬찬히 봐야지' 하고 마음먹었다가 다시 고개를 들었을 때에는 잎은 다 떨어지고 가지가 앙상했다. "사진에 다음이란 건 없어요."라는 말을 들었다. "지금 찍지 않으면 내일은 찍을 수 없어요." 그 말의 뜻을 나중에서야 알았다.

하늘 공원은 쓰레기가 쌓여 생긴 높은 언덕 위에 있었다. 늦은 오후였다. 비바람이 그친 지 얼마 안 되었다. 전염병 때문에 공원도 개장과 폐장을 번갈아 하니 발 빠르게 찾아온 우리를 빼고는 관광객도 드물었다. 햇빛이 없는 하늘을 올려다보았다. 하늘은 짙은 회색이었고 잔뜩 실린 구름들이 무거워 보였다. 공원은 하늘을 이고 있어 하늘이 바짝 가까운데 온통 어두컴컴한 빛이었다. 바람이 휘몰아쳤고, 머리칼과 옷이 나부꼈다. 드넓은 억새밭이 눈앞에 펼쳐졌다.

바람은 쉴 새 없이 억새를 휘감고 뒤흔들었고, 억새는 한 번도 멈추지 않고 기민하게 움직이며 더 꺾일 수 없겠다 싶을 정도로 몸을 팽팽히 내밀고 바람을 맞고 있었다. 억새는 자신의 모든 걸 바람에 쏟아 냈다. 바람을 따르고 있으면서도 따르지 않고 일어서려 했고, 바람이 시키는 대로 하겠다고 끄덕이면서도 절대로 그렇게 만은 하지 않을 거라고 외쳤고, 바람이 쓸어 대는 자리에서 익숙하게 허리를 굽히다가도 아프다고 버럭 몸을 일으켰다.

아니다. 억새는 아무 말도 하지 않는다. 그건 내 속의 소리인지도 모른다. 억새는 자기 앞에 선 나의 존재에 아랑곳 않는다. 내가 이 자리에 없어도 억새는 자기 식대로 살아간다. 억새는 오히려 침입자 앞에서 잠시도 자신을 응시할 수 없도록 변화무쌍하게 몸을 바꾸는 저 멀리 있는 어떤 것이다. 바람과 함께 자신만의 리듬을 타고 사람들이 없어도 되는 연주를 하고 있을 뿐이다. 바람이 어느 쪽에서 불어오는지 가늠이 안 된다. 변화무쌍한 억새도 바로 다음에는 어떤 모습이 될지 예측할 수 없다. 흔들고 흔들리는 그 난무 앞에서 나는 점점 초라해졌다. 억새는 흔들려서 카메라 렌즈에 선명히 잡히지 않았다. 가까이 보려고 바짝 다가갔

모든 것이 그림자가 되어 버린다 할지라도,

나는 아직 억새를 만나야 한다. 나를 만난 억새여서,

나의 마음을 실어 그렇게 멈췄다.

지만 그래서인지 초점은 자꾸 빗나갔다. 이 세계가, 바람에 흔들리는 모든 것들이 멀리 있는 것 같아서 나는 주춤했다.

구름의 흐름이 빨라지고 억새는 점점 더 컴컴한 어둠 속에 묻혀 갔다. 바람은 거침없이 날뛰어 억새를 밟고 달려간다. 억새밭은 차츰 하나의 검은 덩어리가 되어 가고 그 덩어리 위에 튀어나온 억새의 잎들이 실루엣으로 보인다. 사람들은 다 어디에 있을까. 억새밭은 넓어서 각자 사진을 찍으러 흩어진 사람들은 어느새 보이지 않았다. 억새 사이로 난 길도 캄캄해져 그 끝이 마치 하늘로 바로 이어진 양 아득했다. 색깔을 잃어 가는 갈색 억새가 허공에 점점이 그려진 검은 선들로 변하고 있다. 거무스름한 하늘을 배경으로 일제히 늘어선 무수한 긴 그림자들이 나를 에워쌌다. 나의 그림자도 사라지고 없고 나의 손도 흐릿하게 윤곽이 풀려 간다. 억샛잎들의 어지러운 군무는 내가 속했던 세상을 지워 버리고 현기증 나는 몰아의 세계로 나를 데려갔다. 나를 자신들의 어둠 속으로 묻어 버리고 자신들처럼 우뚝한 그림자 하나로 세워 버리고자 했다.

모든 것이 그림자가 되어 버린다 할지라도, 나는 아직 억새를 만나야 한다. 자신이 받은 햇빛과 맞은 비와 새벽의 이슬을 통해 몸을 키워 오고, 지금도 무언가를 목마르게 갈망하며, 하늘을 향해 몸을 뒤흔드는 억새들. 흘러가는 구름같이 끝없이 변화하는 억새의 몸짓들. 내 몸이 어둠 속에서 억새와 더 분간되지 않을 때에야 나는 포기하고 억새를 본다. 찍고 싶은 억새의 모습을 단념하고, 찍을 수밖에 없는 억새를 만나기 시작한다. 뒤에 서 있는 나무나 벤치의 그림자처럼 나는 그림자로만 남았다. 이 시간이 모든 존재를 그림자로 바꾸는 시간이었다. 내 몸도 덩달아 서늘하게 식어, 바람에 시달려 차디찬 억새의 체온과 엇비슷해진 순간이었다. 그때, 눈앞에 있는 억새가 내 앞에서 멈췄다. 나는 그게 무엇인지 알았다. 하늘을 보고 고개를 쳐들고 있는 커다란 내 그림자였다. 나를 만난 억새여서, 나의 마음을 실어 그렇게 멈췄다. 내가 이곳에서 찍을 수 있는 단 하나의 억새였다.

하늘이 덮다

'하늘이 꼭 밖에 있을 필요는 없다.' 그런 생각이 들었다. 저녁이었고, 식탁에 앉아 있었고, 평소처럼 텔레비전에 비친 내 모습을 보고 있던 참이었다. 텔레비전을 끄고 나면 이때까지 들은 내용에 성이 차지 않아서, 무슨 얘기라도 더 듣고 싶은 양, 그 자리에 남아 있는 내가 빈 화면 위에 보였다. 사각 화면은 내 몸을 다 비추기에는 작아서 머리끝 부분은 잘려 나갔다. 내가 사는 이야기는 어디에도 나오지 않는데, 그 이야기들이 꺼진 화면 위로 맴도는 것 같았다.

'텔레비전에 내가 나오면은 정말 좋겠네.' 하는 노래를 어릴 적 부르곤 했다. 내가 어떻게 사는지, 무엇을 고민하는지, 무엇이 필요한지 나오면 좋지 않을까? 아니면 같은 처지에 있는 다른 여성들의 이야기라도 나오면 좋을 텐데. 빨래를 하면서 무슨 생각을 하는지, 설거지를 하면서 무얼 떠올리는지, 청소를 하면서, 집을 쓸고 닦으면서 속으로 무얼 중얼거리는지. 그 말들이 죄 듣고 싶은 마음이 든다. 눈 마주치지 않는 식구들의 뒤에서 얼마나 허전한지, 자신을 지키기 위해 무엇을 하는지, 혹은 무엇을 하지 않는지 보고 듣고 싶다. 집집마다 고립되어 있는 사람들의 그 하고많은 말들은 다 어디로 가서 사라지는 것일까. 들리지 않으면 없어지는 말. 보여 주지 않으면 보이지 않는 모습. 참 이상도 하다고, 그렇게 말들이 사라지면서 세상이 버젓이 굴러가는 것이 더 이상하다고 여기면서 앉아 있다. 캄캄한 화면에 묵묵히 떠오른 집 안의 나를 마주 보고 있다. 칠이 벗겨진 낡은 식탁 의자에 앉아 나는 무얼 더 기다리는 듯 우두커니 앉아 있다.

'누가 보아 주지 않으면 어때.', '관객이 하나뿐이면 어때.', '하지 않고는 못 견디는 일들이 있지.' 그런 생각이 들 때 나는 뭔가 꿍꿍이가 생긴다. 마침 그런 시간이었다. 설거지를 마치고 다음 집안일을 하기 전, 잠시 주춤거리는 때. 잠깐의 일몰처럼 바쁜 일상 속에서 내 모습이 설핏 나타났다 사라지려는 때. 눈을 돌려 바깥 날씨는 어떤지, 해는 어떻게 저물었고 구름은 사라졌는지 가늠하는 시간이었다. 해가 져 캄캄해지면 나는 하늘과 집들과 사람들이 어둠에 묻혀 사라진 것 같았다. 언제나 집 안에서 그리워하는 것은 하늘이었다. 거침없는 하늘이 끝 간 데 없이 천장을 헤치고 들어차기를 바랐다. 그렇게 생각하니 즐거웠다. 내가 집에 머물러야 한다고 해서 이곳이 꼭 '집'일 필요는 없으니까. 하늘이 밖에 있다고 해서 그 하늘을 집 안으로 끌어오지 말라는 법은 없으니까.

밤하늘의 별을 보면 걸음이 멈췄다. 나와 상관없이 그 자리에 있었던 빛, 나보다 더 오래 남아 있을 그 빛을 잠깐 동안만 사는 내가 볼 수 있다는 것이 신기했다. 지상과 동떨어져 있지만 분명히 있는 별의 세상, 나와 아무 상관이 없을 것 같은데, 눈에 들어와 노랗게 반짝이며 위로를 전해 주는 빛. 살아 있는 게 아니라 하기에는 너무나 큰 애잔함을 몰고 와 나에게 다가와 마주 서 주는 별빛. 별을 보고 있으면 하고 있던 고민은 물러났다. 무엇보다 별은 빛나고 있어서 나를 좀 더 빛나는 것에 대해 생각하도록 이끌었다. 별을 보고 나면 땅에서 빛나던 것들은 어두워 보이고, 어둡던 것들이 밝아 보였다.

해 질 녘의 하늘도 좋았다. 그럴 때 하늘을 보면 어떤 부분이 구름인지 헷갈릴 때도 있었다. 검푸른 자리가 하늘이고 붉게 빛나는 자리가 구름이라고 여겼는데, 자세히 들여다보니 푸른 자리가 어두워지는 구름이고 붉게 타는 자리가 석양의 하늘이라는 걸 알게 될 때도 있었다. 그나마 곧 하늘의 모습은 변해 버려, 구름과 빛과 하늘의 경계는 사라지고 어둠이 몰려왔다. 지상에서 일어나는 바쁜 걸음, 차들의 소리와 상관없이 천천히 자신의 속도로 물들어 가는 하늘을 보면, 때에 맞추어 유유히 변하는 하늘이 사람들의 속도를 내려다보고 안쓰러워하면서 하루치의 시간을 허락해 주었을 뿐이라는 생각이 든다.

그토록 멋진 하늘이니까, 오늘 나는 하늘을 집에 끌어오는 방법을 고안했다. 밖에서 하늘과 가까이 있었던 내 사진들을 출력했다. 그리고 지난번처럼 가위를 들어 오리기 시작했다. 전에는 새 한 마리나 얼굴 하나를 오렸지만 이번엔 사진 속의 윤곽을 통

째로 오려 내었다. 사진은 그런 것 같다. 과거의 모습들은 모두 그림자가 된다. 지난 얼굴을 바라보고 있는 그때의 모습도 그 순간만 지나면 다를 것 없는 그림자가 되어 남을 뿐이다. 그래도 좋다. 그래서 좋다. 나는 한 손에 들어오는 사각 사진을 이리저리 돌리면서 가위 끝에 눈길을 집중하고 있다. 삐죽삐죽하고 할랑해진 그림자들을 바닥에 세워 본다. 신이 나서 그 그림자들을 식탁 위에 가져가 그 뒤에 손전등을 켜 놓는다.

그림자가 벽을 가득 채운다. 실제 사진 속 크기보다 훨씬 더 커져서 벽을 빼곡히 채웠다. 가슴이 두근거린다. 이렇게 큰 화면에 나의 지난 모습이 현재처럼 생생하게 나타난다. 작은 나는 여기에서 보고 있는데, 커다란 내가 나타나서 저 혼자 움직이고 있는 듯하다. 나는 옥상에서 두 손을 모으고 앉았던 때보다 더 커진 모습으로 더 큰 갈망을 담아 위를 올려다보고, 그래서 결국 하늘을 이 자리에까지 내려오게 한다. 그림자가 올려다보는 자리가 하늘이 된다. 그 애타는 눈길을 마주해 미끄러져 내려올 수 있는 건 하늘밖에 없기 때문이다. 과연 오린 종이 그림자들에서 사진과 같은 느낌이 날까, 조금 의심이 들어 힘없는 종이를 양손으로 바짝 들어 올려 보기도 했지만, 실제 사진의 느낌과 다름없이 벽에 떠오른 큰 그림자에 탄성이 나왔다. 그림자는 그때의 느낌을 내가 생각했던 것보다 더 키워 되돌려 주었다. 나는 그날 집 안에 가득 찬 하늘을 보았다.

내가 보았던 하늘들이 되살아났다. 하늘을 이고 사진을 찍다 보면 조금씩 춤출 수 있었다. 바람에 몸을 맡기고 흔들리는 풀을 보고 온 다음에는, 욕실 벽에 비춰진 내 그림자가 경쾌하게 움직이고 있었다. 햇빛에 반짝이는 나무들 아래에서, 나는 다리를 살짝 벌리고 흥이 난 것처럼 카메라를 들었다. 살아 있는 건 한 가지 모습으로 딱딱하게 고정되어 있지 않았다. 빛과 바람과 습기에 따라 한순간도 쉬지 않고 젖어 들고 빛나고 움직였다. 그런 자연을 만나고 온 날이면 내 그림자도 서서히 딱딱한 벽에서 풀려났다. 팔을 쳐들거나 고개를 갸우뚱하며 웃고 뛰어다녔다. 주변에서 건네받은 팔딱거리는 힘으로 그림자도 나도 생기를 띠고 들썩거렸고 이야기를 하고 싶어 했다. 급기야 그림자들이 사진에서 뛰쳐나와 이 한밤중에 자신들만의 축제를 꾸몄다.

나는 조금 여유가 생긴 것 같다. 지난 나와 지금 나를 자리바꿈하고 뒤섞어 놓으면서, 그 앞에서 즐기면서 손을 움직이고 있는 걸 보면……. 지난 시간의 내가 한 줌의 그림자가 되어 버리고, 또는 지난 내가 지금의 나 행세를 하며 눈앞에 있어도 마음이 즐겁기만 하다. 그림자들의 행렬은 모두 다른 색채를 띠고 있었다. 오려 놓은 그림자 종이 한 장 한 장은 사진으로 찍힌 순간의 기억과 감정을 여태 품고 있었다. 찍히지 않아 사라져 버린 그때의 공간과 시간을 자기 몸 안에 두르고 있었다. 벽에 비친 그림자는 자신이 보았던 아름다운 하늘, 손에 닿았던 차가운 물방울, 허리 굽

이제 그림자는 한 장의 나뭇잎처럼 펄럭거리고,

비 온 다음날의 거미줄처럼 대롱거리고,

일제히 하늘로 흩어지는 새들처럼 날아오른다.

혀 들여다본 풋풋한 풀 한 포기를 간직하고 있어서 벽에 다 비치지 않는, 화면 밖의 그 아름다운 풍경까지 불러일으켜 주었다. 그래서 나만이 볼 수 있고 박수 쳐 줄 수 있는 축제를 펼쳐 내고 있었다.

나는 볼 수 있다. 이제 색깔도 빛도 사라지고 오직 형체만 남아 벽에 줄지어 늘어선 검은 그림자의 모습에서, 그들이 무슨 말을 하고 있는지, 무엇을 느끼고 있는지까지 듣고 공감할 수 있다. 그림자를 둘러싼 나뭇잎이, 거미줄이, 새들이 어떻게 눈을 맞추고 다가왔는지, 그 눈빛 때문에 그 그림자 하나하나가 얼마나 설레고 기뻤는지 떠올려 볼 수 있었다. 나뭇잎의 촉촉함, 거미줄의 반짝임, 새들의 날갯짓이 아니었다면 그림자도 그렇게 일어나 걸어가고, 손을 내밀고, 하늘을 올려다보지 못했을 것이다. 그림자가 보고 만난 것들은 그 몸 주변에 있었을 뿐 아니라, 그 검은 살갗을 파고들어 푸르고, 질기고, 파닥거리는 힘을 불어넣어 주었다. 이제 그림자는 한 장의 나뭇잎처럼 펄럭거리고, 비 온 다음날의 거미줄처럼 대롱거리고, 일제히 하늘로 흩어지는 새들처럼 날아오른다. 그림자가 향한 시선의 끝에서 생겨난 하늘은 그곳에서부터 무한히 펼쳐진다.

'그랬지. 저 모습으로 그토록 간절하게 무언가를 불렀지.' 그리고 지금도 나는 다시 그 모습으로 곁에 앉아 카메라를 가슴에 들고 렌즈가 아니라 하늘을 올려다보고 있다. 나와 눈을 맞추어 주는 하늘, 내 목소리를 들어 줄 하늘, 나를 보이고도 부끄럽지 않은 하늘. 그래서 좀 더 살고 싶게 만드는, 나를 믿게 만드는 하늘. 보이지 않는 자리에서 소리 없이 올려다보아도 하늘의 가장자리라는 건 없으니까, 하늘은 온전한 모습으로 캄캄한 방에 쏟아져 내려온다. 아무래도 나의 존재가 느껴지지 않던 곳에 그 하늘을 불러와 덮어 주고 싶다. 그 하늘로 덮인 자리에서, 이제 곧 사라질 것들, 소리를 잃어갈 것들이 꿈틀거리고 자신의 외침을 찾을 것 같다.

7. 부서진 집을 떠나는 그림자

눈짓으로 하는 인사

고향 집은 어수선했다. 이사를 앞둔 집은 버려야 할 짐도 많았다. 어머니는 며칠씩 잠도 제대로 못 자고 짐 정리를 했다. 버려야 할 짐과 간직해야 할 짐 사이에서 어머니는 갈팡질팡했다. 다른 가족들이 '이건 꼭 버려야 하는 물건'이라고 다그치고 난 다음에야, 손에 꼭 쥔 보물을 빼앗기는 어린아이처럼 서글픈 얼굴로 낡은 잡동사니를 내놓았다. 40년 가까이 살아온 집에서 떠나야 하는 어머니는 심란해했다. 시에서 집을 허물고 이 자리에 주차장을 만들거나 회관을 세울 거라는 말을 들었을 때, 어머니는 다시 회한에 휩싸였다. 어머니에게는 주차장을 만드는 일이 사람이 살던 자리를 없앨 만큼 시급한 일이 아닌 것으로 여겨졌다. 집에서 떠나야 하는 상황이 꼭 '신발을 벗어 놓고 맨발로 나가는 것 같다'고 했다. 신발을 벗고 떠나는 자리에는 어떤 게 있을까. 어머니는 마음의 신발을 벗지 못해 몸부림쳤고, 집과 일체가 된 것 마냥 서러워했고, 자꾸 잠을 설치며 눈물 바람을 했다.

결혼해 처음 장만한 집이었다. 올망졸망한 아이들을 먹이고 입히고 씻겨 길러 낸 집이었다. 사랑한 남자의 몸이 늙어 가는 걸 지켜본 집이었다. 이젠 길고양이나 갈 데 없는 새까지 뜰에 깃들어 어머니의 손을 쳐다보고 기척이 들려도 피하지 않는 곳이다.

어머니는 뜰에 있던 나무들처럼, 땅에 내린 자신의 뿌리가 뽑혀 나가는 양 심리적으로 저항했다. 결국 이사 날짜가 정해지자 그 사이 힘이 빠져 초췌해졌다. 부스스한 허연 머리칼은 헝클어졌고 입술은 일없이 실룩거렸다. 무릎을 절뚝이며 아프다고 하면서도 잠시도 가만히 있지 않고 뜰을 헤집고 다닌다. 저녁 찬거리에 쓴다고 먹지도 못할 아주까리 잎을 따고, 아직 어린 부추를 삽으로 떠내고, 설익은 호두를 따려고 장대를 휘두른다. 마음이 급해진 어머니는 덜 자란 것들을 쥐어뜯고, 다 익은 것들을 후려치고, 길 잃은 사람처럼 빈 마당을 서성인다.

맏딸인 내가 하는 말도 건성으로 듣는 것 같았다. 집을 떠나야 한다는 생각에 사로잡혀 넋이 나간 듯 냄비에 물을 끓이다가 팔뚝을 데기도 했다. 감자를 갈아 붙이며 붕대를 매면서 괜찮다고 했다. '집을 잃어버린다.' 그 생각이 어머니의 머릿속을 점령해 버렸다. 시에서 제값을 쳐서 보상해 주었다든가 어차피 옆집들도 다 떠나가 버려서 이 골목은 빈 골목이라는 말은 아무 위로가 되지 않았다. "흥, 돈은 숫자에 불과해." 어머니는 혼잣말했다. 그 말 안에는 돈으로만 집을 들먹이는 이들에 대한 경멸이 담겨 있었다. 어머니가 맞바꿀 수 없는 것은 이 집에 배인 자신의 시간이었다. 누런 벽마다 배어 있는 식구들의 흔적이었다. 매년 자란 아이들의 키 높이대로 새로 난 눈금들이 있고, 손때가 묻어 있는 낡은 벽. 벽에서 차가운 외풍이 들어오고, 올가을부터 급기야 비가 새기 시작해서 누전의 위험까지 있는데도 어머니는 이 집을 사랑했다.

그 고집에 아버지가 항복을 선언할 정도였다. 아버지는 자식들에게 전화해 한숨을 쉬었다. "너희가 어머니 좀 설득해 봐라. 아무래도 이사를 가는 게 나은데." 그래서 나도 어머니 앞에서 부러 집에 대한 트집을 잡기 시작했다. 앞으로 혼자되시면 살기 불편하다고 으름장까지 놓았다. 이웃도 하나 없고 주위가 캄캄하고 안전하지 않을뿐더러 더 낡으면 수리비가 더 들 거라고 하루빨리 이사하시라고 했다. 여동생은 한 술 더 떠 "조금이라도 값을 쳐줄 때 떠나야지, 왜 그 오래된 집에 살겠다는 거예요?" 하고 성화를 부렸다.

궁지에 몰린 어머니는 애처롭게 항변했다. "너희가 자란 곳이잖아. 나중에 돌아왔을 때 우리가 없어도 집이 있으면 좋잖아. 마음에 생각이 나고." 그 집은 우리가 갈 집이 아니라고, 두 분만 생각하시고 앞으로 살 편한 집을 구하시라고, 그 집에서 자식들을 키웠으니, 새 집에 가서는 두 분 인생만 생각하시고 새롭게 출발하시라고 딱 잘라 말한 건 나였다. 확신이 있어서는 아니었다. 그 말을 하면서도 마음 한편으로는 어쩐지 불경한 말을 하고 있는 듯 죄책감이 들었다.

정말 고향 집이 사라지는 걸까? 부모님이 살아 있는 것처럼 그 집도 살아 있는 것처럼 느껴져서 집이 허물어져 사라져 버린다는 게 아무래도 상상이 안 되었다. 있을 수 없는 일 같았고, 감히 저질러져서는 안 되는 일 같았다. 나는 어머니가 무슨 말을 하고 싶어 하는지 마음 깊은 곳에서 알고 있었다. 어머니는 이런 말을 말들 속에 꽁꽁 숨기고 있었다. '이 집은 내 몸이나 마찬가지야. 이 집이 죽게 내버려 둘 수 없어!' 왜 떠나야 하는지 알 수 없는데, 순순히 떠날 수 없다. 적어도 버틸 수 있는 데까지는 버텨 봐야 한다. 그것이 집에 대한 예의고, 자신에 대한 도리다. 어머니는 정말 그렇게 생각했다. 집에서 나간다는 생각만 해도 낯빛이 창백해졌다. 어머니는 집을 통해 생기를 얻고 집을 지켜 온 정령처럼, 집이 궁지에 몰리자 몸과 마음이 눈에 띄게 쇠잔해졌다.

아침저녁 식구들을 위해 요리를 했던 부엌, 늘 머리를 조아려 기도하던 볕바른 안방, 창을 열면 눈에 들어오던 푸른 나무들, 한겨울에도 든든하던 장독대, 빨래를 널던 손길을 멈추고 올려다본 하늘, 그런 것들이 아직도 어머니의 하루를 채우고 있었으며 하루를 지탱하고 있었다. 이곳을 떠나 옥상도 장독대도 마당도 없는 갑갑한 아파트에서 어떻게 살라는 건지 도통 알 수 없다는 투였다. 어머니는 부쩍 늙고 메마른 모습으로, 남들에게 대꾸하지 않고 풀을 뽑고 열매를 따며 옥상 가득 빨래를 널었다. 지나가던 동네 사람들이 이사 날짜도 정해졌는데 왜 마당 청소를 하냐고 물었다. 마지막 날까지 집은 그 단정함과 품위를 잃지 않았다. 옥상의 긴 빨랫줄에 식구들의 빨래가 가득 걸려 펄럭이는 것을 보면, 아직 이곳에 남아 있는 사람들이 빨래를 깃발처럼 펄럭이며 차마 이 집을 떠날 수 없다고 시위를 하고 있는 것 같았다.

아버지는 어머니보다 선택이 빨랐다. 이리저리 부동산을 다녀 보았지만 도저히 부부의 의견이 들어맞지 않자 아버지는 혼자 과감히 아파트를 하나 정해 계약을 해 버리고 말았다. 어머니가 한 소리를 하자 아버지는 "우리 이제 거기에 죽으러 가는 거야!" 하고 소리를 치고 말았다. 아버지도 안다. 어머니가 떠나고 싶어 하지 않는 마음을……. 이 낡은 집에 살 때 그들은 젊었고, 앞만 보고 매진했으며, 그 끝에 빛나는 삶이 기다리고 있는 것 같았다.

지나고 나서야 빛나는 것은 그 끝에 있는 것이 아니라 바빠서 머무르지 못한 그 속에 있었다는 걸 알게 되었다. '새 집에 가고 싶지만 크게 기대하는 건 없다. 이제 짐을 덜고 조금이라도 편하게 살았으면 좋겠다.' 아버지는 그 말을 하고 싶어 했다. 그 말에 어머니는 피식 웃었다. 아버지가 마당을 쓸고 나서 현기증이 나고 숨이 차 한다는 걸, 지금도 남아 있는 책임감에 꿈자리가 사납다는 것을 어머니는 알게 되었다. 어머니는 이렇게 생각하는 것 같았다. '당신이 그렇게 원한다면, 내가 선물하는 셈 치고 양보해 줄게.'

그렇게 일단락은 되었지만 아주 괜찮아진 건 아니었다. 어머니의 이름으로 된, 어머니가 마음대로 할 집이 없어서 어머니는 슬펐을 것이다. 자신이 품은 집에 대한 사랑을 남들에게 이해시킬 수 없어 답답했을 것이다. 어머니는 '엄마라는 자리를 정말 소중히 여겼다'고 내게 말했다. 나는 그 말이 얼른 이해되지 않아서 몇 번을 생각했다. 그리고 어머니를 이해했다. 아버지가 집에 집착하는 어머니에 대해 못마땅한 투로 지적했을 때, 나는 불쑥 말했다. "아버지는 직장에 다니면서 다른 시간이 있었지만, 어머니는 늘 집에 있었고 개인으로서의 시간이 따로 없었잖아요." 아버지를 비난하려는 건 아니었다. 그때는 그렇게 사는 가족이 많았으니까. 그리고 어머니도 기꺼이 그렇게 사는 듯 보였으니까.

하지만 내가 하고 싶었던 말은 어머니가 이루어 낸 것들이 그 집에 스며 있고 어머니만이 볼 수 있다는 것이었다. 어머니는 늘 틀어박혀 있어야 했던 집에서 자신만의 삶을 이루어 냈다. 그것들과 함께 숨 쉬고 살아갔다. 어머니 외에는 누구도 보지 못하는 것들이었다. 이 집을 잃는 건 문과 벽에 새겨진 그림자 같은 무늬를, 그녀만이 보고 들을 수 있는 그 긴긴 이야기를, 구석구석 여투어진 기쁨과 슬픔의 자국들을 잃어버린다는 걸 뜻했다. 그건 어머니의 인생 전부였다.

그런 점에서 나는 어머니와 같은 입장에 있었다. 집의 벽을 마주 보고 자화상을 새겨 넣는 시간이 내게도 있었기에 나는 어머니가 보이지 않게 지키려는 것을 응원하고 싶었다. 자신이 살던 집의 가치를 절대 돈으로 환원하지 않고 싶어 하는 그 시대에 뒤떨어진 편협함을 존경했다. 나는 어머니의 눈에 비친 이 집의 진짜 모습을 모른다. 어머니는 이 집이 자신을 어떻게 거친 세파에서 지켜 주었고, 자신이 집을 지켜 내었는지 긴 이야기를 간직하고 있다. 어머니는 마침내 단념했다. 그러나 이 집의 비밀들까지 아주 잊은 건 아니었다. 구석진 자리에 있는 나무들을 쳐다보고 쓰다듬으며 인사했다. "그동안 함께해 줘서 고마웠다. 난 이제 새 집에 간다. 안녕." 어머니는 울고 있었다. 눈물을 흘리며 나무와 나무의 사이를 떠도는 듯 걷고 있었다. 어머니는 이제 정말로 작별하고 있었다. 삶의 자국이 진동하고 불꽃을 튀기며 여전히 생생한 자리를 떠나, 그 모든 기억을 묻고 늙고 지친 몸을 담을 사각의 방 한 칸으로. 그러나 어머니는 다정한 목소리를 잃지 않았고, 웃음도 아직 버리지 않았다.

이곳에서 저곳으로 간다. 하지만 이곳에서의 우리 모습이 어땠는지 어떻게 알 수 있을까? 우리가 여기에 있었다는 것을 어떻게 증명할 수 있을까? 이곳에서 느낀 감정의 조각들은 다 어디로 흩뿌려지는 것일까? 저 벽이 보아 주지 않는다면 우리가 살아온 시간은 어디에 스며들어 사라져 버리는 것일까? 어머니는 나에게 들려줄 이야기가 없다고, 남들처럼 잘 살았고 평범하게 살았다고 한다. 나는 어머니의 이야기를 쓰고 싶다고 말했다. 어머니는 다시 고개를 저으면서, 특별히 힘들지도 않았고 한평생 잘 살아왔다고, 힘든 이야기를 굳이 꺼내 글로 남기고 싶지 않다고 했다. 다른 사람들의 마음을 다치게 하고 싶지 않다고 했다.

물려받은 이야기가 없는 나는 고아처럼 빈 마당을 헤매고 다닌다. 어머니가 집 안으로 들어간 후에도 뭔가 주울 것이 있는 양 바닥을 내려다보고 다닌다. 그때 나는 카메라를 들고 마당의 한가운데에 서 있었고, 마침 벽에 기대어 놓은 깨어진 유리 두 장 속에서 내가 비치는 걸 보았다. 오전의 햇빛이 내가 서 있는 발치에 곧바로 떨어지면서 아무것도 보이지 않던 유리 조각에 갑자기 내 모습이 반사되어 치솟아 오른 것이다. 한 걸음만 비켜도 그 모습은 사라졌다. 금 간 벽에 놓인 유리가 나를 일순간 신기루처럼 되비추어 나는 벽이 기억하고 생생하게 떠올려 준 내 얼굴을 만날 수 있었다. 빛과 벽과 유리의 짧은 호의로, 처음으로 이 집에 선 내 모습을 찍을 수 있었다.

그사이 많이 변했을까 봐 두려웠지만 유리 조각에 비친 내 모습은 이곳에 살던 때의 내 모습과 아주 많이 달라지지는 않았다. 그게 안심이 되었다. 내가 출발한 자리에 변함없이 돌아온 나의 모습이. 말하지 않은 이야기까지 죄다 알고 있는 것 같은 집의 침묵이. 이 집에 살면서 말하지 못했던 것들이 있다. 아플 때도 있었고, 외롭고 혼자인 것 같은 때도 있었다. '그랬지. 네가 그랬지. 그래도 괜찮아졌지.' 하고 집이 끄덕여 주었다. 넌 여전히 이곳에 있어도 되는 사람이라고, 이곳에 너를 기억하는 자리가 남아 있다고 말해 주는 것 같았다. 지금은 그때처럼 아프지 않다고 나는 나를 응시하며 말했다. 단지 이 자리가 사라지기 전에, 내가 기억

아플 때도 있었고, 외롭고 혼자인 것 같은 때도 있었다.

'그랬지. 네가 그랬지. 그래도 괜찮아졌지.' 하고

집이 끄덕여 주었다.

하는 이 집의 사진을 찍고 싶어서 왔다고, 오로지 나만의 집을 추억하기 위해 왔다고 나는 집에게 말했다. 어머니의 집이 그런 것처럼 나도 이곳에 아무도 보지 못하는 나의 집이 있어서 그걸 만나러 온 거라고 고백했다.

그 은밀한 자리를 증명하는 마지막 기념사진처럼 유리 조각에 담긴 내가 생생하다. 어머니가 숨결을 나무에, 땅에, 집에 가까이 대며 속삭인 것처럼 나도 그랬다. 우리는 제각기 작별의 인사를 하고 있었다. 나는 떠나는 집의 팔목을 잡고 돌려세우며 그 오래된 눈동자 속에 있는 나의 모습을 확인하고 나서야 안심을 했다. 그리고 빛이 건넨 잠깐의 황홀한 악수에서 놓여나서 벽이 원래의 모습으로 돌아가고 유리 조각이 색을 잃고 내 모습이 완전히 사라지는 것을 보았다.

다락에 걸린 얼굴

집이 헐릴 때 가장 먼저 부서질 곳은 다락방이었다. 가장 위쪽에 있는 그 방은 포클레인의 일격에 구멍이 뚫리고 구부러진 철심을 드러낸 채 허공에 드러날 테고, 곧 그 허공이 되어 버릴 것이다. 사람이 있던 자리가 그렇게 완전히 비는 것을 보는 건 누군가의 죽음을 지켜보는 일과 같았다.

마지막으로 다락방에 들어간 때는 가을이었다. 추석이었고 몇 주 후면 정리될 집 소식에 일부러 온 가족이 모였다. 손녀와 손자들이 마지막으로 오는 외갓집이라고 큰 소리로 뛰어다니고, 이제 거의 정리된 짐들 사이에서 부모님이 한숨을 돌리는 사이에 나는 슬그머니 다락방에 올라갔다. 벽지가 발린 계단은 미끄러웠고 천장은 낮아 허리를 숙여야 했다. 안은 고요했지만, 사람의 손이 구석구석 닿은 집의 다른 곳들과 마찬가지로 이곳도 말끔하게 치워져 있었다. 맞은편 벽에 한 줄로 쌓아 올린 플라스틱 상자가 짐의 전부였다.

자리가 이전보다 더 넓어졌을 텐데 더 좁게 느껴지는 건 내가 커 버렸기 때문일까? 이 오붓한 자리에 덩치 큰 내가 비집고 들어가는 게 어울리지 않은 것 같아 순간 머쓱해졌다. 다락방에는 늘 아이들이 어울리는 것 같다. 비밀스러운 외딴곳에서 구석구석 낡은 물건을 끄집어내 보물을 찾은 듯 환호성을 지르는 아이들. 하지만 오늘 다락방은 내 차지다. 나도 이곳에서 아이였던 적이 있기 때문에 이 다락방에 머무를 자격이 있다.

작은 창가 쪽에 몸을 붙였다. 방충망은 떨어져 있었다. 바닥에는 얼룩덜룩한 연둣빛 장판이 깔려 있다. 몇십 년 전의 오래된 장판이 그대로 있다. 굳이 새로 도배를 하거나 장판을 깔지 않는다. 그런 곳이 다락이었다. 집이지만 집과 다른 곳. 집 안에 있지만 집 밖을 내다볼 수 있는 곳. 창을 내다보면 담장 너머로 굽이친 길이 보였고 무심하게 이쪽으로 걸어오는 행인이 보였다. 낯선 행인과 눈을 마주치지 않으려 하지만 그쪽에서는 시선을 눈치채지 못하고 이내 시야에서 사라져 버리고 만다.

집에서 나는 소리도 먼 데서 들려오는 듯하다. 세탁기 돌아가는 소리, 걸레를 빠는 소리, 간식거리를 챙기는 말소리, 장독대를 오가는 분주한 걸음 소리가 들려온다. 걸음 소리는 바로 아래쪽까지 가까이에서 들리다가 스쳐 지나가 다시 멀어졌다. 빈자리를 아무도 알아채지 못하고 있다는 사실에 이상한 서운함이 느껴졌다. 하지만 나는 다락방의 어둠 속에서 곧 편안해졌다.

바닥은 차갑고 천장에는 빗물이 샌 얼룩이 남아 있다. 아무도 다시 손보지 않은 채 지붕은 몇 주 후면 깨어질 것이다. 얼룩은 흔적조차 사라지게 될 것이다. 그러자 그 얼룩이 맹렬한 생명력을 가진 것처럼 느껴졌다. 빗물이 끈질기게 스며들어 틈을 낸 자리가, 물방울이 고여 퍼지면서 그려 놓은 흔적이 허공에서 사라져 버릴 생각을 하니까 말이다.

내가 앉아 있는 단단한 바닥은 곧 없어지고, 나는 허공을 보면서 그 위에 앉아 있던 나를 추억하게 될 것이다. 이 자리에 거침없이 바람이 가로질러 갈 테고, 하늘이 부랴부랴 내려와 같은 색으로 물들일 것이다. 나는 이 자리에서 무언가 해야 한다. 이 순간의 나에게 어떤 기억을 남겨 주고 싶다. 그게 무슨 일일까? 이 자리에서만 할 수 있는 일이 따로 있기라도 할까?

다락방에 올라온 적은 많지 않았다. 어른이 되고 나서 물건을 찾으러 왔다가 황급히 내려가는 게 전부였다. 하지만 어릴 적에는 다락방이 있다는 것이 큰 즐거움이었고, 다락방은 마음이 도망갈 수 있는 자리였다. 이곳에서는 어른들의 눈길이 닿지 않았고, 당장 해야 할 일도 없었다. 무엇보다 책을 읽기 좋은 자리였다. 나는 창가의 햇빛 쪽에 바짝 다가앉아 동화책을 읽었다. 계몽사에서 나온 소년 소녀 세계 문학 전집은 특히 재미있었다. 그중 한 책에서 "유리창을 통해 여름 햇살이 스며들어 왔고, 금빛 먼지가 그 햇살 속에서 춤을 추곤 했습니다."*라는 글귀를 읽었다. 그 광경은 다락방에 있던 내 눈앞에 고스란히 떠올랐다. 내가 실제로 빛줄기 사이에서 떠다니는 먼지를 본 것인지 상상을 한 것인

* 엘리너 파전, 『보리와 임금님』(계몽사, 1984), 신지식 옮김, 24쪽.

지 가릴 수 없었다. 어린 시절 읽는 책이란, 그 내용 속에 쑥 들어가 버리면 현실감이 사라지고 문장이 그대로 하나의 풍경이 되어 나를 에워싸곤 하는 것이니까. 우산을 쓰고 인사도 없이 날아가 버린 메리 포핀스나, 다락방에서 친구들끼리 잔칫상을 차린 소공녀 세라나, 부모를 잃고 방황하는 올리버 트위스트까지 모두 살아나 자신들의 신비롭고 고단하고 재미있는 여행길로 나를 이끌었다.

가파른 계단참에 앉아 집 안에 뒹굴던 여성 잡지도 읽었다. 좀 더 나이가 든 다음이었다. 생리가 시작되었지만 몸에 무지했고, 내 몸에 대해 제대로 알려 주는 어른들도 없었다. 잡지에 있는 설명은 애매했다. 비유와 어설픈 훈계가 섞여 있어 무엇을 가리키는 말인지 알 수 없었다. 아는 것 없는 사춘기 소녀가 이해하기에는 막연한 내용이었다. 그사이 몸은 자라나고 가슴은 짝짝이로 부풀더니 찌르는 듯 아팠지만 병원에서도 집에서도 괜찮다고 했다. 그게 '정상'이라고 했다.

나는 다락방에서 변해 가는 몸을 웅크리고 설렘과 걱정에 싸였다. 누구나 그렇게 어른이 되어 간다는데, 왜 이렇게 마음이 불안한 것일까? 왕개미가 그려져 있던 흰 반바지를 입지 못했고 러닝셔츠 바람으로 동네를 쏘다녀서도 안 되었다. 내가 그런 차림으로 다니면 아버지는 어머니에게 눈총을 주었다. 어머니는 내가 순결해야 한다는 생각에 괜스레 겁을 집어먹는 것 같았다. 몸은 변해 가고 나는 조용해졌다. 몸은 다락방 같은 곳이었다. 중요한 자리에서 밀려나고 귀찮은 잡동사니를 되는 대로 넣고 잊어버리는 곳이었다.

몸에 대한 무지와 혐오를 극복하는 데는 꽤 오랜 시간이 걸렸다. 다리 사이로 아이를 낳고 가슴에 젖을 흘리고, 찢어진 몸이 아파서 끙끙 앓고 난 다음에야, 나는 몸이 내게 종속된 것이 아니란 걸 알았다. 그 후로 몸은 출산한 달이 다가오면 어김없이 추위를 타거나 콜록거렸고, 누군가를 잃은 달에는 마찬가지로 상심에 빠져들게 했다. 몸은 몸의 기억이 따로 있어서 그만의 달력을 내 속에서 넘기고 있는 것 같았다. 고향 집에서 자랄 때 몸은 교실 의자에만 앉아 있으면 되는 것이었다. 영어 단어나 수학 공식만 줄줄이 외고 있으면 티 나지 않는 것이었다.

그러니까 이 다락방에 든 나는 어쩌면 나이 든 집의 몸속에 잠시 든, 아직도 작은 몸이었다. 네모난 다락방 안에 둥근 자궁을 가진 내가 들어 있었다. 그 자궁 안에는 이제는 커 버렸지만 한때 작았던 아이의 더 작은 심장이 뛰고 있었다. "내 아이가 죽는다는 생각에 벌써 슬퍼져요." 젖먹이를 품에 안은 후배는 자기가 막 낳은 아이가 죽을 운명에 놓여 있다는 생각에 벌써부터 눈물을 글썽였다. 어머니는 자기 자식이 죽지 않기를 바란다. 그 죽음을 상상할 수 없다. 나는 그냥 웃어넘겼다. 나라고 다를까. 노인들은 삶은 죽음까지 걱정하기에는 너무 짧다고, 주어진 시간을 한껏 누려야 한다고 현명하게 답해 주지만, 그것으로 질문이 사라지지는 않는다. 단지 모두가 그런 것처럼 실망하지 않고 뭔가를 하려고 의욕을 내고 노력을 할 뿐이다. 다락방의 계단참에서 나는 죽음을 생각하진 않았다. 좀 더 즐거워지고 싶은 나, 어른이 되고 싶은 나, 새로운 세계에 빠져들고 싶은 내가 이곳에서 엄마의 잡지를 넘기고, 몸을 되는 대로 만지고, 가끔씩 생각에 잠겼다.

그래서 어른이 되고, 원하는 대로 글을 쓰는 사람이 되고, 내 몸을 알게 되었는데, 나는 여전히 그때처럼 뭔가 알 수 없는 어둠을 마주 보고 있다. 오늘처럼 내일을 살아갈 테지만, 조금씩 나이가 들고, 희망을 곧잘 배반하는 현실 앞에서 주춤거린다. 한 발을 내디뎌 나아가는 것은 여전히 필요하지만 그 평범한 한 발자국을 내일도 주눅 들지 않고 디딜 수 있을까? 이제 대학을 가거나 어른이 되는 것으로 끝나지 않는 시간을 계속 이어 나가야 한다면, 무엇을 비빌 언덕으로 삼아 버티며 나아갈 수 있을까?

커서 메마른 채 돌아온 나를, 이제 곧 사라질 다락방이 미련 없이 한 번 더 품어 준다. 무엇이 되지 않아도 괜찮았는데, 이렇게 창가에 앉아 오래된 나무가 천천히 빛깔을 바꾸고 하늘이 저물어 가는 걸 지켜보고 있어도 좋았을 텐데……. 계단 아래에서 내 이름을 부르며 찾는 소리가 들려왔다. 얼른 내려가야 한다. 딸로서 엄마로서 해야 할 일들과 내야 할 목소리들과 지어야 할 표정들이 줄지어 저 계단 아래에 늘어서 있다.

하지만 무언가 할 일이 남아 있는 것 같아서 나는 미적거렸다. 나는 보고 싶다. 내가 자란 집의 다락방에서야 숨김이 없을 내 얼굴을 보고 싶다. 맞은편 짐이 놓인 자리에 카메라를 놓고 렌즈를 내 쪽으로 돌렸다. 웃고 싶지 않았지만 그렇다고 눈물이 나는 것도 아니었다. 여자로 살면서 나는 많은 표정을 지었다. 그중에는 남들이 원하는 표정도 있었고 내가 원해서 지은 표정도 있었다. 그런 얼굴이 보고 싶은 게 아니다. 얼굴 아래에 깊숙이 숨어 버린, 그래서 내가 떠올리지도 상상하지도 못하는 얼굴이 있다. 수면의 빛을 향해 떠오르는 듯 그 얼굴이 가슴속에 일렁이기 시작한다는 걸 나는 느꼈다.

카메라를 들고 찍었던 집 안의 그림자들, 마주 보지 못하고 셔터를 아무렇게나 누른 어둠 속의 그림자들, 그 그림자들의 얼굴을 오늘은 마침내 보게 된다. 너무 오래 비켜 있었으니, 멀찍이서 서성였으니 오늘은 피하지 말고 마주 서야 한다. 나는 셔터를 눌렀다. 나만의 얼굴이었다. 고개를 쳐들고 있었고, 좀 슬퍼 보이는 눈동자에 입술을 굳게 다물고 있었다. 왜 이것밖에 주어지지 않았는지 묻고 싶지만, 다시 '네' 하고 고개를 끄덕이는 것 같은 얼굴이었다.

기억이 난다. 창가에 이마를 맞대고, 옥상에서 하늘을 올려다보며, 바깥이란 것이 있어서, 내 머리 위에 무언가가 더 있어서, 나라는 울타리를 간신히 뛰어넘을 수 있었다. 창문을 타 넘고 풀

이따금 사람들이 습관적으로 자신을 못 미더워하지만,
우리의 얼굴은 마음보다 더 굳세게 버티며 앞으로
벌써 나아가고 있다.

처럼 바람에 한바탕 춤을 추고 나서야 내 밖에서 빛나는 것들을 알아볼 수 있었다. 그렇게 한 발 한 발 나아가 다다른 얼굴이었다. 가끔은 보아도 되는지 스스로에게 물으면서 보는 얼굴이 있다. 지금이 그랬다. 눈물이 나는 건 그 얼굴이 내일도 분명히 그 표정을 가지고 나아갈 것이라 믿었기 때문이다. 이따금 사람들이 습관적으로 자신을 못 미더워하지만, 우리의 얼굴은 마음보다 더 굳세게 버티며 앞으로 벌써 나아가고 있다. '나도 그 얼굴을 따라가게 될 테지.' 내가 기억하는 그 여자아이는 계단에서 올라와 창가의 햇빛을 바라보고 있었고, 자신을 휩싸고 있는 다락방의 어둠에서 몸을 돌려 조금 더 높은 곳에 시선을 두며 어른이 된 나에게 내일을 약속하고 있었다. 나는 그 얼굴을 보고 내게 주어지는 것을 하나도 피하지 않고, 하지만 나보다 조금 더 높고 빛나는 것에 모든 것을 걸고, 그녀처럼 앞으로 걸어가리라는 것을 깨닫게 되었다.

그림자에 닿다

산책을 가기로 했다. 집 근처 천변 위에는 고가 도로가 있어서 머리 위에서 지나가는 차 소리가 쉬지 않고 들려왔다. 하지만 물결도 끊임없이 흐르고 있어 다리 밑바닥에 반짝이며 출렁이는 자기 그림자를 은빛 그물 모양으로 새겨 넣고 있었다. 살아 있는 것처럼 움직이는 하천의 무늬 위를 차들은 질주한다. 달리고 있는 다리의 배가 얼마나 아름다운 모습인지 보지 못한 채, 무언가를 잃어버리고도 아쉬울 것 없이 차들은 쏜살같이 달려가 버리고 또 밀려온다.

바닥이 두꺼운 튼튼한 워킹화를 신고 왔는데, 양말이 얇았는지 발이 딱딱한 신발에 부딪히는 느낌이 든다. 발의 불편함을 잊으려 더 분주히 걷는다. 오가는 사람들은 목적지가 뚜렷한 듯 자전거를 타고, 때로 굽힌 양팔을 크게 내저으며 스쳐 간다. 집 밖에 나와서 사람들의 모습을 보면 그들의 활기와 분주함에 생기를 전해 받는 기분이 든다. 한편 나는 뚜렷한 목적지를 향해 걷는다는 게 낯설어서 오가는 사람을 구경하듯 지켜보기도 한다. 조금 걷다가 '이제 집에 들어갈까? 굳이 나와서 걸어 다닐 일 없잖아.' 하면서 해 놓지 못한 밥이라든지, 청소 따위를 떠올리며 미적미적 걸음을 늦추곤 한다. 어머니의 전화를 받지 않았다면, 이렇게 부러 산책을 나서지 않았을 것이다.

"집이 부서졌어." 아침에 걸려 온 전화에서 들린 어머니의 말이다. 덤덤한 목소리였지만 억지로 참은 눈물이 그 안에 있었다. "집이 있던 자리를 천막으로 막아 놓고 공사에 들어갔어. 그저께도 가고 어제도 갔어. 천막 때문에 안쪽을 볼 수가 없어서 옆집에 부탁해서 그 집 옥상에 올라갔어. 집을 내려다보니까 나무도 마당에 그대로 있고, 집도 있는데, 햇빛이 창에 비치는 거야." 어머니는 눈물을 더 참지 못하고 목소리가 떨렸다. "이제 못 들어가니까 쳐다보기만 하는데, 햇빛이 창 쪽에 들었어. 내가 평생 저 방 안에서 살았는데…… 방도 밝고 따뜻하고 좋았는데……." 사람이 없는 집을, 사라지기 전 비어 있는 조용한 집을 보고 어머니는 울었다. 햇빛이 비치는 집을 처음으로 그렇게 먼 자리에서 보아서, 자신이 안에 있던 모습을 멀리서 보게 되어서, 들어갈 수 없는 집이 더욱더 아름답게만 보여서 어머니는 울었다. 그 말을 듣는데 나도 눈물이 흘렀다. 태연히 듣고 있으려고 애썼지만, 그 순간 나는 어머니처럼 그 자리에 서서 빈집을 바라보는 듯이 울고 있었다.

오래전부터 흘렀다는 하천은 이제 거무스름하고 탁한 물로 변해 겨우 명맥을 유지하고 있었다. 모래가 많은 하천이라고 했다. 이 근방은 땅에 물이 스며들어 습기가 많았다. 모래가 많은 냇물이었다는 건 이름으로만 남아 있다. 하천가에는 인공적으로 쌓아 올린 바위가 있고, 잇대어 보도와 자전거 길이 나 있었다. 이 하천 길에 들어설 때 사람들의 표정은 도심에 있을 때보다 좀 더 느슨해지고 만족과 휴식에 젖어 드는 표정이 되었다. 각자 자신만의 기억과 고독에 잠겨 좀 더 품위 있고 쓸쓸한 얼굴이 되었다. 몇 명은 하천에 가로놓인 짤막한 다리 위에 서서 헤엄치는 잉어를 내려다보고 있었다. 걸음을 멈추고 멍하니 있어도, 또는 웃고 있어도 남들이 개의치 않은 자리에서 사람들은 자신의 표정으로 돌아왔다. 잉어들은 수면이 얕은 자리에서 헤엄치다가 사람들의 발걸음에 몸을 솟구쳐 오르곤 했다. 튀어나온 입을 계속 뻐끔거리며 먹이를 찾아다니는 것처럼 말이다. 바위에 주저앉아 하염없이 물을 바라보는 여자도 있었다. 돌처럼 묵묵한 뒷모습에, 강물에 띄워 보내는 그녀의 지난 시간의 무게가 같이 느껴졌다. 어쩐지 말을 붙이고 싶었고, 그러면 그녀는 내게 많은 이야기를 들려주면서 그 무게를 덜 것 같았지만, 그건 내 생각일 뿐이어서 나는 단지 쳐다보기만 하고 그 옆을 스쳐 갔다.

고향 집이 부서지기 시작했다. 그곳에 살던 사람들의 해묵은 추억 따위는 더 생각할 이유가 없었다. 집을 내놓는 걸 미적대는 바람에 공사가 늦어졌고 겨울철에 공사를 하게 생겼다며, 팔 거면 얼른 팔았어야 한다고, 일할 때를 놓친 인부가 주인들에게 싫은 소리를 했다. 빨리 집을 부숴 버리고, 일정에 차질이 없도록 더 늦지 않게 공사를 해야 했다. "우리 때문에 공사가 늦어져서,

추운 겨울에 일하게 만들어 미안해요." 어머니는 공사장에 있는 그 낯익은 인부에게 말했다. "집이 가까우면 커피라도 한 잔 타 줬을 텐데." 하고 내게 말하기도 했다. 이미 집을 판 돈을 받고 떠났으니 그 자리에 없어도 될 사람들인데 어쩌자고 동네의 주민들이 자꾸 공사장에 얼굴을 내미는지 모르겠다. 이사를 가도 평생 살던 동네를 떠날 수 없다며 꼭 근처로만 갔고, 이사를 갔으면서도 돌아와서 공사장 앞에서 집이 완전히 부서질 때까지 꼼짝 않고 그 자리에 서 있었다. 이상한 사람들이었다. 몸에 해로운 먼지를 뒤집어쓰고 소음에 시달리면서 그 자리를 묵묵히 지켰다.

어떤 이에게 그 낡은 양옥집은 자신의 부모가 평생 일해 지은 첫 집이고 유일한 유산이기도 했다. 어떤 이에게 그 집은 결혼해 처음으로 장만한 집이었다. 슬레이트 지붕의 집 한 채는 땅 주인과 집주인이 따로 있어서 이사를 하는 데 애를 먹었다고 한다. 그렇다고 그들도 미련이 남지 않은 건 아니었다. 이사를 하고 나서도 날마다 와서 남아 있는 가재도구를 하나도 빠짐없이 챙겼고, 나중에는 마당에 있는 돌덩이, 풀포기까지 캐어 댔다. 빈집에는 사람들이 들락거리며 남은 물건을 가져갔지만 집에는 그래도 가져가지 못한 것들이 있었다.

집에서 보낸 시간과 추억이, 활기찬 젊음과 시작을 꿈꾸던 마음이 남아 있었다. 그래서 '이 집이 내 집'이라고 더는 한마디도 꺼낼 수 없는 사람들이 부서지는 집 앞에 종일 서 있다가 고개를 떨어뜨리고 묵묵히 돌아갔다. 그들은 집의 임종을 맞이했다. 그럴 때 아버지는 곁에 서서 집이 부서지는 걸 함께 보았다. 어머니는 사람들이 빈손으로 돌아서는 뒷모습이 안쓰러워 세제 같은 용품을 챙겨 손에 선물로 들려 주었다. 공사를 앞둔 집을 남의 집 옥상에서 보면서, 어머니는 이제 자신의 집도 아니고, 또 누군가의 집이기를 그친 그 집이 온전히 햇빛을 받으며 자신의 모습으로 돌아가 있는 걸 보았다. 어머니는 그런 집을 보아 주었다. 어머니의 눈길과 울음이 닿은 집은 그래서 그때까지도 어머니의 집으로 가슴에 남았다. 집이 부서지고 나서 흙더미만 남은 자리를 아버지는 사진으로 찍어 나에게 보내 주었다. "우리 집이 이렇게 되었단다." 아버지는 아무것도 없이 흙더미만 쌓인 자리를 마지막까지 '우리 집'이라 불렀다.

산으로 갈 생각이지만 이렇게 느릿느릿 걷다가는 산의 초입에 이를 수 있을지 모르겠다. 길가의 풀들은 바람에 흔들리면서 수면에 모습을 비추고 있었다. 수면에 긴 잎끝이 닿아 흔들릴 때마다 둥근 물결을 퍼뜨리는 풀포기도 있다. 자신의 모습을 내려다보며 흔들리는 풀이다. 얼굴을 수면에 바짝 대고 하늘을 보는 물고기나, 곤두박질쳐 자신이 머리에 인 하늘을 보는 풀 같은 것. 자신의 그림자를 보려고 용감하게 다른 세계에 얼굴을 맞대는 것들. 건너갈 수 없는 한 겹 너머 그림자로 보는 하늘은 물고기에게, 풀에게 어떤 모습으로 비춰질까.

집이 헐리기 전, 다락방에서 어머니의 연애편지를 읽었다. 어머니는 획 끝이 날카롭고 정확한 글씨를 썼다. 한 글자도 틀리지 않게 쓴 걸 보면, 몇 번을 고쳐 써 옮긴 편지인지도 모른다. 편지에서 어머니는 자기 이름의 끝 글자를 따서 스스로를 칭했다. 나는 한 번도 들어보지 못한 애칭이다. 다소곳한 소녀 같은 말투로, 하지만 애인을 그리워하는 욕망이 분명히 담겨 있는 내용으로 편지는 씌어 있었다. 보고 싶다고, 혼자 지내니 쓸쓸하겠다고, 나도 당신이 없어 그립다고, 결혼을 한다면 행복하게 살고 싶다는 내용이 담겨 있었다. 그리고 다짐을 받는 듯이, 결혼식은 꼭 성당에서 해야 한다고 몇 번이나 적어 놓았다. 분명히 우기고 난 다음엔 다시 다정한 어조로, 친구들과 소풍을 갔다가 네잎클로버를 찾았다고 했다. 혼자 찾은 거라며, 소중하게 말린 클로버를 편지 끝에 붙여 두었다. 세잎클로버만 본 친구들은 올해 네가 시집가겠다고 부러워했다.

정말 그해 겨울에 어머니는 성당에서 결혼식을 올렸다. 한복을 입거나 수염을 기른 아버지 쪽 일가친척들이 어색한 모습으로 대구의 한 성당에서 열린 결혼식에 참석했다. 어머니의 편지 끝에는 이런 긴 시가 있었다. "저 푸른 초원 위에 그림 같은 집을 짓고……." 나는 초등학생 때 그 연애편지들을 처음 읽었는데, 그 시가 유행가 가사였다는 것을 한참 후에야 알았다. 나에게 그 가사의 구절들은 여전히 어머니가 희망을 담아 꾹꾹 눌러 쓴 한 편의 시다.

그런 때였다. 어머니는 1974년에 결혼했다. 그때 젊은이들은 처음 연애편지를 주고받으면서 자신들만의 독립을 꿈꾸었다. 교회에서 결혼하고, 하얀 웨딩드레스를 입고, 아이는 두셋만 낳을 거고, 아름다운 집이 생길 것이었다. 푸른 초원의 그림 같은 집. 누군가는 이루지 못했고, 누군가는 운 좋게 이룰 수 있었던 꿈. 어머니는 그 꿈을 이루어 냈다. 그 집은 그녀가 젊을 때 꿈꾸던 바로 그 집이었다. 누군가의 아내가 되어 사는 집, 아이를 낳고 행복해지는 집, 사랑을 받으며 살 수 있는 집.

현실은 조금 달랐다. 새 집의 지하에는 물이 찼다. 이사 간 날 바로 하수구를 막은 천 조각을 구멍에서 끄집어내야 했다. 마당에 쌓인 연탄재를 땀을 뻘뻘 흘리며 치워야 했다. 마당은 쓰레기 더미였고 아무것도 없었다. 아기를 포대기에 업고 찬물로 손빨래를 했다. 가스 냄새 나는 지하실에 연탄집게를 들고 오르내렸다. 초원의 그림 같은 집과 현실의 집은 아득하게 멀었지만, 어머니의 집이 바로 그 집이었다는 데에는 변함이 없었다. 어머니가 꿈꾸었던 유일한 집, 사랑하기로 작정한 집. 이제 다시 초원의 집을 입에 올리지 않는 늙은 어머니는 자신의 꿈을 비춘 거울인 양 부단히 닦고 윤을 내었던 그 집을 잊지 못해 서성인다. 집이 사라진다는 소식에 자신의 한 생이 무너지는 것처럼 애달파한다.

벤치에 앉아 붉은 체크무늬 가방에 싸 온 물병을 꺼내 물을 한 모금 마셨다. 차가운 물이었는데 미지근해졌다. 마스크를 벗고 서둘러 물을 마시는 통에 조금 흘렸다. 물이 떨어진 자리를 내려다보았다. 색이 바랜 벤치 위에 물은 봉긋하게 고여 유선형이 되었다. 둥근 앞쪽이 조금 나와 있고, 뒤쪽은 두 갈래가 되었다. 붕어빵처럼 물고기 모양이 되었다. 햇빛에 다 마르기 전에 그 투명한 물고기가 물속으로 들어갔으면 좋겠다 싶다.

아버지는 마지막 날까지 나무를 걱정했다. 이사 가기 전에 회양목과 소나무와 잡목 들을 부지런히 마당에서 캐어 밭둑과 경로당 앞에 옮겨 심었더랬다. 집이 없어진다고 나무까지 죽을 이유는 없다고 아버지는 생각했다. 나무의 사연을 줄기차게 설명했다. 이사 오는 해에 심은 나무, 직장 동료들이 집들이 선물로 가져온 나무, 어릴 적 고향인 안동에서 옮겨 심은 나무……. 가족들은 나무야 어찌 됐든 나이를 생각해 무리하지 말라고 말렸다. “아빠는 힘이 세잖아!” 아버지는 이를 악물고 캐낸 나무들을 끈으로 묶어서 끌고 밖으로 나갔다. 공사를 하는 이들에게 나무는 쓸모가 없었지만, 아버지는 남은 나무들은 이 자리에 남겨 두어도 되지 않겠냐는 요구를 했다. 그들은 생각해 보겠다고 했다. 그러나 나무는 하나하나 잘려 나갔다. 아버지의 청을 아예 무시할 수는 없었는지 단풍나무 한 그루만 동그마니 남겨졌다. 아버지는 그 단풍나무를 보러 빈터에 찾아갔다. 나무가 한 그루 살아남았다고 기뻐했다.

새로 시작하는 것의 주변을 감도는 침묵이 깊다.
한 줄기 빛이 그 가녀린 것을 위해 조명처럼
내리쬐고 있었다.

좀 더 오래전 일이다. 처음 만난 날, 아버지는 어머니와 산책을 했다. 대구의 수성못을 한 바퀴 걷다가 벤치에 함께 앉았다. 머리 위에 나무가 한 그루 있었다. 나무의 물든 잎들이 떨어지고 있었다. 떨어지는 잎에 그의 눈길이 머물렀다. 나무에서 갓 벗어난 잎 하나가 허공을 맴돌며 천천히 바람을 타고 내려오는 게 그의 눈에 들어왔다. 그 잎이 그녀에게 떨어지면 좋겠다고, 그는 속으로 생각했다. 그리고 그 나뭇잎이 정말 그녀의 몸에 소리 없이 떨어져서 그는 말없이 기뻐했다. 나뭇잎과 자신 사이에, 나뭇잎과 그녀 사이에, 자신과 그녀 사이에 보이지 않는 실들이 연결되어 아름답게 빛나고 있었다. 자신의 눈에 들어왔던 나뭇잎이 그녀에게 떨어진 순간, 그는 그녀를 사랑하게 되었다.

어머니는 얼마 전에야 그 이야기를 들려주며 큰 소리로 웃었다. 나뭇잎이 맺어준 그들의 사랑 이야기가 아름다워서 나도 웃었다. 지금 내 머리 위에는 울긋불긋한 나뭇잎들이 떨어지고 있다. 나뭇잎들은 일생을 걸고 기다린 호젓한 산책을 하듯, 나무의 자리도 땅의 자리도 아닌 허공에서 자신만의 모습대로 떨어지고 있다. 빙그르르 맴돌기도 하고, 낙하를 유예하듯 옆으로 떠돌기도 하고, 바람을 따라 회오리치기도 한다. 등산객들은 쉴 새 없이 이야기하며 스쳐 간다. '가을 낙엽이 예쁘다.', '안에만 있으니 갑갑했는데 이렇게 나오니 숨통이 트인다.', '나이 들어서 왜 꽃만 보면 사진을 찍는지 이제 알겠다.', '이따 점심은 뭘 먹을까?' 하는 이야기들이 두서없이 귀에 들어온다.

외진 비탈길로 내려가니 햇빛이 정면으로 눈에 환하게 들어왔다. 왼편의 작은 빈터에 부러진 나뭇가지와 삭아 가는 묵은 낙엽들 사이로 새파랗게 올라오는 잎이 보였다. 어린 아카시아 같았다. 주변엔 그늘이 졌는데 그 자리에만 유독 햇살이 떨어져 새로 난 잎들을 요람으로 감싼 듯 떠받들어 주고 있다. 키 큰 나무들 사이에서, 눈여겨보지 않으면 지나쳐 버릴 것 같은 자리에서 새로 올라오는 작은 잎들. 저절로 떨어진 씨앗이 누가 살펴 주지 않는데도 싹을 틔웠나 보다. 제힘으로 잎들을 키우고 뻗어 가려 하고 있었다. 새로 시작하는 것의 주변을 감도는 침묵이 깊다. 한 줄기 빛이 그 가녀린 것을 위해 조명처럼 내리쬐고 있었다.

걸음을 멈췄다. 경건한 자리에 참배하는 것처럼 무릎을 굽히고 손을 내밀어 그림자를 잎 쪽으로 향한다. 손 그림자 끝이 잎에 닿았다. 내 그림자가 환한 잎에 드리워도 괜찮은 걸까 싶었지만, 그 조용하고 장엄한 자리에 나도 잠시 끼어 들어가고 싶은 마음이 더 컸다. 햇빛을 마주했을 때 닿고 싶은 얼굴, 새로 난 잎, 하늘, 사랑하는 사람의 몸, 꿈같은 초원. 그것들이 부디 아름다운 모습으로 그 자리에 있으라고, 검은 손이 만지지 못할 연둣빛 몸 앞에서 흔들렸다.

공사장의 인부는 말했다. "일하면서 이렇게 땅이 질척거리는 데는 처음 봤어요!" 집이 무너지고 땅이 드러났을 때 땅은 물을 가득 품고 있었다. 반죽처럼 질척거리는 땅속에는 끊임없이 샘솟아 오르는 물이 있었고, 고인 물 위에 집이 서 있었기 때문이었다. 이유는 우물이었다. 고향 집의 뒤편에는 오솔길이 나 있고 관목 아래에 우물이 있었다. 땅 높이에 사각 구멍이 나 있는 정도로 작은 크기에다 그나마도 시멘트로 덮여 있어 행인들은 알아챌 수 없었다. 그러나 비탈을 따라 한줄기 물이 끊임없이 새어 흘러내렸고 주변은 소리 없이 젖어 들었다. 우물이 여전히 그 자리에 살아남아 있었다.

우물이 남아 있는 자리는 사람들이 오래전부터 살던 자리라고 했다. "우물이 있어야 사람이 모여 살 수 있고, 그 우물은 아무리 가물어도 마르지 않아야 한다."라고 아버지는 말했다. 아버지는 마을을 떠나면서 우물을 다시 살리기 위해 노력했다. 아버지는 공무원들에게 이곳에 마을이 오래 있을 수 있었던 것은 우물 덕분이니 우물을 지키는 건 마을의 흔적을 지키는 일이라고 말했다. 귀담아듣는 이가 있었는지는 모를 일이다. 우물의 물길은 고향 집 땅의 바로 아래쪽을 지나고 있었다. 물에 흠뻑 적셔졌지만 집에 눌려 있어서 안에 다른 씨앗을 품을 수는 없었던 땅. 잘린 철근이 너덜거리고 콘크리트 조각이 뒹굴던 날, 오래 머금고 있던 물을 울컥울컥 토해 냈다.

"그래서였구나." 부모님이 말했다. "그 집에서 꿈을 많이 꾸었다." 방에서 자면 잠깐 자고 일어나도 온갖 꿈의 잔상이 남았다. 꿈속을 헤매다 현실로 돌아오면 잠시 멍해졌다. 아버지는 아파트에서는 꿈을 꾸지 않아서 일어나면 개운해서 좋다고 했다. 물길 자리였다는 걸 뒤늦게 알고, 어머니는 애써 그 집에 대한 미련을 끊었다. "원래 수맥이 흐르는 자리가 사람한테 안 좋아. 그걸 모르고 물이 흐르는 위에서 살았다." 하고 말했다. 나중에는 자신처럼 한 자리에서 미련하게 사는 사람들은 이런 일이 없었다면 아직 평생 그 자리에 눌러사느라 변화가 없었을 것이라고까지 했다. 어머니는 오히려 잘 되었다고 생각하기로 했다.

물이 든 땅은 집을 떠받치느라 발아시키지 못한 왕성한 생명력을 사람들의 꿈길에다 풀어놓았다. 보이지 않는 곳에 스민 물과 땅의 힘이자 오갈 데 없는 꿈들이 사람에게 옮겨 붙은 것이기도 했다. 부모님은 온갖 것이 일어났다가 스러져 버리는 꿈을 꾸었다. 젊은 그들이 마주쳤던 세상살이처럼, 이룰 수 없고 가슴 아프고 실망스러운 꿈도 있었다. 기억들은 여전히 그 자리에 남아 날실과 씨실처럼 이어지며 꿈속에서 계속 피륙을 짜 나갔다.

고향의 집이 없어졌으니, 고향에 내려갈 일이 없어져 버렸다.

나는 이곳 서울의 집에서 나와 산책을 한다. 경의선 숲길이 가까이 있었다. 이른 새벽이나 한밤중에도 내키면 나갈 수 있어 좋았다. 길은 비어 있는 법이 없었다. 언제나 행인들이 오갔고 벤치에도 드문드문하게 사람들이 있었다. 집에서 숲길로 들어서는 자리에는 연못이 하나 있었다. 여름에 연못에는 물이 가득 차서 찰랑거렸다. 출입을 금지하고 있어서 아이들이 신발을 벗고 들어가지는 못했지만 물가에서 소리를 지르며 뛰어다니곤 했다. 처음엔 인공 수조라고만 생각했다. 물이 있을 자리가 아니라고 생각했기 때문이다. 아니었다. 알고 보니 원래 이곳 땅속에 흐르고 있던 지하수를 끌어올린 것이었다.

모래가 흔한 곳이었으니 그 모래에 스민 물길도 활발했을 게다. 물길이 아직도 살아남아 면면히 쌓아 올라가는 집들 아래에서 긴 세월 동안 숨죽여 있었다. 경의선 위로 기차가 다녔을 때도, 철길이 부서졌을 때도 지하에서 흐르고 있다가 이제 지상으로 불쑥 샘솟아 오른 것이다. 이 물이 남아 있어서 연남동 구간의 숲길은 다른 곳보다 특별해졌다고 한다. 이렇게 물길이 살아남아 실개천이 될 수 있었던 것은, 철도 지하화를 하면서 몰려든 지하수를 땅 위로 올렸기 때문이라고, 행운이었다고 공원을 설계한 이가 말했단다.* 이 근방의 땅 아래에 이처럼 물이 훙건하다면 우

* 어반플레이, 『아는 동네 아는 연남』(어반플레이, 2017), 25쪽.

리 집 아래에도 물길은 흐르고 있을 것이다. 이사를 온 다음 장마가 길었는데 방에 있던 가방에 까맣고 푸른 곰팡이가 피어났다. 그것을 보며 무엇 때문에 방에 있는 가방에 곰팡이가 피는지 의아했다. 집 아래 숨어 흐르는 물의 힘 때문인지 모른다고, 멋대로 그렇게 생각해 버렸다.

북한까지 이어져 있었다는 철길은 전쟁으로 끊겨 녹슨 철길 토막이 숲길에 남아 있을 뿐이었다. 사람들은 그 앞에 서면 철길 위에 올라가 사진을 찍거나 장난스럽게 몇 걸음을 뗐다. 마치 뒤뚱거리는 기차처럼. 말하자면 철로가 있던 이 숲길은 끊긴 길이고 더 나아가고 싶은데 막힌 길이다. 지금도 흔적들이 남아 꿈틀거리는 길이다. 땅에서 솟아오른 물결이 하늘을 눈에 담고 출렁댈 때, 저 짧은 철길도 길게 몸을 뻗어 나가는 꿈을 꿀지 모른다.

미루나무도 그랬다. 키가 크고 곧게 뻗은 나무를 이어 심은 건, 철로의 모습을 따라 그렇게 한 것이라 한다. 이어질 수 없는 철로를 대신해 나무는 위로만 자라났다. 땅으로 나지 못하는 길은 하늘 쪽으로 곧게 나서 이어졌다. 나는 미루나무를 좋아한다. 어릴 때 피아노 악보에서 처음 '미루나무'라는 이름을 알게 되었을 때 어떤 나무일까 상상을 했다. 실제로 미루나무를 볼 때는 그때 부르던 노래가 생각났고, 나는 나무의 이름에 따라붙는 그 오래된 곡조를 속으로 흥얼거렸다.

이사 준비를 하던 날에, 어머니는 나를 따로 창고로 불렀다.

"이제 이것들은 버려라." 어머니가 말했다. 오래도록 창고에 있어 먼지가 쌓인 박스를 열어 보니 학생 때 쓰던 노트들이며 교과서 같은 것들이 튀어나왔다. 몇십 년 전의 책들은 종이가 누렇게 변했고 얼룩이 졌다. 기억에서 사라진 낙서들까지 오롯이 남아 있다는 것이 놀라웠다. '혹시 자식들이 유명한 사람이 되면'은 아버지가 입버릇처럼 하던 말이었다. 반은 농담처럼 반은 진심으로 하던 말이 이 낡은 종이 뭉치를 지켜 주었다. 아이들이 받은 상장이나 쓴 일기장이 모두 기념관에 전시될 수도 있다고 아버지는 단언했다. 어머니는 내키지 않았지만 그 말이 걸려서 아이들의 손을 탄 책들을 챙겨 놓았다. 이제 자식들의 결말이 눈에 빤한 것이 되었고 기대를 품을 건더기가 없으니, 이사 가는 마당에 마땅히 이 책들도 폐기 처분해야 한다고 생각했는지 모른다.

책을 훑어보고 연습장을 들추어 보았다. 낱장으로 흩어져 있는 종잇조각들을 뒤졌다. 손이 멈췄다. 빈 여백들에 그려진 그림들이 눈에 들어왔다. 단어를 외우다가, 공식을 암기하다가, 집중해야 하는데 생각이 산만할 때마다 끄적이던 그림이었다. 그건 옆얼굴들이었다. 눈과 입이 없고 표정이 없이 윤곽만 대충 그려진 얼굴. 어느 교과서나 연습장이나 종잇조각에도 그 옆얼굴들은 줄기차게 그려져 있었다. 같은 모습을 한 얼굴을 왜 그토록 계속 그렸을까. 얼굴들이 향한 곳들은 조금씩 달랐다. 단호하게 정면을 향한 얼굴도 있었고, 고개를 숙인 것도 있었다. 얼굴이 머리칼에 덮여 바닥을 뒹구는 것도 있었고 꼿꼿이 머리를 위로 쳐든 것도 있었다. 그건 같아 보였지만 모두 다른 얼굴들이었다. 걸상에 붙박여 말을 할 수 없고, 벌떡 일어나 나갈 수도 없는 학생이 수업 시간에 그려 댄 옆얼굴들.

성인이 된 다음 벽에 떠오른 그림자를 보고 나는 이루 말할 수 없는 친밀감을 느꼈다. 왜 그랬는지 지금 깨달았다. 그 얼굴의 그림자들은 이미 줄줄이 이어져 내 속에 남아 있었다. 그림자들은 말하자면, 자라는 동안 내가 애써 마음속 깊이 묻어 놓아 잊어버린 물길처럼 흐르고 있던 행렬이었다. 그 속에는 그때마다의 감정들이 꿈틀대고 있었다. 고개 숙인 그림자의 울음, 멍하게 앞을 쳐다보는 그림자의 반항, 반짝이는 눈빛으로 위를 올려다보는 그림자의 희망, 때로 바닥에 꺼질 듯 한숨을 쉬고, 때로 주먹을 불끈 쥐듯 솟아오르는 모습으로 그림자는 낡은 종이 위에 살아남아 있었다.

그 얼굴들을 그리는 줄도 모르고 그려 댈 수 있었기에 나는 그 시간을 참아 낼 수 있었는지 모른다. 내가 이 자리에 있다고, 이 자리에서 소리 없이 견디고 있다고 얼굴들은 외치고 있었다. 공인된 지식들, 훈육하는 소리들, 외워야 하는 모든 공식을 교과서에서 지워 버리면 그림자의 행렬이, 그 오래된 얼굴들만 남아 빈 종이 위를 가로지를 것이다. 활자에 밀려 구석 자리에 놓였던 얼굴들이 위풍당당하게 행진을 하며, 탄성과 탄식과 울음소리와 웃음소리를 내며 떠들썩하게 광활한 벌판을 가로질러 갈 것이다.

어머니는 끝내 그 낡은 뭉치를 버리지 못했다. 어머니는 나를 지켜보았다. 어머니가 그것들을 보여 주어서, 뒤늦게 나의 수맥을 찾아내어 속으로 떨렸지만 나는 "다 버려도 돼요." 하고 말했다. 어릴 적의 낙서를 간직해 주고 지금의 나에게 보여 준 것만 해도 고마웠다. 어머니는 알겠다고 하면서 종이 뭉치를 박스에 쓸어 담았는데 무슨 생각에서인지 그 종이 상자들을 남김없이 끌어안고 이사를 가 버렸다. "너희들 손때가 묻은 건데 죄 버릴 수가 없어서……." 나중에 그렇게 한마디를 했다.

아파트에 가서 어머니는 자수를 시작했다. 둥근 틀에 흰 천을 끼우고 작고 붉은 꽃을 수놓았다. 갈색의 가느다란 줄기와 푸른 잎도 꽃과 함께 색을 찾아 갔다. 어머니는 자신이 보아 온 모든 꽃들을 그 작은 꽃 안에 담았다. 정원에서 반짝이던 나뭇잎들을 기억했다. 어머니는 평범하고 단순한 무늬 속에 자신만의 색실을 꽂아 누비기 시작했다. 그 색실 속에서 그녀는 잃어버린 마당을 되살렸다. 자신의 몸에 다가왔던 젊은 날의 나뭇잎 하나도 되살려 놓았다. 그녀만이 떠올릴 수 있는 기억들, 가슴 속에 남아 있는 느낌들, 발자취에 맴도는 풍경들이 살아서 움직였다. 그녀가 여전히 간직하고 사랑하는 것들이 그 꽃들 속에 담겨 있었다. 손에 들린 바늘 끝이 팽팽한 천을 막힘없이 뚫을 때, 그녀의 존재도 길을 찾아서 그 구멍으로 빨려 들어갔다.

내가 좀 더 아이였을 때, 봉화에 있던 우리 집에는 큰 노란 천 조각이 안방 벽에 걸려 있었다. 수놓은 사슴 두 마리가 그 안에 있었는데, 한 마리는 땅을 향해 고개를 숙였고 한 마리는 똑바로 정면을 바라보고 있었다. 그 사슴의 머리에는 뿔이 나 있었다. 내가 그보다 좀 더 어려서 어머니의 뱃속에 있었을 때, 어머니는 그 빈 사슴의 그림자를 마주하고 있었다. 비어 있고 표정 없는 자리를 어머니는 손을 놀려 색실로 채워 넣기 시작했다. 굳어 있던 사슴은 그녀의 손끝에서 뿔이 돋아났고, 등의 얼룩이 생겼고, 앞을 바라보는 눈동자가 생겼다. 태교에 좋다고 해서 어머니는 그때 처음으로 손으로 수를 놓았다고 한다. 어머니가 나를 위해 수를 놓았다면 배 속에 있던 딸은 그 실의 사각대는 소리를, 바늘의 진동을, 어머니의 고른 숨소리를 듣지 않았을까. 그 소리를 자장가 삼아 잠들면서도 심장이 팔딱이지 않았을까.

이사를 앞두고 집의 마당에 섰을 때, 나는 뜰의 귀퉁이에서 낡은 나무 의자를 보았다. 한때 쓰려고 갖다 놓았겠지만 방치되어 홀로 썩어 가는 의자였다. 오랜 세월에 마모되어 의자는 거무죽죽하게 삭아 버렸다. 그 의자 앞에 섰을 때 해는 등 뒤에 있었고, 그림자는 내 앞에 가로놓였다. 햇빛과 의자와 그림자가 옹송그리고 내어 준 구석 자리에 나는 몸을 쭈그려 쉬었다. 따뜻하게 등을 데워 주는 햇살, 익숙한 나의 그림자, 모든 쓸모를 잊은 의자 앞에서 나는 그냥 나로 돌아가면 되었다. 있던 자리로 돌아온 양 편안

정원이 머리맡에서 번쩍이고 있었다.

햇빛 속에 놓여 제자리에서 찬란하게 빛나는 이 자리는

영원할 것만 같았다.

해져서 의자의 바닥에 뺨을 눕혔다. 그러자 정원이 빛났다. 곧 포클레인의 톱날에 짓뭉개져 사라지고 흙으로 모두 돌아가겠지만, 지금은 바람에 잎들이 흔들리고, 거미줄이 반짝이고, 날벌레들이 분주히 윙윙대는 정원이었다. 그 정원이 머리맡에서 번쩍이고 있었다. 햇빛 속에 놓여 제자리에서 찬란하게 빛나는 이 자리는 영원할 것만 같았다.

이제 내 손에는 한 장의 마지막 사진이 남았다.

나는 뚜렷하고 검은 옆얼굴로 의자의 바닥에 담겨 있다. 머리 위에는 뻗어 나가 비추는 광선처럼 초록색 머리칼이 사방으로 뿔뿔이 일어나 빛나고 있었다. 나는 어둠 속에서 나와 나뭇잎들이 반짝이는 긴 머리카락을 곤두세우고 빛의 고삐를 쥐고 이 즐거운 영원한 행진의 맨 앞에 서 있는 그림자를 보았다.

집이 거울이 될 때

1판 1쇄 찍음 2021년 5월 28일
1판 1쇄 펴냄 2021년 6월 10일

지은이 안미선
발행인 박근섭·박상준
펴낸곳 (주)민음사

출판등록 1966. 5. 19. 제16-490호
주소 서울특별시 강남구 도산대로1길 62(신사동)
강남출판문화센터 5층 (우편번호 06027)
대표전화 02-515-2000 | 팩시밀리 02-515-2007
홈페이지 www.minumsa.com

ISBN 978-89-374-7209-1 (03810)